2021 빛나는 수필가 60

The 수필

2021 빛나는 수필가 60

Winter	Spring	Summer	Autumn
고영봉	곽재혁	강돈묵	권혜민
고지숙	권상연	김애자	김만년
김순경	권현옥	김용삼	김선화
박종희	김삼복	김응숙	김은중
반숙자	김원길	김이랑	김정화
신창선	김은경	변종호	문혜란
이방주	김정태	서성남	박양근
이 환	김창식	손진숙	박태선
정동순	노혜숙	안춘윤	신길자
정선모	우광미	이성숙	심병길
조완춘	전미란	이성화	정해경
조지현	정아경	장미숙	진연후
조현미	한경선	최운숙	최윤정
최재남	한지황	허정진	최장순
추선희	허순애	황진숙	허숙영

도서출판 북인

포스트 코로나 시대와 문학의 역할

오늘날 수필선집들은 많지만 『The 수필』의 차별화된 기획 의도는 작품이 우선이다. 독자에게 감동을 주는 작품이라면 문예지와 등단지와 문단 경력 여부와 무관하다. 전국의 문예지 및 신춘문예를 거친 수작 중 40편을 분기별로 추천받아 그 중 15편을 고르는 공정한 블라인드 선정방식은 선정위원마저도 설레게 하는 쫄깃한 긴장감을 안겨준다. 한 해에 60편이라는 제한으로 인해 싣지 못한 작품들이 많은 점은 안타깝다.

『The 수필』 카페의 메뉴는 가히 추천할 만하다. 곱게 갈아 압축한 원두 가루에 뜨거운 물을 고압으로 통과시켜 뽑아낸 에스프레소, 거기에 물을 희석한 아메리카노가 있는가 하면, 에스프레소에 뜨거운 우유를 곁들인 카페라떼, 우유를 더한 커피에 계피가루를 살짝 뿌린 카푸치노도 일품이다. 8인 8색의 선정위원들의 다양한 기호처럼 각기 다른 커피 한 잔에 투영된 시선은 선정 작품의 배경, 주제, 구성 등에 어떤 기준도 제약을 두지 않는다. 이는 선정된 작품의 다양성을 의미한다.

수필 쓰기는 단순히 추억하기와 회고만은 아니다. “문학이란 태양 아래 모든 것이 검토되고 성찰될 수 있는 거대한 반성의 광장(아이리스 머독)"이라는 말처럼 수필을 통해 삶을 성찰하고 사람들이 살아가는 방식을 구체화하여 기록하는 과정에서 삶의 의미 부여와 자신만의 내적 질서를 찾게 해주는 작업이다.

코로나19의 확산을 기점으로 알베르 카뮈의 소설『페스트』판매가 급증했단다. 소설 속 정황이 70년이 지난 현 상황과 유사하다는 반증이다. 현대인의 권태로운 일상을 시시프스의 형벌에 비유했던 카뮈는 소설『페스트』에서 부조리한 삶과 무의미함에 대해 "세계와 인간이 존재하는 의미가 무엇인지 도저히 이해할 수 없다"고 했다.

삶의 의미 자체를 찾을 수 없다고 탄식했던 카뮈는 어떤 결론을 내렸을까. 소설에서 시시프스처럼 반항했던 의사 리유는 마침내 페스트로부터 벗어났으나, 삶의 무의미함과 부조리에 점령당한다. 카뮈는 부조리를 극복하는 것은 불가능하며 누구나 어느 정도는 부조리하다고 이 세계를 정의했다.

이렇듯 인간이 취할 수 있는 최선의 해결책은 반항하며 버티기가 아닐까. 노동의 무의미함을 알면서도 회피하지 않고 부조리에 정면으로 반항하는 인간의 자세는 '블루코로나'라는 신조어가 범람한 오늘 현재, 우울하지만 부단히 견뎌내야 할 현실이다.

사회의 모든 초점은 감염병 확산 방지에 집중됐고 기존의 생활방식은 급속도로 변화하기 시작했다. 유발 하라리Y. N. Harari의 말처럼 "폭풍은 지나갈 것이고 우리들 대부분은 여전히 살아있으리라. 하지만 우리는 이전과는 다른 세계에 살게 될 것이다". 종식을 말하기는 아직 이르지만 기존의 생활방식에 큰 변화가 생긴 포스트 코로나 시대의 혼란을 최소화하기 위한 문학의 역할을 생각해볼 때다. 특히 인간을 묻는 수필의 자기 반성과 성찰적 기능이야말로 중요하다.

2018년 겨울, 설레는 마음으로 세상에 내놓았던 『The 수필』이 어느덧 세 돌이 되었다. 그동안 『The 수필』은 어느 날 아침 라디오 방송에서 흘러나오는 명수필 낭송 자료로, 전국 수필교실의 귀한 텍스트로 자리매김했으며 더러는 작가들의 약력에 한 줄을 더해주는 값진 문학적 결실을 대변하며 발자국을 찍어가는 중이다. 한 해를 빛낸 선정 작품의 필진에 아낌없는 축하와 박수를 보낸다.

이 귀한 작업의 시작부터 지금까지 수고로움을 자처한 도서출판 북인의 노고에 감사드린다. 시인이기도 한 조현석 대표의 작가정신과 수필에 대한 남다른 안목이 아니었다면 불가능한 일이었다. 관여 맹난자 선생님의 문학에 대한 소신과 철학에 뜻을 함께한 선정위원님들의 열정도 3집 발간에 즈음하여 한 줄 기록하고 싶다.

2020년 12월 10일

선정위원

엄현옥(글), 맹난자, 문혜영, 이혜연,

조헌, 노정숙, 정진희, 한복용

2021 빛나는 수필가 60

The 수필

Summer

The 수필

Winter

슬픈 서우봉

고영봉 • hadobadang@naver.com

바다에 몸을 담그고 평화롭게 잠들어 있는 서우봉을 바라본다. 갑자기 왁자지껄 떠드는 소리가 앞으로 달려오고 뒤따라 한 무리의 사람들이 내려온다. 자고 있는 오름이 벌떡 일어날 것만 같다. 수많은 올레꾼이 함덕해수욕장으로 오름을 오르고 포구 쪽으로 내려오는 올레길 19코스이다.

길을 오르내리는 북쪽 봉우리 근처에 서산봉수대 터가 있다. 지금은 경찰대 레이더 기지가 들어서 있고, 옆에 서산봉수대라는 자그마한 표지석이 역사를 말해주고 있다.

날마다 많은 사람이 봉수대 옆으로 지나다니지만 표지석을 유심히 들여다보는 사람은 거의 없다. 오름을 오르내리는 사람들을 바라보고 있으면 서글픈 생각이 든다. 도대체 무슨 생각을 하며 저리 무리지어 앞서거니 뒤서거니 걷고 있는지 알 수가 없다. 그저 걷는 일에만 열중인 것 같다. 어느 한 사람만이라도 표지석을 읽어보고 갔으면 하는 생각은 혼자만의 바람일지도 모른다.

포구에서 파도 소리를 벗삼아 오름 정상을 향하여 200미터쯤 오르다 보면, '일제군사 동굴진지'라는 안내판을 만난다. 옆으로 난 숲길을 따라들어가면 동굴진지를 볼 수가 있다. 내부를 들여다보면 그 규모에 놀라움을 금할 수 없다.

태평양전쟁이 끝나갈 무렵, 일본은 패전이 짙어지자 선박에 폭탄을 싣고 연합군함정을 향해 자살공격을 감행하기 위하여 해안에 접한 오름에 동굴진지를 구축하였다. 서우봉에도 20여 기를 건설해놓았다.

동굴 안으로 들어갈수록 마음속 깊은 곳에서 울화가 치밀어오른다. 이 거대한 동굴을 파내기 위해 얼마나 많은 사람이 동원되었을까. 이곳에 끌려왔던 사람들은 이 지역 사람만이 아니었다. 심지어 초등학생까지 동원되어 자갈을 치워야 했다. 제대로 된 장비 하나 없이 암반 굴착작업을 했던 사람은 짐승처럼 혹사당했다. 나라 잃은 슬픔을 뼛속까지 느꼈을 것이다. 지옥 같은 굴욕의 환경 속에서 채찍질 당하며 파들어갔던 굴은 역설적이게도 민족의 해방을 가로막는 일이었다.

암울했던 역사는 잊혀가고 있다. 서우봉은 평화로운 모습으로 잠자는 것처럼 보일 뿐이다. 어쩌면 까맣게 타버린 가슴을 부둥켜안고 울고 있을지도 모른다. 실로 애환이 많은 오름이다. 보지 말았어야 할 아픈 역사를 너무 많이 보아왔다.

일제가 패망하고 해방을 맞았을 때, 마을주민들과 더불어 서우봉은 아픈 허리를 부둥켜안고 덩실덩실 춤을 추었다. 하지만 그 기쁨은 오래가지 못했다. 춤사위의 열기가 채 식기도 전에 4·3이 일어났다. 또다시 제주 섬은 7년이 넘는 기간 동안 아비규환의 어둠 속에서 몸부림쳤다. 삼만여 명의 도민들이 행방불명되었거나 영문도 모른 채 죽어갔다.

4·3이 일어난 다음해인 1949년 1월 중순이었다. 북촌마을을 지나가던 군인 두 사람이 무장대의 공격으로 숨지는 사건이 발생한다. 이 사건으로 군인과 경찰은 마을주민을 학교 운동장으로 몰아넣고 마을을 불태웠다. 그리고는 군인과 경찰 가족을 제외한 300여 명에 달하는 주민들을 무참히 학살했다. 어린 생명마저 무자비하게 죽였던 그들은 인간의 탈을 쓴 악마였다. 북촌리는 4·3 기간 중 가장 많은 인명피해를 입은 마을이다. 어쩌다 살아남은 사람들은 참혹했던 광경을 마음속 깊은 곳에 오랜 세월 동안 묻어둔 채 입을 닫고 살아야 했다.

마을의 수호신으로 상징되어온 서우봉은 살인마들의 만행을 지켜볼 수밖에 없었다. 어린 시절부터 함께 해온 사람들이었기에 그들의 죽음을 바라보면서 가슴속으로 흐르는 눈물을 삼켜야만 했으리라.

오늘도 서우봉을 오른다. 일제 동굴진지는 도지정등록문화재로 보호되고 있다. 내가 하는 일은 주위 환경을 깨끗이 하고 이상 유무를 관찰하고 촬영하여 보고하는 일이다. 삼 년 가까이 일주일에 한두 차례 일하러 가지만, 그동안 동굴진지에서 만난 사람은 열 명이 채 안 된다. 사람들은 동굴진지 같은 것에는 아예 관심이 없다.

일을 마치고 길가로 나오면서 한 무리의 사람들과 마주쳤다. 50대 중반의 한 남자가 무엇을 물어볼 것처럼 다가왔다. 내심 반가웠다. 동굴진지를 보고 갈 느낌이다. 그런데 뜻밖의 질문을 던졌다. 마을에서 점심을 하고 싶은데 괜찮은 맛집을 소개해달라고 한다. 갑자기 슬픈 생각이 몰려왔다. 들고 있는 휴대폰에 물어보라는 말을 남기고 자리를 떴다.

이곳에서 수많은 관광객을 만나지만, 제주의 깊은 속살을 들여다보려는 사람은 보기 힘들다. 하기야 개발이라는 이름으로 우리의 소중한 옛 것을 다 던져버리지 않았던가. 제주다움도 맛도 향기도 어디에 파묻었는지 찾아볼 수가 없다. 그저 휑하니 제주의 껍데기만을 들여다보고 가는 그들을 원망할 마음도 점점 사라져간다.

무리지어 다니는 젊은이들은 커다란 컵 속에 빨대를 꽂아 들고 다니며 남의 문화를 빨아대고 있다. 유명하다는 맛집을 찾아다니며 차례를 기다리느라 멍한 모습으로 길게 늘어서 있는 사람들을 자주 본다. 들고 있는 스마트폰의 노예들이다. 음식의 맛을 위한 기다림이 아니라 나도 너희처럼 이 맛집을 다녀간다는 인증샷을 남기기 위한 기다림이다. 속이 텅 비어 있는 그림자 인생들이다. 자신의 주관이나 결정권은 휴지처럼 버려져 나뒹굴고 있다. 이 땅의 장래에 어두움이 드리워지고 있음을 느낀다.

서우봉을 품에 안고 있는 바다를 바라본다. 머리가 맑아져 온다. 푸르고 고운 바다 속으로 해녀들은 자맥질하고 있는데, 포구에 홀로 남겨진 작은 배 하나는 물 위에서 졸고 있다. 두 눈에 다 담을 수 없는 아름다운 풍경이 오름의 아픈 가슴을 어루만져주고 있다. 이곳을 오르내리는 사람 중에 몇 사람만이라도 슬픈 역사를 들여다보고 간다면 서우봉은 환하게 웃어줄 것만 같다.

서우봉은 오늘도 슬프다.

수필미학

● 제주 4·3사건을 되새기게 하는 글이다. '제주시관내문화재지킴이' 일을 하는 작가는 제주를 찾는, '마을의 수호신으로 상징되어온' 서우봉을 찾아온 관광객에게 서우봉에 얽힌 이야기를 들려주고 싶다. 하지만 어쩌다 찾아오는 관광객은 서우봉만 볼 뿐, 그 역사를 들으려고 하지 않는다. 걷는 일에 열중이고 근처의 맛집에 관심을 둔다. 문학은 역사의식과 사회 전반의 문제도 성찰할 수 있어야 한다. 작가는 암울했던 역사 속 이야기가 잊히는 것이 안타깝다. 무장대의 공격으로 두 명의 군인이 죽자 마을은 순식간에 무참히 짓밟혔다. 군인과 경찰이 아이 어른 할 것 없이 닥치는 대로 죽였던 사건. 서우봉은 모든 것을 지켜봤다. "서우봉은 오늘도 슬프다"는 마지막 문장이 큰 울림으로 남는다. /한복용

검은 입

고지숙 jself427@naver.com

한때 말은 누구에게나 공평하게 존재한다고 생각한 적이 있었다. 시간이 조금 흐른 뒤에는 다른 것에 비하면 말이 그나마 공평하게 존재할 거라는 쪽으로 생각이 조금 바뀌었다. 그러다가 어느 순간부터 어쩌면 말이란 공평에서 가장 거리가 멀지 않을까 하는 의구심이 들었다. 말의 권력이 들어오기 시작했던 것이다. 말에는 권력이 숨어 있으며 그런 이유로 지배와 복종의 구조가 존재할 수 있다는 것을 깨달았다.

나는 권력의 말, 말의 권력을 내가 속해 있는 친밀하면서도 불편하고 열려 있으면서도 닫혀 있는 울타리 속에서 체득했다. 중심에 있는 말들은 가까운 곳에 닿기도 전에 흩어지곤 했다. 중심에 붙어서 힘을 가진 말들은 갈수록 몸집을 불려갔고 변두리로 밀려난 말들은 갈수록 움츠러들었다. 그렇다면 좀 더 근본적인 질문, 태생적으로 존재하지 않았던 말들은 얼마나 멀리 밀려갈 수 있을까. 나는 몸에 말을 담고 있지 않았던 여자의 입을 통해 흘러나오던 소리를 기억한다.

말이 흘러나오지 않는 입과 처음으로 마주했을 때 나는 일종의 불안과 당혹감으로 몇 초 정도 정지되어 있었다. 굳은 혀를 움직여 굳은 말을 꺼내려고 했던 검은 입에서는 의미를 알 수 없는 소리만 빠르게 흘러나왔다. 말의 권력을 한번도 꿈꿔보지 못했을 여자. 사람들은 여자를 '아다다'라고 불렀다.

초록 대문에 붙어 있던 초인종이 힘없이 떨어져나간 건 장마가 끝날 무렵이었다. 초인종을 감싸고 있던 플라스틱 갑은 세월의 무게에 조금씩 깨지면서 떨어져나갔는데, 며칠 동안 거친 비바람을 맞고도 꿋꿋하게 버티더니 무거운 구름이 걷히며 햇빛이 한꺼번에 쏟아지자 산산이 부서졌다. 갑에 싸이지 않아 버튼으로만 존재하는 초인종은 맨몸으로 대문에 매달려서 시도 때도 없이 맥락 없는 소리를 냈다. 종종 멈추지 않고 길게, 때로는 툭툭 끊어지듯이, 초인종에 연결된 전선이 마른 등껍질처럼 갈라지기 시작한 뒤로는 그마저도 나지 않았다.

집안 어른들만 열쇠를 가지고 있었기 때문에 집에 아무도 없을 때면 대문을 넘어야 했다. 어릴 때 나는 가볍고 날렵했기 때문에 쉽게 대문을 넘었다. 하지만 대문 위에 설치된 뾰족한 쇠창살에 옷이 찢기고 팔에 상처가 난 뒤부터 대문을 넘는 행위는 금지되었다. 대문을 열어줄 사람이 없으면 무작정 대문 앞에 앉아서 기다렸다. 한번은 해가 지도록 아무도 오지 않아 대문 앞에 공책을 펴놓고 숙제를 하면서 세 시간을 기다린 적도 있었다. 그 모습에 할머니께서는 상당히 현실적이고 창의적인 방안을 내놓으셨다. 대문 안쪽에 위치한 잠금장치에 노끈을 걸어 바깥쪽에 살짝 보이도록 놓고 대문 밖에서 그 노끈을 잡아당기면 문이 열리도록 한 것이다.

어느 날 학교에서 돌아오니 쪽찐머리에 해진 블라우스를 입고 닳은 슬리퍼를 신은 몹시도 왜소한 여자가 우리 집 대문을 주먹으로 쾅쾅 두드리고 있었다. 나는 걸음을 멈추었다. 노끈을 잡아당기면 대문이 열린다는 것을 알고 있었지만 그렇게 하지 못했다. 혹시라도 여자가 나중에 대문을 그런 식으로 열고 들어올지도 모른다는 불안감 때문이었다. 내가 뒤에서 "누구세요?"라고 물어보았지만 여자는 그런 말은 들리지도 않는다는 듯 대문만 두드렸다.

한참 뒤 집 안에서 할머니 목소리가 들리더니 대문이 열렸다. 할머니께서는 "아다다, 이렇게 대문 두드려대면 다음부터는 안 줘!" 하며 십 원짜리 동전 두 개를 아다다의 손바닥에 올려놓으셨다. 아다다는 연신 몸을 숙여 인사를 하고 품에 안고 있던 공책에 동그라미를 쳤다. 슬쩍 보니 여덟 칸 국어 공책이었는데 칸마다 '20'이라는 숫자가 적혀 있었다. 할머니의 말에 따르면, '말을 못하는 아다다는 산 중턱 어느 동굴에 거지들과 함께 살면서 이 동네 저 동네를 돌아다니며 날마다 20원만 달라고 하는 불쌍한 여자'였다.

하루는 집에 혼자 있는데 대문이 열려 있었던지 아다다가 마당까지 들어와 서 있었다. 나는 할머니가 늘 하던 대로 아다다의 손바닥에 20원을 올려놓았다. 아다다는 여느 때처럼 '20'에 빨간 동그라미를 친 다음 대문을 나갔다. 할머니 때와 다른 점이 있다면 내가 20원과 함께 건넸던 과자를 아다다가 받지 않았다는 것이다. 아다다는 할머니가 가끔 봉지에 싸주던 떡이나 사탕 같은 것은 잘 받았는데 내게서는 20원 외에는 절대 받지 않았다.

언젠가는 10원짜리가 없어서 100원을 주었더니 끝내 받지 않고 20원만 달라는 듯 계속 손가락 두 개를 펴서 흔들었다. 내가 100원을 손바닥에 올려놓을 때마다 아다다는 그걸 계속 바닥에 떨어뜨리며 입을 크게 벌려 소리를 질렀다. 깨진 바람과 울부짖는 침묵이 동시에 들려오는 아다다의 입은 검은 허공으로 차올랐다. 그것은 아다다의 입을 맴돌다 점점 밖으로 흘러나오더니 나와 아다다 사이에 놓인 거리를 물들였다. 내 몸 어느 구석에서 무엇인가 툭 끊어지는 소리가 들렸다. 지금까지 들어본 적 없는 슬픈 소리였다.

어떤 말은 가루비처럼 울고 어떤 말은 우레비처럼 운다. 아다다의 말은 어느 곳에도 닿지 못하고 전 생애를 떠돌며 내리는 비처럼 축축했다.

유리창에 낀 얼음을 떼어내고 눈사람을 만들던 겨울 동안 아다다는 한번도 오지 않았다. 서랍에는 10원짜리 동전들이 쌓여갔다. 할머니는 아다다가 겨울을 넘기지 못하고 동굴에서 얼어죽었거나 굶어죽었을 거라고 했다. 눈이 녹았다가 얼어붙기를 반복하는 동안 나는 동전들을 몽땅 가지고 나가 과자며 사탕 같은 것들을 샀다. 그리고 긴 밤이 끝날 때까지 그것들을 먹었다.

겨울이 지나는 동안 대문에 매달린 초인종에서는 몇 차례 짧고 가는 소리가 났다. 아무에게도 닿지 않을 만큼 작은 소리였다.

● 말은 공평한 존재로 소통을 위해 탄생했다. 그러나 말이 권력을 가지게 되면 공평과 소통으로부터 멀어지게 된다. 힘을 가진 말들에 밀려 맥없이 흩어져버리는 변두리 말들. 작가는 그 변두리 말의 극점을 '아다다'라 불리던 벙어리 여인의 입에서 흘러나온 의미 없는 소리들에 둔다. 태생적으로 말을 담을 수 없는 입은 검은 입이다. 그 검은 입을 통해 흘러나온 말 또한 검은 말로 권력은커녕 변두리 말도 되지 못한 채 흩어지고 만다. 그렇게 공평과 소통에서 밀려난 '아다다'는 세상 밖으로 사라지고 말았다. 거친 비바람에 낡아 부서져 마침내 소리를 내지 못하게 된 작가의 집 대문 초인종을 '아다다'의 은유로 배치하고, 말미에 그녀에게 줄 10원짜리 동전들로 군것질거리를 사먹는 무심을 심어놓은, 노련한 솜씨가 돋보이는 글이다. /이혜연

묵음

김순경 kskim@dit.ac.kr

매미 소리가 요란하다. 햇살이 두터워질수록 더 크게 울어댄다. 더위가 짙어지자 갖가지 음색과 장단으로 뜨거운 생을 토해낸다. 여름이 가기 전에 해야 할 일이 남았는지 절박감마저 묻어난다. 누가 먼저랄 것도 없이 경쟁하듯 질러대는 소리에 점차 목이 잠겨간다.

지리산 달궁계곡을 찾아갔다. 장마가 끝난 평일이라 주차장은 텅 비었고 노고단에서 뻗은 계곡에는 맑은 물살이 세차게 굽이쳤다. 며칠 동안 쏟아진 장맛비로 불어난 물이 급류를 이루며 바위를 돌아 콸콸 흘러내렸다. 비 온 뒷날이라 풀잎마다 생기가 돌고 머리를 치켜든 칡넝쿨이 사방을 두리번거린다. 골짜기에는 널브러진 바윗돌과 크고 작은 소들이 연이어 나타난다.

그늘에 앉아 잠시 숨을 돌린다. 갈참나무 이파리를 비집고 내려온 햇살이 무릎 위에 내려앉는다. 시끄럽게 우는 매미 소리가 잦아들자 흘러가는 물소리도 고요한 계곡의 정적 속에 가라앉는다. 사방에 늘어선 나무와 치솟은 바위능선은 미처 빠져나가지 못한 안개에 가려 희미한 형상만 드러낸다. 바위에 걸터앉아 먼 산꼭대기에 걸린 흰 구름을 바라보니 한 폭의 수묵화를 보는 듯하다.

어디선가 노랫소리가 들린다. 가늘고 맑은 목소리인 걸 보니 성대를 다듬고 있는 것 같다. 판소리는 오장의 소리를 농락하는 성음놀이라 지나치게 거친 떡목이나 너무 맑은 양성은 사설의 이면을 그려내지 못한다. 탁하면서도 맑고 거칠지만 부드러운 맛이 나는 곰삭은 목소리가 여러 역할을 소화하는 데 적합하다. 소리가 들렸던 쪽으로 조심스럽게 다가갔지만 어디에도 사람의 모습은 보이지 않는다. 한 소절이라도 끝까지 이어가면 찾을 수 있을 것 같은데 음높이를 잡는지 목을 푸는지 들릴 만하면 끊어진다.

원하는 목소리를 얻는 것은 득도와 같다. 아무나 미혹의 세계를 넘어 깨달음의 경지에 이르지 못하듯이 원하는 목소리를 얻는 데는 생사를 넘나드는 고통이 따른다. 수많은 날밤을 번뇌와 싸우며 육신의 껍질을 벗어버리고 새로운 정신세계에 이르는 수도자의 과정을 거쳐야 한다. 많은 사람이 그 길에 들어서지만 끝까지 가는 이는 드물고 간다 해도 원하는 답을 얻지 못하는 경우가 많다. 목을 다듬는다며 이름난 산과 강을 찾아다니는 사람은 많아도 좋은 목소리를 가진 소리꾼은 많지가 않다.

한동안 계곡의 급류를 내려다본다. 폭포처럼 힘차게 흘러가는 물소리가 점차 매미 소리에 묻힌다. 빨래판 같은 복근을 움직이며 피를 토하듯 악을 쓰는 매미 소리를 뚫고 또 소리가 들려온다. 잽싸게 소리나는 곳을 살펴보니 큰 바위 밑에 사람이 보인다. 폭포와 맞서 고함을 지르는 사람은 나이 어린 학생 같았다. 바위를 두드리며 애절하게 부르는 소리는 춘향가의 눈 대목 '쑥대머리'였다. 몸을 비틀고 머리를 흔들며 단전에 기를 모으고 목청을 가다듬는다. 죽을힘을 다해 날개돋이하는 매미처럼 처절하게 소리의 허물을 벗고 있었다.

허물을 벗는 것은 새롭게 태어나는 것이다. 매미는 수년 동안 애벌레로 살아가다 우화의 과정을 거쳐 성충이 된다. 다시 태어나려면 말할 수 없는 아픔을 견뎌내야 한다. 세상 어디에도 고통 없이 태어나는 것은 없다. 진정한 소리꾼이 되려면 긴 세월 땅속에서 인고의 세월을 보낸 매미의 애벌레처럼 내공을 쌓아야 한다. 타고난 성음을 버리고 새로운 목소리를 얻는 것은 애벌레가 날개를 다는 것만큼이나 힘든 과정이다.

목청이 좋아야 소리가 산다. 아무리 인물이 출중하고 너름새가 좋아도 성음이 우선이다. 우렁차고 탁 트인 청이 아니면 관객의 공감을 얻기 어렵다. 많은 사람이 소리꾼을 포기하는 것도 그 때문이다. 상처난 성대에 굳은살이 앉아야 상청과 하청을 마음대로 들락거리고 도깨비 울음소리나 귀신을 불러들인다는 바람 소리도 낼 수가 있다. 감싸듯 보드랍게 어루만지다가도 불처럼 달려들고 도도하게 흐르는 강물처럼 밀고 가다가도 천둥과 벼락을 동시에 몰고올 수 있어야 청중이 공감을 한다. 귀명창은 많아도 진정한 소리꾼이 드문 것도 그 때문이다.

몇 해 전부터 판소리를 배우러 다닌다. 알 수 없는 매력에 빠져 가끔 따라불렀지만 마음에 차지 않았다. 긴 사설을 외우고 장단을 맞추는 것보다 소리의 맛을 낼 수가 없었다. 점차 자신감을 잃어가면서 남 앞에 서는 것이 두려워졌다. 아무리 흉내를 내도 제대로 된 가락을 탈 수가 없었다. 더는 미룰 수가 없어 수소문 끝에 소리 선생을 찾아갔다. 그렇게 시작한 소리 공부는 몇 해가 지났지만 잘 익은 김치처럼 깊은 맛을 내지 못한다.

일 년 정도면 충분할 줄 알았다. 흥얼거리는 민요가 많아 몇 달이면 단가 몇 곡은 확실하게 부를 수 있을 것 같았다. 무엇보다 우리 가락에 대한 자신감이 넘쳤다. 대학 때 농악을 배웠고 민요를 많이 흉내내다보니 어디를 가도 남도소리 몇 곡은 읊을 수 있었다. 모임에 가면 마치 소리꾼이라도 된 것처럼 서슴없이 나섰고 무대를 두려워하지도 않았다. 범 모르는 하룻강아지처럼 제대로 알지도 못하면서 언제나 겁 없이 흉내를 냈다.

판소리는 민요와 완전히 달랐다. 광대 한 사람이 고수의 북장단에 맞춰 서사적인 사설을 노래와 말과 몸짓으로 나타내는 종합예술이었다. 목청만 잘 다듬어 소리를 하면 되는 것이 아니었다. 유행가처럼 노래만 부르는 것이 아니라 혼자서 여러 역할을 소화하고 사설의 내용을 정확히 전달하는 만능 연기자였다. 무엇보다 어려운 것은 다양한 수준의 청중과 끊임없이 교감하는 일이었다. 때로는 즉흥적인 가락으로 공감대를 만들고 시들해지는 불씨를 살려야 하는 판소리는 혼의 소리 같았다.

지난 가을, 폭우가 내린 다음 날 우연히 폭포 앞에 섰다. 힘차게 떨어지는 폭포 소리에 맞서 고함을 질렀다. 단전에 힘을 주고 목청껏 고함을 쳤지만 우렁찬 폭포 소리에 묻혀 나에게조차 들리지 않았다. 현기증이 날 정도로 크게 소리를 질렀으나 마찬가지였다. 어설프게 소리꾼의 흉내를 냈지만 사설과 장단은 폭포 속에 묻히고 흩날리는 물보라에 몸만 젖어갔다. 폭포 소리를 이겨낸 명창들의 목청은 명산대천을 찾아다니며 피를 토한 고통의 산물이라 하지 않던가. 내겐 아직 아니었다.

판소리에서 가장 중요한 것은 성음이다. 성음을 자유자재로 구사해 사실을 제대로 그릴 수 있는 완성된 목소리를 얻어야 소리꾼이 된다. 모든 소리를 자연에 가깝게 묘사할 수 있어야 숨은 뜻도 전달할 수 있다. 수없이 목이 잠겼다 풀리기를 반복하며 만들어진 상처난 성대가 폭포를 타고 하늘도 뚫을 수 있는 소릿길을 만든다. 그런 웅장한 목소리를 얻는 것이 득음이다.

득음은 새로운 세상을 여는 것이다. 스스로 껍질을 벗지 못하면 매미가 될 수 없듯이 버려야 도달할 수 있다. 평생 수도자의 길을 가면서도 깨달음을 얻지 못하는 사람이 많은 것처럼 피를 토한다고 진정한 소리꾼이 되는 것은 아니다. 죽음보다 더한 고통을 넘어서야 삶의 희로애락을 소리로 나타낼 수가 있다. 세상 어떤 일도 바닥을 치지 않고 일어서는 것은 사상누각에 불과하다.

매미가 소리와 싸운다. 내일이면 명이 다하는 줄도 모르고 단전에 힘을 주고 공명통을 울려 득음의 경지를 펼친다. 어떤 명창보다도 여름을 뜨겁게 물들인다.

수필미학

● 지리산 달궁계곡에서 만난 '소리'를 적은 글이다. "소리의 허물을 벗"는 소리꾼과 매미를 병치해 치열한 생명의 현장을 그렸다. 매미나 소리꾼이나 내공이 없으면 날개를 달지 못하고, 득음은 어림도 없다. 이는 비단 매미나 소리꾼뿐 아니라 목표를 가진 모든 이에게 해당되는 말이다. 실수도 반복되면 이치를 알게 되듯 소리를 내기 위한 반복된 연습이야말로 보장된 미래를 짐작케 한다. 오랜만에 감각이 살아 있는 수필을 만났다. /한복용

샛짜배기

박종희 essay0228@hanmail.net

세월이 흘러도 변하지 않는 것이 있을까? 흙구덩이에서 꺼내놓은 투박하고 촌스러운 무를 보면 왠지 자꾸 시어머니 얼굴이 떠오른다.

자란 환경이 달라서인지 시댁에 가면 모든 게 낯설었다. 결혼하고 처음으로 시댁에 갔을 때였다. 저녁밥을 지으려고 부엌에 들어서다가 나도 모르게 뒷걸음질을 쳤다. 내 앞에 펼쳐진 부엌은 아주 어렸을 적에나 봤음직한 구식 부엌이었다.

순간, 새 사람을 격하게 반기듯 입이 찢어져라 웃는 것이 있었다. 마치, 쇠라도 집어삼킬 것처럼 기세등등한 아궁이를 보니 다리에 힘이 빠졌다. 세월의 더께로 윤기 잃은 가마솥과 넙데데한 나무주걱 등, 부엌살림을 훑느라 잠깐 방심하는 사이 한쪽 발이 허방다리를 짚을 뻔했다.

가까스로 균형을 잡고보니 아궁이 앞이 둥그스름하게 파여 있었다. 자칫하다가는 낭패를 볼 뻔했던 반질반질한 흙바닥은 바로, 인고의 시간을 말해주는 어머니의 자리였다.

며느리를 들이며 서둘러 폐업신고를 마친 부엌은 스산스러웠다. 수

북하게 쌓인 땔감 사이에 얹힌 솥단지마다 곰무지가 가득했다. 어머니가 오늘을 얼마나 기다렸을지 그것들이 다 말해주는 듯했다.

손 놓을 곳을 몰라 서성이는데 어머니가 나오시고 매캐한 연기가 순식간에 부엌을 덮었다. 어머니와 실랑이하던 장작불이 숨을 고르는가 싶더니 벌건 숯덩이가 죄인처럼 끌려나왔다. 어머니는 그 위에 삼발이를 놓고 된장 푼 냄비를 앉혔다. 별스러운 것도 없이 어슷어슷 빚은 무와 호박고지를 넣고 손가락으로 휘휘 저어 뚜껑을 덮었다. 된장찌개에 들어간 것은 그게 다였다.

부엌은 안사람을 닮는다더니 어머니 모습 그대로인 그야말로 생짜배기 부엌이었다. 어머니의 찬장에는 먹다 남은 다시다 한 봉지도 없었다. 없는 것이 어디 다시다뿐이랴. 부엌에서 인공적인 것은 당최 찾아볼 수가 없었다. 치장을 모르는 어머니 모습처럼 생김 그대로인 무, 배추, 파, 마늘뿐이었다. 그 시절 어머니들의 애장품인 미원 한 숟가락도 없는 찬장은 수다스럽거나 보탤 줄도 몰랐다.

어머니는 가난한 집 육남매 중 맏이로 태어났다. 근근이 끼니를 이으며 살던 어머니는 부모님의 중매로 이웃 마을 청년과 혼인했다. 얼굴도 못 보고 시집왔지만 훤칠하게 잘생긴 남편은 사범대를 졸업한 중등학교 교사였다.

양가 어르신들의 약조로 신부를 맞이한 아버님은 어머니한테 데면데면했다. 그 바람에 어머니는 신혼생활도 담백하게 시작했다. 남편 얼굴도 제대로 못 쳐다보고 사는 어머니는 새댁 때부터 몸빼바지 하나로 계절을 났다. 비단 겉모습뿐만이 아니라, 어머니는 사시는 동안 인스턴트 음식은 입에 대지 않았다. 사이다, 콜라, 주스같이 흔한 음료수 한 잔 안 드셨다.

매일 밥상에 오르는 부식도 한결같았다. 콩나물, 두부, 호박 등 어머니의 손에서 자란 자식 같은 채소들뿐이었다. 그나마도 어머니한테 귀한 대접을 받는 것은 부엌 한쪽 구덩이에 묻어둔 생무였다. 몸뚱이 하나로 모진 세월을 살아내던 어머니를 닮아서였을까. 어머니는 모양 없고 촌스럽게 생긴 무가 얼까봐 구덩이에 묻고 찬바람이 들어가지 않도록 짚으로 단단히 덮어주었다.

흙 속에서 겨울을 난 무는 생으로 먹어도 탈이 나지 않았다. 마치 어머니의 손길처럼 위장을 따뜻하게 다스려주었다. 아버님의 잔소리가 길어지는 날이면 어머니는 무를 빼져 입에 넣고 오래도록 되새김질했다. 그것도 싫증나면 손가락만 한 크기로 썰어 무말랭이를 만들거나 큼지막하게 잘라 된장항아리에 처박아두기도 했다.

무는 어머니의 화풀이 대상뿐만이 아니라 집안의 비상약이기도 했다. 급체로 배앓이할 때도 무가 특효였다. 생무를 갈아먹으면 마치, 어머니가 손으로 배를 문질러주는 것처럼 체기가 내려갔다. 기침이 심할 때는 꿀 넣고 삶은 무를 먹으면 기침이 멎었다. 보기에는 투박하고 고집스러운 생무가 긴긴 겨울밤 식구들의 군입거리로도 그만이었다.

하나, 무가 늘 단맛만 냈을까. 아버님의 술주정이 늘어나면 머리를 질끈 묶고 누워 시위하시는 어머니처럼 무도 가끔 골을 부렸다. 어머니가 자식들의 잘못을 다스릴 때는 무의 알싸한 매운맛처럼 따끔하게 매를 드셨다. 본래 순한 사람이 화나면 무섭다고 무의 톡 쏘는 매운맛 때문에 한번씩 혼이 날 때면 눈물을 쏙 빼기도 했다.

무처럼 소박했던 어머니는 평생 치장 한번 못하고 사셨다. 어머니라고 왜, 고운 옷 입고 호강스럽게 살고 싶지 않았을까. 하지만 박봉인 교사 월급으로 다섯이나 되는 자식들 낯 내주며 사느라 당신 몸은 늘 뒷전이었다.

어릴 때는 화장기 없는 얼굴에 몸빼바지 입은 어머니를 창피하다고 여기던 자식들이 요즘 들어 부쩍 어머니를 그리워한다. 김칫국물 묻은 책을 내던지며 소갈딱지 없게 굴어도 가타부타 않던 어머니가 끓여주신 칼칼한 김치찌개가 먹고 싶단다. 군내나던 묵은지에 뭉툭뭉툭 두부를 썰어넣어 어머니 냄새가 나던 두부김치찌개. 질리도록 먹어 보기 싫다고 타박하던 남편이 어머니가 해주시던 김치찌개를 생각해내는 것은 무슨 심사心思일지.

그렇게 담백했던 무가 조금씩 달라지고 있다. 어머니 마음처럼 평생 변하지 않을 것 같던 무도 유행을 타나보다. 마트에 가면 자색, 분홍색, 빨간 색 무가 심심찮게 보인다. 예쁜 색깔만큼이나 성질도 변했다. 그래서일까. 요즘 젊은 엄마들은 예전 우리의 어머니들과는 사뭇 다르다. 경쟁사회에 걸맞게 내 자식만 잘되면 된다는 이기심이 어머니 마음조차 바꾸어놓은 것 같다.

세월이 변하고 식탁 풍경이 바뀌어도 나는 생짜 무가 좋다. 평생 유행 타지 않는 어머니 마음처럼 생긴 대로 있는 흙 묻은 무 말이다. 누가 생짜를 단순하다고만 할 것인가. 속없이 단순한 것 같지만 누구도 헤아리지 못할 깊은 속내와 넓은 아량을 가진 것이 생짜들이다. 음식에 들어가 다른 재료의 낯을 내주는 무가 그랬고 당신 모습을 지우며 자식 낯 내주는 어머니의 마음이 그랬다.

어머니를 생각하면 생짜배기라는 단어가 수식어처럼 떠오르는 것도 그런 연유일 게다. 평생 민얼굴에 몸빼바지 하나로 사셔서 다소 촌스럽지만, 자식 사랑하는 마음은 누구 못지않은 분이셨던 어머니. 꾸밀 줄 몰라 더 안쓰럽던 생짜 어머니가 그립다.

한국산문

● 투박하고 촌스러운 무에서 '생짜배기' 같은 시어머니를 떠올린다. 단맛, 매운맛을 품고 몸뚱이 하나로 모진 세월을 살다 돌아가신 시어머니의 삶과 닮았다. 무는 당신의 화풀이 대상이었고, 집안의 상비약이었으며, 겨울밤 식구들의 군입거리인 요긴한 채소였다. "속없이 단순한 것 같지만 누구도 헤아리지 못할 깊은 속내와 넓은 아량을 가진 것이 생짜들이다." 음식에 들어가 다른 재료의 낯을 내주는 무와, 당신 모습 지우며 자식 낯 내주는 어머니의 마음을 비유한 글이다. 탄탄한 문장력을 바탕으로 글 전체에 흐르는 따뜻한 감성과 인간애가 돋보인다. /정진희

손이 전하는 말

반숙자 bandal0806@daum.net

오래간만에 농장 일을 했다고 허리에 동티가 났다. 구부리기도 힘들고 걷기도 불편해서 파스를 찾았다. 아픈 허리에 붙이려는데 고개를 비틀어도 보이지 않고 거울을 보고 애를 써도 환부에 정확하게 붙지를 않는다. 파스 두 장을 가지고 실랑이를 하다가 소파에 몸을 던진다.

요셉은 이럴 때 가장 편한 간호사였다. 내가 과수원 일로 끙끙 앓는 저녁이면 파스를 찾아들고 내 방으로 와서 어깨를 두드린다. 오만상을 찌푸리고 있으면 잠옷을 들치고 허리 여기저기를 꾹꾹 누르면서 더 아파하는 곳을 찾았다. 그리고는 먼저 자그마한 손으로 환부를 살살 쓸어주고 입으로 호호 분다. 뜸을 들이는 게 귀찮아서 빨리 붙이라고 면박을 줘도 들은 척도 하지 않고 꼼꼼하게 붙인 다음 또 다독였다. 그리고는 "이제 다 나았다" 하고는 자기 방으로 갔다. 그때는 파스 붙이는 일이 화수분이었다. 화장대 서랍에 파스가 떨어지지 않게 준비하는 것도 그의 배려다.

요즘 나는 그 자그마한 손이 아쉬워 많이 허둥댄다. 베란다의 화초가 제멋대로 자라서 어수선해도 만지기가 싫다. 그가 있으면 하루도리로 들여다보고 떡잎은 떼어내고 구부러지는 것은 부목을 대어 바로세워주고 목이 마르다고 하는 화초에게 물을 주었다. 그때는 화초들 잎이 윤이 났다.

화장대 서랍이 빠지지가 않는다. 첫째 칸이 둘째 칸까지 물고 꼼짝을 안 해서 연사흘을 열지 못하고 불편하게 지낸다. 망치에 드라이버에 연장을 찾아내어 오전 내내 씨름을 해도 요지부동이다. 이런 때 요셉을 불러대면 식은 죽 먹듯이 해결해줄 텐데…. 나의 해결사는 지금 부재 중이다.

이러면 안 되는데 스스로 다짐을 해도 손도 마음도 의욕이 없다. 손을 놓는다는 의미가 바로 이런 것이구나 느낄 뿐이다. 그는 손이 작고 앙상했다. 일을 많이 해서 손바닥이 까슬했다. 무명지와 새끼손가락이 약간 굽어서 병이 아닌가 걱정하는 그게 유전이라고 하면서 자기는 아버지가 도망가도 손가락으로 찾을 수 있다고 장담을 했다.

병석에 있을 때다. 몸에 병이 들어도 손톱 발톱은 자란다. 어느 날 텔레비전 연속극을 보다가 갑자기 두 손을 들어 손가락을 세우고 "나한테 덤비면 잡아묵는다. 어흥" 하면서 무서운 표정을 지었다. 꼭 유치원 개구쟁이 모습이다. 그런 유머는 자기 손톱이 길다는 표시다. 내가 깎아준 대도 막무가내로 혼자 깎는 노인은 평생 동안 내가 힘들어하는 꼴을 못 보는 사람이었다. 보름 입원한 병원에서도 면회를 가면 반가워 어쩔 줄 모르다가 30분도 안 돼 얼굴이 상했다고 집에 가서 쉬라고 어여 가라 손짓하던 사람이다.

그 작은 손은 부지런하고 따뜻했다. 체온이 일정 온도여서 겨울이면

밖에 나갔다가 들어가면 제일 먼저 그의 손을 잡는 게 일이었다. 한참을 잡고 있으면 막대기 같던 내 손이 따스해졌다. 그 작은 손으로 동네 이웃 분들의 경운기가 고장났다면 들이고 고갯길이고 달려가 고쳐주었다. 손의 감각이 남달리 섬세해서 손재주 많고 잠시도 노는 손이 아니었다.

과수원을 접고 은퇴한 후로는 집안의 살림을 즐겁게 도와주었다. 그릇 하나를 닦아도 반짝반짝 윤이 나고 거실 바닥에 검불 하나 떨어져 있는 것을 참지 못했다. 시력이 좋아서 내 옷소매에 지스러기가 보이면 작은 가위로 잘라냈다.

혼자 밥을 먹는다. 그의 빈자리가 싫어서 접시 하나를 올려놓는다. 그가 했던 것처럼 반찬을 더는 그릇이다. 그럴 때면 그의 손이 전하는 말이 들린다. "밥 먹을 때는 프랑스 식으로 천천히 먹어." 노상 급하게 먹어 소화불량에 시달리는 내게 귀에 못이 박히도록 하던 말이다. "층계를 내려갈 때 난간 잡고 천천히 가. 밤에 이불 차버리지 말고 자." 밤중에 가만히 이불자락을 덮어주던 손. 거룩하거나 빛나는 손은 아닐지라도 못생기고 따스했던 그의 손이 찬란한 생애처럼 내게 오는 가을저녁. 손이 마음이라는 말을 이제야 알아듣는다.

그린에세이

수필

● 가을 저녁, 혼자 밥을 먹는 아내. 어느 쪽이든 결국은 혼자 남게 마련이다. 작가의 연륜만큼 남편에 대한 그리움이 격조 있게 표현된 것은 '손'이라는 상관물을 통해서였다. '손이 마음'이라는 말을 이제야 알아듣는다는 화자. 절제된 표현으로 드러난 빙산의 일각, 그로해서 숨은 지층이 더욱 짐작되는 부부애가 잔잔한 물살을 일으킨다. /맹난자

직선 그리고 곡선

신창선 shinchangsun@hanmail.net

자연에 직선은 없다. 불국사 가는 길, 토함산 고갯길 모롱이를 돌 때마다 굽이굽이 동해바다가 숨었다, 드러났다 한다. 고갯길이 바다를 품고 있는 것 같은 푸근한 마음, 곡선이 내게 주는 자연의 맛이다.

탐험가와 원주민의 단거리 경주 일화가 있다. 탐험가는 모든 걸 경쟁과 승패로만 보는 문명인이었기에 앞만 보고 빨리 달렸다. 원주민은 곡선으로 달리며 꽃과 바다를 눈에 가득 담으며 느리게 달리는 자연인이었다. 누가 더 지혜로운가. 누가 더 행복한가.

쭉쭉 뻗은 고속도로를 달리다보면 바둑판 모양의 논을 볼 때가 많다. 사각형은 농지 관리가 편하고, 농기계 사용도 수월하다. 경계가 분명해 토지분쟁의 소지가 없고, 생산량 측정에 많은 도움이 된다. 구체적인 직선이 추상적인 곡선보다 깊이는 없을지 몰라도 생활에 편리함을 주기도 한다. 그러나 편리함 속에는 지나쳐버리는 것도 많다. 느리다, 넉넉하다 같은 느긋한 형용사가 숨어버리고, 걷는다, 돌아간다 같은 느린 동사가 가물거리고, 황토길, 시냇물 같은 구부러진 명사들이 저 멀리 버려져 있음을 알 듯 모를 듯 희미해져버린다. 자연 그대로의 아름다움을 내치거나 외면하는 일은, 돌이킬 수 없는 인간의 유죄다.

직선은 1등, 1퍼센트, 한 줄에 목을 매고, 나도 모르게 조급하고 냉혹하고, 최고, 최대의 신봉자가 된다. 운동선수들의 슬럼프는 멈춤과 쉼 없는 질주, 직선의 삶이 그 원인이지 않겠는가. 그렇기에 인정과 운치가 있는 따뜻한 사람을 만드는 곡선의 여유가 필요한 것이겠다.

우리는 자나깨나 사각의 틀 속에 갇혀 산다. 철도에서 시작된 직선의 모더니티는 인간의 주거공간이 되었기 때문이다. 인구가 조밀한 곳엔 원형 건물 짓기가 어렵다. 주변에 틈이 많이 생기기 때문이다. 건물이 사각형이니 집안의 생활용품도 네모 일색이다. 직선은 개발과 성장이라는 코드의 대표적인 상징이요, 편리함이란 이데올로기를 만들어낸다. 직선은 무신론적이며 비도덕적이라는 말도 있듯이, 오늘날 우리 사회의 풀기 어려운 계층간 갈등, 세대간 대립도 직선적 사고에 의한 압축적 성장이 빚어낸 모순인지도 모른다.

나의 삶도 직선적 삶이었다. 학교에서건 사회에서건 앞만 보고 달렸다. 이게 시대적 소명이요, 미덕인 줄로만 여겼다. 경주마처럼 옆을 가리고 주어진 트랙만을 질주했으니 도대체 '나'가 없는 허깨비였던 셈이다.

고향 제주 섬에 가면 해안길을 걷게 마련이다. 해안길을 걸으면 마음이 편안해진다. 넉넉한 곡선 때문이다. 젊은 시절의 직선적 행위가 타인에게 상처를 주고 어느 순간 부메랑이 되어 나의 상처가 되었음을 고해하는 신성한 장소가 되기도 한다. 남은 세월, 구불구불 돌아들며 동화처럼 살 순 없을까. 곡선의 섬이 꼬불꼬불 직선의 삶을 다독거리고 있다.

과학기술이 발달하면 할수록 세상은 첨단 과학기술뿐만 아니라 기본 원리와 전통 기술을 동시에 필요로 한다고 한다. 어느 해인가 일본의 한 의료기기업체의 현장주임이 노벨화학상을 받은 건 우연이 아니다. 석사도 박사도 아니요, 대학연구실이 아닌 현장실험실에서 '단백질 분리촬영법'의 기초 원리를 발견한 것이다. 첨단지식기반사회는 전통 과학기술의 축적 없이는 모래성 같은 것인지도 모른다. 노벨화학상을 배출한 제작소에는 '깊은 샘의 물이 멀리 흐른다'는 글귀가 적혀 있다. 곡선이다.

무한경쟁시대의 진짜 승부수는 무엇일까. 옛날 음악감상실이 그리운 건 왜일까. 아날로그적 소비방식에는 곳곳에 틈이 있었기에, 신청한 노래에 눈을 감고, 가사에 빠지고 사색에 잠길 수 있었지 않은가. 생각의 공터가 향수가 되어 남아 있었을 것이다. 무한경쟁시대를 헤쳐나가는 진짜 승부수는 빨리 달리기일까. 깊이 달리기일까. 어차피 인생은 속도가 아니고 방향일 텐데, 느림의 자유 아다지오가 필요하지 않겠는가.

어두운 곳에 빛이 있고, 빛 속에 어둠이 있다. 빛이 밝은 것은 어둠 때문이다. 직선 속에도 곡선이 있고, 곡선 속에도 직선이 있다. 옛 선인들이 썼던 엽전이 생각난다. 엽은 둥글고 가운데 네모가 뚫려 있는 상평통보는 방여원方與圓이라는 동양의 전통사상과 맞닿아 있을 성싶다. 안으로는 방, 반듯하게, 밖으로는 둥글게, 원처럼 살라는 뜻일 게다.

코이카 봉사단원인 딸과 함께 우즈베키스탄 사마르칸트 모스크에서 보았던, 곡선 가운데 환상적으로 융합되는 아라베스크 무늬가 떠오른다. 교사시절 원의 넓이 공식을 찾아가며 땀을 흘렸던 일은 생각만 해도 즐겁다. 원은 곡선인데 어찌 넓이를 계산해야 하나. 원의 중심에서 한없이 잘라붙인 부채꼴을 길게 늘어놓으면 직사각형이 된다. 직사각형의 가로는 원 둘레, 원주의 반과 같고, 세로는 반지름과 같기 때문에 원의 넓이는 반지름×반지름×원주율이 된다. 어려운 적분법을 이용해도 답은 같다. 결국 넓이란 어떤 도형을 직사각형으로 바꾸는 것임을 일깨우는 수업이었다. 그때, 원을 자르고 붙여가며 직사각형을 만드는 노작 학습이 눈에 보이는 듯하다.

음악에도 화성과 선율이 조화를 이룰 때 더욱 정교해지고, 깊은 울림이 흐르며, 발레에서도 아라베스크 명칭으로 한 발로 서는 자세를 가다듬기도 하듯이 직선과 곡선이 서로 상보적이어야 하는 것인지도 모른다.

직선과 곡선은 무슨 이념이거나 슬로건도 아니다. 그저 우리가 살아가는 인생사이다. 디지털에 목매달지 않아도, 아날로그의 향수에 빠지지 않아도 살아가고, 디지털과 아날로그가 혼재된 디지로그로 생활하고 있듯이. 묻고 싶은 것은 경영학이나 정치학처럼 '그러니까' 하는 사회과학적 시각만이 아니라, '그럼에도 불구하고'라는 인문학적 사유방식도 외면해서는 안 되지 않겠는가 하는 생각이다.

자신을 내세우고 드러내는 억센 직선으로부터 어떤 모양이든 상대를 포용하는 나만의 곡선 하나를 긋고 싶다.

수필과비평

● 자연현상에서 직선을 찾기는 어렵다. 현대사회는 시간의 제약과 한정된 물리적 공간으로 인해 직선 지향의 삶을 강요한다. "무신론적이며 비도덕적"인 직선 추구는 압축성장사회가 낳은 모순으로 편리함이라는 이데올로기를 일반화시켰다. 작가의 곡선 지향은 직선적 행위로 타인에게 준 상처를 고해하거나, 직선적으로 달려온 삶을 다독이는 계기로 작용한다. 곡선 회복은 인간성의 회복이다. 현대문명의 부산물인 직선의 모더니티와 곡선에 대한 다각적인 예시로 주제에 도달하는 과정이 묵직하다. 목적의식을 상실한 채 직선으로 달려가는 삶과 곡선으로 우회하는 삶을 '그러니까'와 '그럼에도 불구하고'로 대비한 역설의 사유방식은 선명한 주제의식으로 드러난다. /엄현옥

벼꽃, 밥꽃 하나 피었네

이방주 nrb2000@hanmail.net

주중리 들녘이 입추를 맞았다. 그래도 더위가 가려면 아직 멀었다. 낮에는 정수리에 화상을 입을 만큼 따갑지만 새벽에 농로를 달릴 때 가슴에 스치는 바람에는 서늘한 기운이 묻어난다. 볼때기에 서늘한 바람을 맞으니 문득 햅쌀밥이 그립다. 혀에 닿는 부드러운 햅쌀밥이 여름내 보리밥으로 거칠어진 입안을 어루만져주리라. 길가에 무궁화가 소담하다. 무궁화가 피기 시작하고 100일이면 고대하는 햅쌀밥을 먹는다고 했다. 자전거를 타고 달리는 농로 아래 벼는 아랫배가 통통하다. 내 아랫배까지 통통해진다.

시멘트 다리를 건너 140도쯤 돌아서면 버드나무 우거진 방천둑길이다. 우거진 버드나무 가지마다 가시박덩굴이 올라타기 시작했다. 태양은 버드나무나 가시박이나 공정하게 볕을 주고 생명을 준다. 그런데 가시박은 기어이 버드나무 멱줄을 졸라댄다. 주중리 농부들은 가시박을 미워하면서도 베어내지는 않는다. 볏논에 더 부지런하고 알뜰하다. 길가 자투리땅에도 도라지꽃이 하얗다. 땅을 소중하게 여기는 사람들은 도라지 밭가에 부추도 심었다. 모두가 우리 몸을 지탱하는 보약이다. 한 배미를 지나고 또 한 배미를 지나 자전거를 딱 멈추었다. 꽃을 본 것이다.

벼꽃이 피었다. 자전거를 세우고 논두렁 아래로 내려갔다. 엊그제까지도 통통했던 아랫배가 터져 올라온 것이다. 아, 그래서 벼꽃은 피었다고 하지 않고 패었다고 하는구나. 오늘 새벽 벼꽃을 본다. 꽃 한 송이에 쌀이 한 톨이다. 쌀 한 톨은 밥이 한 알이다. 벼꽃은 밥꽃이다. 생명의 꽃이다. 한 줄기 벼이삭은 밥이 한 공기이다. 한 배미 벼꽃은 수천 명 생명줄이다. 벼꽃은 곧 우리 목숨이다.

밥꽃이 핀 볏논 자투리땅에 도라지꽃, 부추꽃, 호박꽃, 가지꽃을 함께 피우는 주중리 사람들의 슬기가 아름답다. 풋고추 붉은 고추까지 주렁주렁 매달린 농로에 서서 들판을 바라본다. 칠첩반상을 바라보는 것이다. 이렇게 너른 들이 그냥 우리네 밥상이다. 나으리들이 제 밥사발을 채우려 싸움질할 때 농투사니들은 이 들판에서 겨레의 밥상을 준비한다. 우리는 들풀 같은 민초들에 기대어 산다.

계룡산 신원사 고왕암은 백제 마지막 태자 부여융이 숨어 있다가 김유신의 부하에게 잡혀 소정방에게 넘겨진 일이 있는 절이다. 지금도 태자가 숨어 있던 토굴이 남아 있다. 언젠가 고왕암을 답사하고 내려오는 길에 신원사 일주문 바로 아래에서 밥꽃을 발견했다. 밥집 이름이 '밥꽃 하나 피었네'였다. 밥집 이름 치고 좀 길기는 하지만 도저히 잊어버릴 수 없을 것 같았다. 좋은 사람과 마주 앉아 밥꽃 한 상을 받았다. 상을 두 번 차려 내온다. 첫 상은 자투리땅 모습이고 두 번째 상은 볏논을 옮겨온 듯하다.

먼저 나온 상에는 두부김치, 가지고지볶음, 애호박고지볶음, 떡볶이, 나물전과 양념장, 청국장김쌈, 남새샐러드, 감자샐러드이다. 밥상이 꽃밭이다. 젊은 밥상 도우미는 벼꽃처럼 음전하다. 나직나직한 말씀씀이가 미덥다. 물을 때마다 고분고분 차림을 일러준다. 둘이 다 밥꽃을 닮아 있다. 첫 상을 거두고 이제 밥꽃이 나왔다. 가운데에 떡갈비가 떡하고 놓이더니, 된장찌개, 고춧잎무침, 방풍나물무침, 부지깽이나물장아찌, 쌈채소와 쌈장, 마늘과 풋고추, 견과류 볶음으로 상이 가득하다. 그리고 밥꽃 한 사발이다. 밥상 위에 주중리 들판을 옮겨왔다. 벼꽃이 피고, 가지꽃이 피었다. 노란 호박꽃도 하얀 도라지꽃도 피었다. 벽 한 면을 털어 만든 통유리창으로 세상이 보인다. 가까이 밥꽃 피우는 농장에서 천년초를 비롯한 가지가지 채소가 올라오고, 멀리 관음봉에서 연천봉으로 이어지는 산줄기가 용틀임하는 기운도 밥상 위에 내려앉았다. 천년초 차를 마실 때쯤 나는 주중리 볏논의 오래되고 깊은 의미를 미각으로 깨우쳤다.

벼꽃은 생명이고 명줄이라고 해서 그렇게 예쁜 것만은 아니다. 논두렁 아래 내려가 가만히 패어나오는 벼꽃을 살펴본다. 나락 알알에 먼지가 묻은 것 같다. 불타던 솔가지가 사위어 날린 재티 같다. 시시하다. 어느 시인이 오래 보면 예쁘다고 했다. 어느 스님은 일부러 멈추어 서서 보아야 할 것도 있다고 했다. 이미 멈추어 섰으니 오래 보자. 말간 연두색 벼 알갱이 뾰족한 꼭대기가 약간 벌어져 있다. 벼를 말하는 한자 벼도稻 자를 보면 벌어진 모습이 그대로 상형되었다. 벌어진 틈으로 꽃술이 비어져 나왔다. 재티 같기도 하고 동부 거피가루 같이 하얀 것은 꽃잎이 아니라 꽃술이었다. 조심스럽게 세어보면 똑같은 꽃술이 여섯 개이다. 그렇다. 여럿인 걸 보면 틀림없이 얘들이 수술이다. 그럼 암술이 있어야 한다. 안경을 다시 올려 쓰고 들여다보았다. 여왕 같은 암술이 수술들 가운데 그 안에 계시다. 육판서가 시위한 암술 여왕님이시다.

들으니 벼꽃은 벌 나비의 도움을 받지 않고도 은밀하게 사랑을 이룬다고 한다. 이른바 자가수분이란다. 볏잎 무희들이 살랑살랑 미선을 흔들어 바람을 보내면 벼꽃은 합궁을 이룬다. 합궁은 주로 볕이 화사한 정오에 치른단다. 이슬이 허튼 물방울을 보내는 것을 경계함이다. 운우의 즐거움을 누리는지는 알 수 없지만 신비롭고 신성한 한낮이다. 합근合巹의 순간이 수줍은 벼 껍질은 갑자기 옷깃을 오므려 수술을 떼어내고 암술만 다독여 내밀한 여왕의 산실로 모신다. 산실에서 땅의 기운에 의지하고 태양의 힘을 얻어 알이 차고 영글어 한 톨의 쌀이 된다. 쌀 한 톨 한 톨이 신비스러운 보석이다. 보석이 사람을 살리는 밥이 된다. 벼꽃은 밥꽃이다. 가을 들판은 밥꽃이 신비롭게 영그는 보석의 밥상이다.

밥꽃이 아름다운 것은 신이 내린 생명의 꽃밭이라 그렇다. 벼꽃은 우리 생명을 다지려고 피어난다. 주렁주렁 풋고추 붉은 고추도 밥꽃을 밥꽃답게 하려고 볕을 받는다. 벼꽃은 밥꽃이다. 생명의 꽃이다.

오늘 새벽에도 주중리 들에서 생명의 꽃을 얻어온다.

수필과비평

● 농로를 산책하던 작가는 아랫배가 통통해진 도화(稻花)를 보며 벼꽃이 '피었다'라 하지 않고 '팼다'고 하는 이유에 공감한다. 작가가 들판에서 본 작물은 귀한 밥상이며, 밥 꽃 핀 음식점의 밥상은 들판이다. 먹거리의 신비함과 밥상의 소중함을 강조하기 위한 문학적 장치는 치밀하고 정교하다. 볍씨에서 모가 되어 흙, 햇빛, 바람, 물을 만나 벼가 되는 작물의 한살이는 우리네 인생과 무관하지 않다. 예쁘거나 화려하지도 않는 벼꽃은 꽃잎도 꽃받침도 없이 오직 낟알에만 집중했기에 인류를 연명케 했다. 목숨 꽃인 벼꽃 한 송이가 한 톨의 쌀이 되는 자연의 섭리는 인간과 자연의 상생(相生)을 의미한다. 볍씨가 밥이 되기까지의 생태적 변화의 서술을 통한 벼의 생애와 민초들의 숭고한 노동예찬이 뭉클하다. /엄현옥

그가 누워 있다

이환 kkjega@naver.com

저기, 시내버스 정류장. 그리 길지 않은 간이의자 위에 그가 누워 있다. 버려진 맥주 캔처럼 그가 구겨져 있다. 생의 직립을 위한 뼈대는 처음부터 없었다고 말하고 싶은 걸까. 오직 취하는 일에만 매달려 몸도 마음도 마비된 사람.

그를 처음 본 건 알코올 쉼터에서였다. 아무 곳에서나 몸 허물던 그가 제 발로 찾아온 것이다. 시설을 스스로 찾는 일은 드문 일이다. 햇살이 담벼락 아래 풀꽃들을 껴안아주는 맑은 날이었다. 여기서 행려의 바람을 잠재우고 싶다며 마당을 쓸고 있던 나에게 말을 걸어온 사람.

쉼터 이용자들이 자활근로 나가는 아침이었다. 저마다 분주할 때 그는 자기 도시락을 준비하며 다른 사람 것까지 여유 있게 만들곤 했다. 제공되는 밑반찬 말고 몇 가지 찬은 솜씨 있게 직접 만들어 내기도 했다. 그런 그의 마음을 모두 고마워했다. 답례의 표시로 누군가는 통 크게 담배를 그냥 주기도 하고 누군가는 거의 새 것이나 다름없는 옷을 작업복 하라며 그에게 내어주었다. 가끔은 그가 바보가 아닌가 하는 생각이 들 때도 있었다. 무어라도 하나 아쉬운 처지에 그에게 건네진 옷가지는 필요한 이에게 다시 전해지곤 했다. 주거니 받거니 쉼터의 아침 분위기가 그로 인해 달라졌다.

노숙생활을 했다는 사실이 믿기지 않을 정도로 그에게 성실함이 배어 있었다. 매일 있는 재활 프로그램을 그는 알약인 듯 빠짐없이 챙겼다. 중독의 사막을 건너게 해줄 낙타를 비로소 찾았다는 표정이었다. 그는 자신을 객관적으로 보려 안간힘을 쓰는 듯했다. 객관이란 자기를 비난하지도 않고 연민하지도 않는다는 뜻이다. 마음을 가라앉혀 차분한 상태로 자기 생애를 들여다보려 그는 노력했다.

알곡이 익어가듯 나는 그의 생활이 잘 여물어가기를 바랐다.

어느 날인가 그가 나에게 통장을 불쑥 내밀었다. 자활근로 월급이 들어오는 호랑이 어금니 같은 통장이었다. 맡아달라고, 생의 텃밭에서 이제라도 움 하나 틔우고 싶다며 멀건 죽 같은 웃음 지어보이던 사람.

그런 그가 저기 술에 절어 누워 있다. 무관심의 시선이 흐르는 정류장 의자 위에 자신을 축 늘어뜨리고 있다.

그는 초등학교 사학년을 중퇴했다. 가난은 날아든 돌멩이와 같았다. 생활의 모든 무대 장치가 하루아침에 바뀌었다. 다니던 학교가 있는 남대문에서 그는 구두를 닦기 시작했다. 찍새 생활부터 배워나갔다. 인근 다방을 돌며 구두를 모아 닦새 형들에게 전해주는 것이 그의 일이었다. 해 질 무렵이면 술심부름이 있었다. 심부름값인 듯 형들이 따라주는 술이 어린 그를 취하게 했다.

"아무리 열심히 닦아도 내 생활은 광이 나지 않더라." 하루하루가 자꾸만 허물어져 내리는 나날이었다고 그가 말했다. 명절이면 외로움 자욱한 골방에 종일 틀어박혀 있곤 했다. 찾아갈 마땅한 곳이 없었다. 그 농도 짙은 외로움이 술을 찾게 했을 것이다.

어떤 사람에겐 명절이 비수가 된다. 날이 예리한 외로움으로 하루 종일 가슴을 후비는 것이다. 그 쓸쓸함을 달래주는 술. 하지만 그의 음주는 숨을 조여오는 보이지 않는 멱살 같은 것이어서 급기야 중독이란 덫으로 돋아난 것이다. 그를 지금 저기 눕게 한 사연도 명절 분위기로 달뜬 요즘 풍경과 무관하지 않을 거라 나는 짐작한다.

솔직하게 말하면 나는 그의 살아온 이야기를 인간 승리의 단맛이 없는 흔한 고생담 정도로만 기억한다. 어쩌면 그 기억조차 잠깐 맺혔다 사라지는 가지 끝 물방울처럼 내 가슴 속에 오래 남아 있지 않을는지 모른다. 그럼에도 저녁노을에 젖어가는 그에게서 나는 눈을 떼지 못하고 있다. 제 삶을 제대로 경작하지 않은 자의 당연한 남루로만 그를 읽을 것인가. 그런 남루가 오롯이 그만의 몫이긴 하겠지만.

그의 통장은 아직 내 서랍 속에 들어 있다. 그가 하던 자활근로도 아직 유효하다.

수필미학

● '그'의 기울어가는 생을 노래한 글로, 그럼에도 불구하고 작가는 아직 그의 생이 '유효'하다고 적는다. 한번도 허리 펴고 살아보지 못한 이를 저만치 거리를 두고 스케치했다. "아무리 열심히 닦아도 내 생활은 광이 나지 않더라"던 사내의 말이 또 다른 누군가의 독백처럼 들린다. 자신을 비난하지 않고 연민하지도 않는 것이 객관이라면 한번쯤 객관적으로 살아볼 만하지 않나, 타이르는 것 같다. 이 말 앞에서 누군가는 용기를 얻을 것이다. 생의 힘이 느껴지는 글이다. /한복용

그림자의 반어법

정동순 aprilshower67@hanmail.net

소담스런 코스모스 화병이 야외 식탁에 놓였다. 화병 앞에는 연분홍 화사한 꽃잎을 투과한 빛이 빚어낸 꽃 그림자가 길게 누워 있다. 투명한 화병의 물과 코스모스 꽃잎의 얇은 잎맥까지 다 보인다. 그야말로 꽃보다 그림자다. 사진을 잘 찍는 문우文友의 작품이다. 사진의 코스모스 그림자가 가을 문으로 어서 들어오라고 손짓한다.

어떤 가을이 나를 기다리고 있을까. 올해는 화려하게 물든 단풍이 아니라 가을 오후의 그림자에 꽂혔다. 가을의 그림자는 다른 계절의 그것과 확연히 다르다. 무더위에 바짝 졸아든 모습도, 추위에 꽁꽁 얼어붙은 시린 그림자도 아니다. 여름은 짙고 짧은 그림자를 나무 아래 숨기더니, 가을은 나무에게 키 자랑하라는 듯 긴 그림자를 드리운다. 계절이 지나는 동안 그림자도 훌쩍 키를 키웠나 보다.

매일 지나는 산책길엔 팔손이잎과 단풍잎이 문양 그대로 지문을 찍듯 길바닥에 내려와 있다. 좀 더 숲으로 접어들면 단풍나무 그림자가 촘촘하게 내려앉아 그물을 엮고 있다. 지나가는 이의 마음을 사냥하려는 게다. 산책길에 나선 이는 그림자의 그물에 걸려든 한 마리 새다. 가을 숲이 던진 그림자의 반경 안에서 서성인다.

사박사박 걸음을 내디딜 때마다 길 위에 그림자가 물결처럼 일렁인다. 섬세한 바람이 음악처럼 흐르고 그림자가 무도회를 시작한다. 몸과 마음의 긴장을 풀고 무대에서 자유롭게 춤을 즐기는 무희들이다. 두 손으로 꼭 감싸든 부드러운 펌킨 스파이스 라떼처럼 따스한 풍경이다. 산책하는 이도 그 온화함으로 충만하여 그들이 펼친 무대에 오른다. 모자를 쓴 그림자가 천천히 움직이기 시작한다. 팔을 벌려 그림자와의 유희를 즐긴다.

그림자는 대개 물체에 종속된 개념으로 이해되기 쉽다. 본질이 아니라 본질에 딸린 부수적인 것, 그림자처럼 살았다는 말은 타인에게 순종하고 자신을 드러내지 않고 살았다는 말이다. 그림자에 가려서 빛을 보지 못했다는 말도 그림자에 대한 부정적인 표현이다. 그러나 가을 숲에 떨어진 그림자를 찬찬히 바라보니 그런 그림자의 의미에 전적으로 수긍하기 어렵다.

물상이 있어야 그림자가 생기는 거라고? 아니다. 그림자는 물체에 종속되어 있지 않다. 그림자는 개기월식처럼 달의 존재를 뚜렷하게 알게 해주기도 하고, 화병의 그림자처럼 오히려 빛과 물체의 관계를 조화롭게 완결시켜주기도 한다. 인상파 화가들이 그린 풍경화를 떠올려보아도 그렇다. 그림자는 그림을 완결해주는 필수 요소다. 그림자놀이를 한 사람들은 알 것이다. 그림자 자체를 창조하는 즐거운 놀이다. 손으로 오리, 개, 나비 등 여러 가지 모양의 그림자를 만들며 놀 때 그림자가 주연이다. 그림자를 창조하기 위해 오히려 빛이 빛나는 건 아닐까? 빛은 그림자 때문에 그 존재가 증명되는 것이 아닐까? 잠시 눈을 끔벅여본다.

「그림자 도둑」이란 동화가 있다. 소년의 그림자가 다른 이의 그림자와 겹치면 그 사람이 숨기고 싶어하는 진실과 마주하게 된다. 그리고 자신도 모르게 그 그림자와 대화할 수 있는 이상한 능력을 지녔다. 소년은 그림자를 통해 그들의 숨겨진 어두운 내면과 마주할 수 있도록 돕는다. 사람들은 그림자 도둑으로 인해 의식의 바닥에 꼭꼭 숨겨진 상처를 치유할 기회를 얻는다.

단풍나무 군락의 무도회가 끝나는 길, 모자 쓴 그림자가 몇 백 년을 산 붉은 삼나무의 그림자에 멈춰 슬며시 자신의 그림자를 포갠다. 붉은 삼나무는 그림자 도둑처럼 사람들의 어두운 기억을 흡입해갈 수 있을까? 나무와 그림자를 포갬으로써 그는 어떤 한때의 부끄럽고 아픈 기억을 들여다보며 그 시절과 잠시 화해를 시도해본다.

그림자 사진을 찍어본다. 새삼 회색이나 검은 색에도 명도와 채도가 있다는 생각을 한다. 그림자 때문에 어두운 색들도 아름답게 보인다. 가을 오후, 세상의 물체들이 온몸으로 그림자놀이를 한다. 산책길에 특별하게 다가온 그림자와 유희를 멈출 수 없다.

화병에 꽂힌 코스모스 그림자를 다시 들여다본다. 나의 그림자를 본다. 더욱 길어진 그림자가 발밑에 딱 붙어 있다.

수필과비평

수필

● 식탁에 놓인 화병의 꽃 그림자에서 시작하여, 산책길의 그림자 탐색에 이어 결미의 그림자 응시에 이르기까지 그림자의 의미에 대한 진지한 성찰이 인상적이다. 물체 뒤쪽으로 빛이 통과하지 못해 생기는 어두운 부분인 그림자는 빛의 직진성으로 그 모양을 예측할 수 있다. 따라서 그림자는 물체의 본질이기보다는 종속된 현상으로 여기게 마련이다. 그림자는 사물과 우리 마음에 드리운 빛의 대가이며 달의 존재를 부각시킨 것은 개기월식이라는 그림자 현상이다. 인상파의 화폭도 그림자로 인해 완성되었듯이 사람은 물론 모든 물체는 눈에 보이지 않을지라도 그림자를 품고 있다. "노련한 건축가는 집의 그림자까지 설계"하듯 그림자야말로 인간 실존과 물체 본래의 모습인지도 모른다. /엄현옥

폭포 앞에서

정선모 44jsm@hanmail.net

귀를 씻으러 길을 나섰다.

언제부턴가 눈만 뜨면 세상이 온통 말의 난장판이 되어버렸다. 가까운 이웃끼리 서로 다른 편을 지지하는 속내를 드러내곤 소원해지는 모습도 심심치 않게 목격되었다. 귀가 시끄러우니 마음도 고요함을 잃었다. 이럴 때 찾아가는 곳이 있다. 심란한 마음을 달래고, 평정심을 찾기 위한 나만의 장소, 바로 폭포다.

한 치 앞을 볼 수 없을 정도로 혼돈의 시간에 길을 나선 탓일까? 산을 오르는 도중에 일출을 맞이해도 좋겠다고 생각하며 미명未明에 나섰는데 그만 짙은 안개에 갇혀버렸다. 두세 걸음만 뒤처져도 앞서 걷는 이의 등이 보이지 않는다. 목적지를 향해 제대로 가고 있는지 살필 수조차 없을 정도다. 허방을 딛지 않도록 발끝만 보며 조심조심 한 걸음씩 내딛는다. 그 순간 확실한 것은 다만 지금 딛고 있는 이 땅이다, 단단히 나를 지탱해주는 땅의 든든함, 그 실체를 온몸으로 확인하며 숲속으로 깊숙이 들어간다.

오르락내리락 이어지는 길을 한 시간여 걷다보니 계곡이 나오고, 계곡을 지나 몇 개의 다리를 건너자 이윽고 안내판이 보인다. 오늘의 목적지가 얼마 남지 않았다. 폭포를 만날 생각에 걸음이 조금씩 빨라진다.

더듬더듬 걷느라 해는 진즉에 떴고, 햇살에 밀렸는지 안개도 어느새 걷혔다. 엊그제 내린 비로 인해 계곡물이 제법 장쾌한 소리를 내며 흘러내린다. 수량이 풍부할 테니 오늘 만날 폭포는 장관을 연출할 것이다. 호흡을 가다듬고 큰 바위를 오르자 드디어 폭포가 나타난다. 엄청난 소리를 내며 쏟아지는 폭포를 보니 감탄사가 절로 나온다. 저 당당한 추락을 보고 싶어 어둠을 헤치며 이곳까지 왔다.

폭포의 하강은 거침이 없다. 일말의 주저함도 없이 그대로 떨어져 내린다. 실핏줄처럼 숲속에 뻗쳐 있는 물길이 한곳에서 만나 이처럼 거대한 물줄기로 쏟아져 내린다. 물은 서로 다른 길로 이곳까지 왔을 것이다. 돌틈을 비집고, 단단히 굳은 흙에 스며들고, 혹은 마른 나무뿌리를 돌고 돌아 다다른 곳이 하필 절벽이다. 긴 여정 동안 그 물은 뿌리를 적셔 풀이나 나무를 자라게 하였을 테고, 메마른 흙을 적셔 갈증에 허덕이는 땅속 짐승들에게 생명수가 되어주었을 것이다. 그러면 된 것 아닌가. 절벽을 만났다고 난감해하거나 억울해할 일은 아니다. 그게 끝이 아님을 알기에 저리도 시원하게 낙하할 수 있었을 것이다.

세차게 떨어지다 튀어나온 바위에 부딪쳐 물보라를 일으킨다. 부서지는 잔물방울의 파편들이 사방으로 퍼져나간다. 수많은 입자로 쪼개져 분사되는 물방울들이 연기처럼 피어오른다. 그 모습이 마치 은하수 같다. 한통속으로 쏟아져 내리든 안개처럼 가는 입자로 부서지든 그냥 물이다. 수증기로 공기 속에 스며들거나 폭포 아래 형성된 소沼에 담기고, 때론 계곡으로 흘러 결국은 바다에 다다르는 그 모든 여정이 끝없는 순환일 따름이다. 그걸 알기에 갑자기 맞닥뜨린 낭떠러지 앞에서도 절망하지 않고, 저렇게 당당한 모습으로 떨어져 내릴 것이다.

좀 더 가까이 폭포 앞으로 다가선다. 굉음으로 귀가 먹먹하다. 곁에 있는 바위에 앉아 잠시 눈을 감고 폭포 소리에 집중한다. 어느 순간 나는 없어지고 내 안에 물이 가득 들어찬 느낌이다. 귀를 씻으러 왔으니 물소리에 온전히 마음을 내맡긴다. 세찬 폭포수에 마음을 어지럽히던 온갖 말들이 씻겨 내리는 듯하다. 숲의 정령들이 함께 있는 듯 소쇄한 기운이 전신을 휘감는다. 나만의 은밀한 정화의식을 치르는 그 순간, 폭포 위에서 눈부신 햇살이 쏟아져 내린다. 신령한 기운이 온 산에 가득하다. 햇빛을 받아서인지 폭포 위로 무지개가 피어오르고, 폭포수는 금빛으로 반짝이며 흘러내린다.

가슴 가득 충만한 느낌을 안고 돌아서는 발걸음이 깃털처럼 가볍다. 이 작은 몸을 산은 그 너른 품을 한껏 벌려 안아주었다. 울울한 바위가 병정처럼 서 있는 제법 높은 산은 그날 아침, 오로지 나를 위해 존재하는 듯했다.

숲을 떠나는데 폭포가 내게 선물을 건네는 것일까. '미타큐에 오야신 Mitacuye Oyasin'이란 말이 계속 귓가에 맴돈다. "모든 것은 하나로 연결되어 있다" 또는 "우리는 모두 동족이다"라는 뜻의 다코타족 인디언들의 인사말이다. 돌아가면 우격다짐으로 상대편의 논리를 비판하느라 서먹해진 이웃들을 불러 맥주라도 한 잔 해야겠다. 건배사는 "미타큐에 오야신!"

한국산문

Tip 수필

● 심란한 마음을 달래고 평정심을 찾는 '나'만의 장소는 폭포 앞이다. 미명에 안개를 뚫고 찾아간다. 물의 여정에서 우주의 순환을 보고 폭포의 '당당한 추락'을 본다. 폭포에 대한 사유와 묘사가 명쾌하다. 세찬 폭포수 소리로 귀를 씻으며 정화의 식을 치른다. 깃털처럼 가벼워진 몸과 마음에 깃든 선물은 "미타큐예 오야신", 모든 것은 하나로 연결되어 있다, 우리는 모두 동족이라는 뜻의 다코타족 인디언의 인사말이다. 언쟁과 분열에서 시작해 포용과 화해라는 끝맺음이 폭포처럼 장쾌하다. /정진희

길을 읽는다

조완춘 booktool@naver.com

나는 가끔 위성지도로 길을 찾아보는 것을 좋아한다. 그 중에서도 고향으로 가는 길을 따라가는 것은 더욱 재미있다. 고향은 603번 지방도로와 32번 국도 사이에 자리하고 있다. 서해로 뻗어나간 두 개의 노란 길 사이, 초승달 모양의 저수지에 둘러싸여 있다. 집은 초승달의 배꼽처럼 남아 몇 번의 탈바꿈을 한 채 지금껏 남아 있다. 소년기까지 머물던 우리 마을은 오지였다. 집을 벗어나 20분은 족히 걸어야 건넛마을에 닿을 수 있었다.

집에서 시작된 길 하나가 바다로 나갔다. 썰물 때는 길게 늘어나고 밀물 때면 짧게 줄어들었다. 얼마나 오랫동안 발길에 다져졌는지 파도도 망가뜨리지 못한 반질반질한 길이다. 길은 사람들의 이동경로인 동시에 물산의 이동경로이기도 하다. 서해안에서 선사 이전의 패총이 발견되는 것으로 보아 이 바닷길의 시작도 그 무렵이 아니었을까 짐작된다. 바지락, 꽃게, 낙지, 소라 등 갯벌이 내어주는 먹거리가 많은 고장이었다.

위성지도를 키워보면 웬만한 집과 고샅길이 속속들이 보인다. 저기에 내 기억까지 소환하면 나는 마치 소인국을 들여다보는 걸리버가 된 것 같기도 하다. 때로는 시공간을 초월하는 전지전능한 존재가 된 듯한 착각에 빠져들기도 하는 것이다.

초승달의 배꼽은 작은 알집이었다. 걸음마를 시작한 내가 마당을 벗어나고, 이웃 마을 당숙댁에 심부름을 가고 또 초등학교를 가고…. 갓 부화한 애벌레가 꼬물꼬물 풀잎을 따라 자리를 옮겨가듯 자꾸 행동반경을 넓혔다. 그러고 보면 나의 성장이란 점차 반경을 넓혀가는 일이 아니었나 싶다. 시오리 길의 초등학교를 시작으로 중고등학교, 직장, 결혼의 순서로 나는 자꾸 행동반경을 넓혀나갔다.

60년대 시골길은 교통수단이 거의 없었다. 초등학교 시절에 나는 발이 부르트도록 들길, 산길을 걸어야 했다. 늘 같은 길을 오가는 일이 단조롭게 느껴지기 시작했다. 지름길을 벗어나면 바다가 보이고 옹달샘이 솟아나는 숲도 나타났다. 산딸기를 따고 꿩알을 줍는 날도 있었다. 게와 고동을 잡는 날은 밀물이 닥치는 줄도 모르고 열중하다가 물길에 포위되어 위험한 고비를 넘긴 일도 있었다. 그렇긴 해도 낯선 길일수록 호기심 천국이었고 동화의 세계였다. 어쩌다 산중에서 맞닥뜨린 거대한 암벽 앞에서 알리바바와 40인의 도적들처럼 "열려라 참깨!" 주문을 외기도 했다.

이렇게 시작된 길에서 나는 세상을 두루 배워나갔다. 길에서 만나는 무수한 사람과 많은 경험들, 길은 경계였고 수단이었으며 인생이고 역사였다. 길을 알아가는 일은 세상에 대한 호기심을 충족시키는 한 방편이었다.

남편의 직장을 따라 열다섯 번 집을 바꾸는 동안 그 세상은 점점 넓어졌다. 매번 이삿짐을 풀고 나면 우선 길부터 익혔다. 학교, 동사무소, 시장과 동네, 그리고 이웃 마을과 연결되는 통로…. 길은 언제나 길로 연결되어 있다.

스마트폰 GPS를 연결해서 자신의 행적을 보는 일도 신기하다. 한때 마라톤을 열심히 하던 시기가 있었다. 보통은 한강으로 나가 야경을 즐기며 달리지만, 여의치 않을 때면 인근 학교 운동장 트랙을 돌기도 했다. 훈련한 거리를 확인하게 되는데 10㎞를 뛰면 400m트랙 25바퀴다. GPS를 확인하면 스물다섯 개의 동그라미가 중첩되지 않고 조금씩 모습과 위치를 달리해서 나타난다. 그 미묘한 탈선은 아름다운 장미꽃을 그려내고 있었다. 그 영상이 한동안 머릿속에서 떠나지 않았다. 온종일 살림을 하며 집 안을 맴도는 궤적을 그런 방법으로 밝힐 수 있다면 나는 얼마나 무수한 꽃을 피워낼 것인지를 즐겁게 상상했다.

자동차를 운전하게 되면서부터는 발에 날개가 돋기 시작했다. 수도권을 벗어나고 고속도로를 질주하고 바다 건너 세상까지 기웃거리게 됐다. 한번은 모스크바로 가는 비행기에서 광활한 대륙을 내려다보고 있었다. 구름 한 점 없어 시계가 투명했다. 고비사막을 지나 고원이 시작되는 어디쯤이라 짐작했는데 삭막하기 이를 데 없었다. 잿빛 대지 위에 실뭉치 몇 개 무심히 굴러간 정경, 가늘디가는 길들이 더러는 교차하고 휘어지면서 끝없이 흘러가고 있었다.

나는 사냥감을 찾는 한 마리의 매처럼 그림자를 낮게 드리운 채 거대한 지도 위를 비행하고 있었다. 바로 눈앞에 위성지도를 펼친 듯 크게 확대된 지형과 길들이 스크롤 되고 있었다. 간간이 길들이 연결한 작은 촌락과 흔적만 남은 건천들이 쓸쓸한 여운을 남겼다. 저 길 어딘가로 낙타의 행렬들이 느리게 이어지고 모래바람은 자꾸 그 시간을 지우곤 했을 것이다. 길이 실크로드라면 그 길 어딘가에는 혜초의 지난한 발자국도 남아 있을 것이다. 길의 시작과 인간의 애환…. 길은 기다림이고 돌아가야만 하는 필사의 의지였다.

길에 대한 나의 호기심엔 끝이 없다. 길은 사람의 머릿수만큼이나 다양하고 문명과 더불어 지금도 확장되고 있으므로.

보이지 않는 길, 우주로 가는 길도 열리기 시작했다. 머지않은 날 나는 광대무변한 허공에서 아주 작은 초록 행성을 보고 있을 수도 있겠다. 지금껏 내가 세상의 전부라고 여겨왔던 길들의 집합체를.

세상의 길들은 촘촘한 그물망이다. 그 길은 실핏줄이어서 쉴 새 없이 피돌기가 이루어진다. 어디에 무엇이 필요한지 몸이 반응하듯 길의 생리 또한 다르지 않다. 길이 사람의 필요에 따라 만들어지기도 하고 도태되기도 하는 이유가 거기에 있다.

우리는 길을 볼 때 자신이 있는 방향에서 바라보게 된다. 걸어온 길도 나아갈 길도. 나는 길 끝에 있기도 하고 또 시작점에 있기도 하다. 그렇게 보면 내가 바라보는 모든 길의 중심에 내가 있는 것이다. 내가 마음에 두는 순간부터 길이란 회로에는 불이 켜진다.

오래 전부터 바이칼 호수에 마음이 꽂혀 있다. 김지하 시인이 조선일보에 연재했던 〈문명의 시원을 찾아서〉를 읽은 뒤부터 바이칼은 신비와 경이의 대상이었다. 우리 한민족의 발원지일지도 모른다는 가정 하에 이동경로를 따라가는 문화탐방 프로그램이었다. 부랴트 족의 생김새나 토속신앙과 그들의 신화는 우리의 것과 매우 흡사했다. 전통과 생활습관, 조리법까지 유사한 점이 많았다. 문화계의 관심이 그쪽으로 집중됐다. 이후 몽골이나 바이칼 주변, 캄차카에 이르기까지 많은 여행상품이 개발됐지만 나는 다녀오지 못했다. 좀 더 차분한 준비를 한 후에 가도 늦진 않으리라.

울란바토르, 울란우데, 알혼 섬, 이르쿠츠크…. 익숙한 지명 몇 포인트에 불이 켜졌다. 어느 길로 갈까? 비행기로 갈까 아니면 기차를 이용할까? 몇 번이고 지도를 펴고 길을 읽는다. 내 생애 마침표가 찍힐 때쯤에야 나의 길 읽기는 비로소 멈추지 싶다.

에세이문학

The 수필

● 인생을 읽는 법은 다양하다. 그 중에도 길과 인생은 불가분의 관계에 있는 것 같다. 당나라의 시인 백거이조차 「송춘(送春)」이라는 시에서 인생을 길에 비유하여 "날마다 앞을 향해 나아가건만 앞길은 또 얼마나 될까"라 한 걸 보면 이 글의 작가 또한 인생을 길로 읽는다. 성장(成長)이란 길을 통해 행동반경을 넓혀가는 것이요 그 길에서 세상을 두루 배워나가는 것이니, 길은 인생에 있어 경계요 수단이며 역사라는 작가의 말이 설득력 있게 다가온다. 세상의 중심은 '나'다. 해서 길의 시작도 끝도 결국은 나에게서 비롯되는 것이라 할 수 있겠다. "내가 바라보는 모든 길의 중심에 내가 있다"는 작가의 말에 공감이 가는 이유다. 묘사와 성찰을 평이한 문장에 담아 공감지수를 높였다. /이혜연

경계에서

조지현 jj339@cornell.edu

내과계중환자실MICU 아침 회진, 신경과 교수님을 따라 정신없이 좁은 병상 사이를 이리저리 다닌다. 지금은 이곳에 누워 있는 수많은 환자들도 한때는 건강한 활력 징후를 보이며 굳건히 걸어다니고, 또 자신들만의 삶의 영역을 넓히고자 애쓰며 살아왔을 것이다. 어쩌면 치기 어린 젊은 날, 큰 포부를 꿈꾸며 밤거리를 쏘다녔을 수도 있다. 그러나 지금 이 순간만큼은 건너가면 다시 돌아올 수 없는 바다 앞에서 사경을 헤매고 있다. 삶과 죽음의 경계에 서서 환자는 무슨 생각을 하고 있을까. 지나간 날들을 회상하고 있을까. 지금 내 눈앞에는 수많은 관tube에 연결되어 겨우 호흡과 맥박을 유지하고 있는 환자가 잠들어 있다. 인공호흡기 튜브에 의지해 잠든 노인의 찡그린 얼굴 위로, 탯줄에 연결되어 잠든 태아의 모습이 스친다. 삶과 죽음의 경계가 종이 한 장 차이 같다는 생각마저 든다. 사람이 죽거나 산다는 것은 무엇일까.

아차, 생각의 소용돌이에 너무 깊이 빠지지 않으려 다시금 교수님의 목소리에 집중해본다. 교수님은 또 다른 환자의 상태에 대해 설명하고 계셨다. 신경학적 검사도 직접 시연하신다. 그러나 나는 이내 잡념에 사로잡히고 만다. 내 머릿속에서는 온통 한번 건너가면 돌아올 수 없는 죽음의 바다, 그 깊고 검은 물이 찰박찰박 파도치고 있다. 그 환자는 파도 앞에 서 있다가 점점 바다 속 깊은 곳으로 들어갈 것만 같다. 환자의 얕은 숨결 그 위로 깊은 물결들이 잠잠히 몰려와 그를 금방 덮어버릴 것만 같다.

철저하게 목격자로서 병원에서 지낸 시간은 나에게 다양한 생각을 할 순간들을 마주하게 했다. '학생의사'라는 신분은 우리에게 독특한 정체성을 부여한다. 흰 가운을 입고 있지만 당연히 의사가 아니며, 실습생들은 어떠한 자발적인 의료행위에도 참여할 수 없다. 그저 긴긴 시간, 선배 의사선생님들을 관찰하며 그들이 하는 의료행위를 눈으로 보고 배울 뿐이다. 그러나 아무런 행위도 할 수 없는 실습생들에게, 역설적이게도 병원 내 모든 구역의 출입 권한이 주어진다. 우리가 갈 수 없는 곳은 없다. 병실은 물론, 중환자실과 수술실을 직접 드나들고 환자의 수술을 가장 가까이서 지켜보며, 환자가 입원해서 퇴원하기까지 전 과정을 살펴볼 수 있다. 이 관찰의 시간은 오직 의학도에게 주어지는 기회이자, 의료인으로 거듭나기 위한 마지막 관문이기도 하다. 마치 의료인과 일반인 사이의 경계선에 서 있는 것처럼.

환자들은 매일 병원 문을 열고 쏟아져 들어온다. 인간은 왜 운명처럼 주어진 생의 한계를 부정하고 삶을 연장시키려 할까. 사랑하는 이들과의 이별이 두려워서일까, 아니면 아직 살아보지 못한 날들에 대한 기대일까. 그것도 아니라면 지금까지 움켜쥐고 산 날들에 대한 집착일까? 우리가 궁극적으로 원하는 것은 영원한 생명일까. 머릿속에 끝없는 질문이 이어진다. '생명'이라는 단어를 소리내어 읽어본다. '명'이라는 단어의 '이응' 받침이 내뱉는 숨 끝까지 이어진다. 그리고 단어의 진동이 호기 끝자락에 와서야 사라진다. 이 진동 소리가 미약하게나마 이어지다가 이내 내뱉는 숨 끝에서 사라지는 것이 꼭 덧없이 끝나버리는 인간의 삶과 같이 느껴진다. 그러나 문득 그런 생각이 들었다. 질병은 운명이 아닌 삶의 현상일 뿐이며 질병이 삶의 한계를 정해서는 안 된다고. 누군가 개입하여 우리에게 주어진 시간을 조금 더 연장해줄 수 있다면, 그래서 생명이 영위되고 우리 스스로 그날들에 값진 의미를 부여할 수 있다면 그것만으로 오롯이 가치 있는 일이 아닐까 하고.

내 서투른 병원 실습생활을 돌이켜본다. 삶과 죽음의 경계, 의사와 학생의 경계, 또 수술방 안과 밖의 경계. 경계에 서서 바라본 병원의 모습은, 아니 사람들이 일상을 살아내는 모습은 매일, 잠잠히, 치열했다. 어떤 이는 죽고자 했고 어떤 이는 살고자 했다. 모든 것이 원칙적으로 흘러가는 동시에 아무것도 원칙적이지 않은 것 같았다. 눈에 보이는 질병과 싸우면서도 분명히 보이지 않는 무언가와 싸우고 있었다. 사는 것과 죽는 것의 경계가 너무 희미해 보일 때도 있었다. 죽어가는 사람들을 보면서 언제가 될지 모르는 내 죽음의 순간을 자주 생각해보았다.

삶의 마지막 순간 호흡이 다하기 전, 나는 내 삶의 사명을 다 했노라고 이야기하며 죽을 수 있을까? 보이지 않는 것을 꿰뚫어보는 세계로 들어가고 싶다. 실재하는 것 그 이면으로 더 깊숙이 들어가보고 싶다. 삶과 죽음의 경계에 서서 사람들을 삶의 방향으로 더 굳건히 끌어당겨오고 싶다. 빛과 어둠의 경계가 있다면 빛의 방향으로 조금만 더.

Thp수필

● 학생의사인 화자가 중환자실 병상에서 죽음과 생명에 대한 사유를 펼치는 글이다. 질병은 운명이 아닌 삶의 현상일 뿐이며, 질병이 삶의 한계를 정해서는 안 된다고 생각하며 삶과 죽음의 경계에 서서 사람들을 삶의 방향으로, 빛의 방향으로 끌어당겨오고 싶다고 발원한다. 한편 마지막 호흡이 다하기 전, 내 삶의 사명을 다했노라고 말하며 죽을 수 있을까를 자문한 뒤 "보이지 않는 것을 꿰뚫어보는 세계로 들어가고 싶다"고 다짐하는 그의 깊은 성찰의 글을 다시 읽게 되기를 기대한다. /맹난자

고등어

조현미 | acaso07@hanmail.net

트럭 한 대가 들어선다. 윤슬 너울거리는 강을 건너 마을 어귀로 몸을 틀더니 가풀막을 용케도 거슬러오른다. 바람이 쪽빛 포장을 들출 때마다 짭짤한 바다 냄새가 흘러나온다.

"자아, 생선이 왔습니다, 생선이 왔어요. 펄펄 뛰는 고등어, 팔뚝만 한 갈치 들여가세요. 산 넘고 물 건너 바다가 왔습니다. 어서 나오셔서 싱싱한 생선 들여가세요…."

생선장수가 짐칸을 열자 왈칵, 비린내가 쏟아진다. 자못 구성진 입담이 질펀하게 촌을 적시고 하나둘 사람들이 모여든다. 삼거리가 이내 파시처럼 왁자해진다.

먼 여정에 지쳐 눈이 풀린 동태, 은빛 비단옷의 갈치며 장정 손바닥만 한 병어랑 알배기 주꾸미, 세상 구경 나온 꼬막의 주홍빛 속살…. 생선장수 말마따나 바다가 통째로 들어온 것 같다. 개중 촌로들의 눈을 끄는 건 꽁치며 고등어 따위의 등 푸른 족속이다. 검은 봉투 위로 당당히 삐져나온 푸른 느낌표! 서둘러 집으로 향하는 어머니들 걸음이 사뭇 가볍다. 묵나물이며 김치에 이골이 난 산촌 사람들, 저녁 밥상이 모처럼 푸근하겠다.

갓 구운 자반과 노란 막걸리, 여닫이문을 넘나드는 취담에 창호지 속 마른 꽃도 덩달아 불콰하다. 잉걸처럼 핀 별과 단풍잎만 한 불빛들, 깡마른 촌의 겨울이 이토록 따뜻할 수가 없다. 저 발그레한 창의 안쪽에선 누군가 잘 바른 살점을 숟가락마다 골고루 얹고 있겠지. 제비 새끼 같은 아이들, 분홍빛 입술에도 모처럼 생선기름이 번들거릴 것이다.

저처럼 환한 저녁이 내게도 있었는데…. 취기 홍건한 아버지 노랫소리가 금방이라도 대문을 열어젖힐 것만 같다.

야트막한 능선이 부채꼴로 감싼 동네 한가운데 아이의 집이 있었다. 장날 아침엔 모처럼 나들이옷을 차려입은 사람들이 안산 모롱이로 사라졌다 해거름에 쓰윽 나타나곤 했다. 그런 날 아이의 눈은 자주 그리고 오래 안산에 머물렀다.

"무울어 물어 찾아와~았소. 내 님이 계에신 고옷을. 저 달 보고 물어보온다, 님 계에신 고옷을…."

어둠이 젖은 파래처럼 뒤덮인 신작로를 막차가 쿨렁쿨렁 밭은기침을 뱉고 지나면 으레 들려오는 노랫소리. 밀가루 반죽처럼 음절을 치댄 뒤 쭉쭉 늘여 뚝뚝 수제비를 떠넣듯 꺾는 소리의 주인공이 아버지란 걸 아이는 단박에 알았다.

"웬 떠꺼머리가 중소 한 마릴 끌고 나왔는디, 삐쩍 마른 것이 볼품이 하나도 읎다 이거여. 사료 대신 풀만 멕여 그렇다는디, 푸줏간에나 갈 소를 장사꾼들이 그 금에 쳐주간디? 애저녁에 그른 홍정을 그나마 나니께 붙여줬제."

아버지가 개선장군처럼 무용담을 풀어놓았다. 고등어 몇 마리와 풀빵 한 봉지에 아이들 얼굴이 환해졌다. 비린내와 기름 냄새, 달짝지근한 팥소가 어우러졌지만 풀빵은 아버지의 체온만큼이나 따뜻했다. 그런 밤 아이의 집엔 늦도록 불이 꺼지지 않았다.

소금독에 하루를 재운 뒤 숯불에 구운 고등어는 짭조름하면서 담박하고 고소하면서 다디달았다. 자반이란 좌반에서 온 말이니 고등어만큼 서민들의 밥상에 이바지한 생선이 또 있을까. 아버지를 닮아 비린 것을 좋아하던 아이는 오일장이 오기만을 손꼽곤 했다.

예닐곱 살 무렵일 것이다. 딱 한번 아버지를 따라나섰던 장터 풍경이 수십 년 넘게 아이 가슴에 푸른 화인으로 남았다.

구전이 수중에 낙낙하겠다 난전에 즐비한 국밥집을 그저 지나치지 못했을 아버지. 지나는 벗들을 죄 불러 막걸리 사발을 기울이는 동안 꽁꽁 언 고등어도 풀빵도 얼고 녹기를 반복하며 꼬들꼬들 말라갔다. 막차마저 끊긴 그 밤, 설핏 졸다 깨면 하늘엔 쏟아질 듯 별이 명명했다. 평소 어렵고 먼 아버지가 그토록 넓고 따뜻한 등을 가졌다는 사실을 아이는 그때 알았다.

열 번째 봄이 오는 해토머리 아이의 집이 장터처럼 왁자했다. 동네 사람들이 총총 집안을 오가고 친척들이 속속 도착했다. 마당 한쪽에 화톳불이 타고 머리를 풀어헤친 연기가 집 안팎을 어른거리다 하늘 귀퉁이로 사라졌다. 이틀 후 차갑고 길게 누워 있던 아버지가 이승의 마지막 집 상여에 올랐다. 노모의 곡소리가 동네를 휘돌아 안산에 오래 메아리쳤다.

내게 아버지에 대한 기억은 많지 않다. 만 겁의 인연으로 만난다는 부녀지간 겨우 십 년을 함께했다. 가장의 부재를 절감하기에 열 살은 너무 어린 나이였다. 그러나 아버지의 빈자리는 컸다. 언제부턴가 밥상에서 고등어가 사라졌고 막걸리가 찰랑거리던 주전자엔 적요만 그득했다. 장날 저녁이면 으레 들려오던 노랫소리도, 늦도록 정담이 피어나던 밤의 풍경도 아버지를 따라 자취를 감췄다.

명색이 농부였으나 농사와는 거리가 먼 아버지였다. 게다 자상한 지아비도 살가운 아들도 아니었다. 서그럽고 늡늡한 성정이 장사에 걸맞았겠으나 손대는 일마다 족족 손해를 보았다. 종국엔 조부가 금을 캐 마련했다는 금싸라기 땅마저 남의 손으로 넘어갔다. 오죽하면 당신께 명을 받은 자식들조차 '아버지 같은 삶을 살지 않겠노라' 강다짐했겠냐만.

삼십여 년 전 겨울밤, 아버지 등의 온기가 여태껏 나를 업고 온 걸까. 안산을 바라보며 담배를 태우던 뒷모습과 노을의 잔영. 채 바다에 이르지 못하고 오일장 언저리를 맴돌았을 마흔여섯의 생을 자꾸만 헤아리곤 하는 것이다.

잉걸을 그러모아 석쇠를 얹은 뒤 고등어를 뉜다. 대양을 누비던 관성이 아직 몸을 떠나지 않은 걸까. 등에 각인된 쪽빛 문양이 곧 물살을 일으킬 듯 선명하다. 저 벽문이야말로 떠살이 물고기류가 고안한 눈물겨운 생존전략이다. 생애 단 한번도 눈물샘을 가져본 적 없는 눈이 툭툭 눈물을 떨군다. 아궁이 가득 해무처럼 연기가 피어오른다.

밤은 깊고 아궁이 속 불꽃도 정점을 향해 재우친다. 노랗고 붉고 시퍼런 불꽃이 용으로, 봉황으로, 모란과 연꽃 모양의 꼭두*가 되어 아버지를 호위하고 있다. 만가처럼 바람이 운다.

*꼭두 : 우리나라 전통 장례식 때 사용되는 '상여를 장식하는 나무 조각상'으로 차안과 피안을 연결하는 존재.

● 비릿한 고등어는 작가의 유년을 지나 성인이 된 지금까지 특별한 세계를 그린다. 고작 십 년을 함께한 아버지와의 기억은 옳게 성장해야 할 이유가 되었다. 행복한 기억은 평생을 따라간다. 막차를 놓치고 아버지의 등에 업혀 쏟아질 듯한 별을 바라보던 아이는 삼십여 년 전 그 밤을 잊지 못하고 아직도 아버지의 등에서 내리지 못한다. 아버지를 보내는 날을 기억하면서 고등어를 굽는 화자의 생애 첫 눈물. 그것은 고등어 살점 같던 아버지에 대한 그리움이다. 걸쭉한 충청도 말이 맛나고, 문장 속 언어의 유희가 빛난다. 작품 속 그의 비유는 기다림과 만남과 이별이 함께하는 파노라마 같다. /한복용

색을 찾아 떠나다

최재남 nomad248@hanmail.net

여름이 끝나고 있다.

저녁을 먹고 산책을 나가보면 확연히 달라진 것을 느낀다. 어둠이 깔리는 시간대와 옷깃에 스치는 기온의 차이가 달라졌다. 계절이 물갈이를 하고 있다. 가을이 오고 곧 겨울이 올 것이다. 싱그러웠던 앞산은 어둡게 착색되어 칙칙해질 것이며, 내 의지와 상관없는 세월은 또다시 흘러갈 것이다.

여름내 빠졌던 것 중의 하나가 5절지에 사물을 그리고 연필로 채색하는 일이다. 화려한 색감과는 거리가 멀어 색을 입힌다는 표현이 그렇지만, 흰 도화지 위에 4B연필로 사과를 그리고, 주전자를 그리고, 나무를 그려내는 일은 색다른 즐거움이었다.

밝음과 어둠은 작은 선 하나에도 미세한 반응을 보인다. 나뭇잎이 방향에 따라, 보여지는 각도에 따라, 달라보이므로 음영을 드러내기 위해서는 세심한 관찰이 필요하다. 어둠을 나타내기 위해 연필로 덧칠할 때는 새끼손가락이 까맣게 묻어나 초보임을 입증한다. 서투르지만 설렌다. 그 설렘으로 여름을 보냈다.

삼십여 년 전, 큰 아이가 초등학교 들어갔을 때 여가활동으로 그림을 배운 적이 있었다. 집값 갚느라 생활이 여의치 않을 때였는데, 얼마 남지 않은 생활비를 몽땅 털어 유화물감과 붓을 샀다. 젊어서였는지 의욕이 앞섰고 빨리 잘 그려야 한다는 초조가 따랐다. 학교에서 하는 것으로 양이 차지 않아 몇몇 엄마들과 조를 짜서 같은 학부모인 화가에게 도움을 받기로 했다. 몇 개월이 지나자 처음 의도한 것과 다르게 모임의 순수성이 빗나갔고, 경제적으로 힘에 부쳤던 나는 그림을 그만두고 말았다.

삼 년 전, 우연한 기회에 색연필로 동화를 그려 이야기책을 만들었는데, 그걸 그리며 어찌나 재미있고 신나던지 하루 종일 그 일에 매달려 시간가는 줄 몰랐다. 오래 묵었던 열망을 끄집어내어 다시 꿈을 펼치고 싶었다. 그 길로 문화센터로 달려가 등록을 했고, 어렸을 적 만화가가 되고 싶었던 내 꿈에 조금 가까이 다가서는 줄 알았다. 첫 시간이 끝나고 전화를 받을 때까지 그런 기대로 부풀었다.

작은 아들이었다. 인파선암일지도 모른다고 실시한 검사에서 승모근으로 가는 신경을 잘못 건드려 팔이 안 올라가는 사고가 생긴 것이다. 의료사고는 모든 것을 단절시켰다. 급기야 연필을 잡았던 손은 덜덜 떨며 삿대질까지 해댔고, 변명을 해대는 의사 앞에 목청을 돋아 소리소리 질렀다. 내가, 내가 아닌 다른 사람이 되어갔다.

아름답던 선과 면들이, 곡선과 직선들이 마구잡이로 엉켜버려 어디서부터 손을 써야 제자리를 찾아갈 수 있을지 막막하기만 했다. 어지럽게 나뒹굴던 원망이라는 놈은 생활을, 삶 자체를 정지시켜놓고 아무것도 할 수 없게 만들었다. 앞날이 창창한 자식의 몸을 내 어찌 감당할지, 캄캄한 절벽을 딛고 선 듯 무섭기만 했다. 언제 올라갈지 모르는 연극의 장막은 두텁게 앞을 가로막고 있었다.

순간순간을 색으로 표현하는 경우가 있다. 예를 들면 핑크빛 사랑이라든지, 붉은 노을, 푸르스름한 새벽, 회색빛 도시, 암청색 바다, 그런 것들. 색깔은 명사를 꾸며 아름답고 몽환적인 느낌이 들게 하는데, 불행히도 내게 찾아온 것은 위험을 내포한 경고음이었다. '머릿속이 하얘졌다'라든지 '머릿속이 깜깜해졌다'라는 말의 커다란 울림, 절망의 늪으로 빨려 들어갔다.

암전 같았던 재활의 시간을 견디며 강을 건넜다. 다시 못 올 것 같은 시간들을 견디고 견뎠다. 새까맣게 칠해졌던 시간들이 많이 흐려지고 연해졌지만 그렇다고 지우개로 싹싹 지워버릴 만큼 상처가 아문 것은 아니었다. 그저 먼 훗날 나쁜 기억이 소실점을 찍고 사라지길 바랄 뿐.

아침에 눈을 뜨면 이젤 위의 그림과 눈인사를 한다. 잘 잤어? 오 너 거기 그러고 있었구나, 난 역시 포기한 게 아니었어. 그리다만 나무 그림은 내게 말을 한다. 추워요 나뭇잎을 더 많이 그려주세요. 색을 더 많이 입혀주세요. 이젤 앞에 앉는다. 늦었지만 이젠 어떤 방해나 압력에도 굴하지 말자고, 비록 지금은 흑백에 빠져 있지만 더 많은 색과 만나 삶을 진지하게 토론해보자고. 나뭇가지는 작은 선들로 그려서 굵고 진하게 칠해간다. 무채색을 살리려면 음영을 잘 나타내야 해. 선은 드러내지 않은 듯 진한 색과 연한 색으로 경계를 살려야 해.

'아직 남아 있는 여름의 나뭇가지 사이로 조각조각 보이는 회색빛 하늘'이나 '빛바랜 초가지붕 위의 눈이 부시게 하얀 박꽃', '병아리 떼처럼 이름을 알 수 없는 노란 꽃들', '파란 하늘 유황빛으로 반짝이는 태양', '창백한 분홍색의 살구나무', '흰 물감을 떨어뜨리면 온 세상으로 번져나갈 것 같은 코발트빛의 카프리 섬, 그 푸르고 넓은 바다'— 그런 것들을 그리고 싶다. 색색의 물감들을 섞어 그에 맞는 몸짓을 칠할 수 있다면.

아직 갈 길은 멀다. 그리스 섬의 포말을 일으키며 달려오던 바다를 그리려면, 노르웨이의 가공하지 않은 원초적 자연을 그리려면, 강원도 산골 어느 낡은 선술집의 오래 묵은 냄새를 그리려면…. 삶의 끝자락에 입혀질 색이 무엇일지 그걸 찾을 때까지 조율하며 음미하며 의지하며 그렇게 가볼까 한다.

● 연필을 잡았던 손이 덜덜 떨며 삿대질을 해대고, 의사 앞에 목청을 돋아 소리소리 지른다. 자식의 의료사고 앞에서 행할 수밖에 없는 어미의 행동이다. 머릿속이 하얘지고 놀란 가슴은 까맣게 타들어간다. 암전 같은 재활의 시간, 절망과 고통의 다리를 잘 건너왔다. 지극한 모성애와 인간적 품성이 가감 없이 드러난다. 그림을 그리고 싶은 자신의 꿈은 가족의 일 앞에서 항상 밀려난다. 이제, 작가는 무채색 삶을 뒤로하고 색을 찾는다. 엉켜버린 선과 면을 불러와 환하고 고운 색을 입히고, 기억 속 냄새까지 그려낼 것이다. 속수무책의 청천벽력에서 자유로운 사람은 없다. '나'를 말하는데 '우리'가 읽혀진다. 아무 일 없는 일상에 고개 숙이게 하는 작품이다. /노정숙

청록靑綠의 방향

추선희 simple-hee@hanmail.net

청에 대한 호감이 사라진 적이 없다. 파랗다는 느낌이 나는 색은 모두 좋다. 간혹, 거참 촌스러운 파란 색일세, 라고 흉본 적은 있지만 그조차도 애정에서 나온 말이지 거부나 미움과는 상관이 없다. 세상의 모든 나의 청은 적赤과 황黃을 이긴다. 그러고보니 내가 소유한 그림 중 가장 큰 것도 사십 호짜리 파란 가로수 그림이고, 처음으로 구입한 베이스 기타도 파랗고, 허리선이 심히 잘록하여 십 년째 옷장에 갇혀 있는 코트도 밝은 파랑이다. 그래도 겨울이 올 때마다 눈으로 쓰다듬으며 참 예쁜 파란 색이야, 라고 감탄한다.

이에 더하여, 녹이 마음에 들어온 지도 제법 된다. 꽃보다 나무가 좋아질 즈음이니 흰 머리카락이 솟고 미간에 주름이 패기 시작할 때리라. 사람이 들어앉은 공간의 배경색으로 더할 나위 없는 녹을 싫어할 사람은 잘 없다. 직접적으로 생명력을 연상시키므로 그저 끌리는 녹이 배경의 의미를 넘어서 전면에 부상했다. 일 년에 한번도 산에 오르지 않으면서 뻔뻔하게 바다보다 산이 좋다고 말하는 것도 녹 그 자체인 숲이 거기 있기 때문이다. 창밖으로 녹이 보이지 않는 서재는 생각하기 싫다.

그러다가, 지금은 청록에 빠져 있다. 십 년이 흘러도 헤어나질 못하겠다. 청과 녹이 합쳐지면서 깊어진 색이 마음을 붙잡아 멀리서도 쉽게 포착된다. 바다와 숲, 하늘과 정원을 합친 듯한, 들판이면서 동굴인 듯한, 청신함과 어둠이 공존하는 그 색에 매료된다. 가을이면 청록색 트렌치코트를 입고 가장 최근에 출간한 책의 간지도 결국 청록이었다. 어쩌다 온 벽이 청록인 카페라도 발견하면 눈이 커진다. 청록색 벽에 흠씬 에워싸여 그 색조가 몸 안으로 흘러들어 나를 물들이길 바란다.

그러다가, 청록에 끌리는 것은 청록이 필요해서라는 걸 알게 되었다. 눈의 잔상에 따른 심리보색관계 원리에 근거한 색채심리치료법에 의하면 내가 청록을 좋아하는 것은 청록이 필요해서, 청록이 부족해서 그렇다. 우리 몸에는 조화와 균형을 유지하려는 항상성이라는 기본기제가 작동하는데 그에 따라 내게 필요한 보색을 찾은 결과다. 청은 마음을 느긋하게 하는 색으로 평화와 영감, 침착함을 상징하고, 녹은 뜨겁지도 않고 차갑지도 않아 몸과 마음, 영혼을 조화시킨다고 한다. 청과 녹을 향하게 한 심리보색인 황과 적은 어떤 색인가. 황은 정신과 지성의 상징으로 심리적인 활동을 북돋우며, 적은 남성적인 힘과 관련된 강력한 고무제라고 한다.

이런 관점이라면 청록에 매료된 나는 황과 적의 상태인 바, 정신적인 방향으로 지나치게 발달되고 힘이 넘친다는 뜻이다. 황으로 지칠 수 있고 적으로 타버릴 수 있다는 말이다. 청록은 이런 나를 진정시키고 쉬게 하려고 다가온 것이다. 건강이란 몸 그 자체, 몸과 마음, 마음과 마음, 나와 너, 결국 모든 것들이 균형 잡힌 상태이기에 보색을 통한 안정이란 논리가 설득력 있다.

하지만 좋아하는 줄 알았는데 필요해서 그랬다니 살짝 쓸쓸하다. 한낱 청록이란 색에 대한 마음이긴 하나 호감이나 사랑이 아니라 결핍 때문이었다니 혼자 섭섭하다. 결핍과 무관한 호감은 없을까. 결핍이 욕구를 부르지 않는 순간이 있기는 한 걸까. 균형을 잡으려는 심신과 상관없는 움직임은 진정 없는가. 평론가 신형철의 글에서처럼 "무엇을 갖고 있지 않는지가 중요한 것이 사랑의 세계다. 나의 '없음'과 너의 '없음'이 서로를 알아볼 때, 우리 사이에는 격렬하지 않아도 무언가 고요하고 단호한 일이 일어나는" 관계는 어디에 숨어 있나. 이런 생각을 들쭉날쭉 해본다.

보통의 우리는 색이든 공간이든, 사람이든 사물이든, 이 마음이든 저 마음이든, 자신에게 부족한 무엇을 향해 흐른다. 빈자리를 채워서 중심을 잡아줄 무엇을 향해 쉬지 않고 흐른다. 알고도 모르는 척, 몰라서 깜짝깜짝 놀라면서 흘러간다. 그 와중에 무엇에 끌리고 누군가와 맹목적인 사랑에 빠지는 것이리라. 그리 착각하는 것이리라.

다가오는 겨울에는 굵고 따뜻한 청록색 털실로 무릎덮개나 하나 짜야겠다. 시린 내 무릎도 덮고, 나의 황과 적도 달래고.

● 색채심리학에서는 좋아하거나 싫어하는 색을 통해 몸과 마음의 상태나 성격을 파악하고, 문화의식의 정도까지 알 수 있다고 한다. 작가는 좋아하는 색이 실은 결핍에 의해 필요한 색이고, 보색을 통해 안정을 찾는다는 색채심리치료법을 대하면서 자신을 돌아보며 근원적 물음에 이른다. '결핍과 무관한 호감은 없을까.' 사람과 사물, 자연에 이르는 모든 관계가 부족한 것을 보완하려는 흐름으로 본다. 걸림 없는 사유는 부족한 무엇을 찾는 모호함마저 풍요로 다가온다. 문장은 둥글고 촘촘하나 바람 길이 열려 있다. 애써 설득하지 않는데 그쪽으로 기운다. 결국 몸과 마음 끌리는 데로 흐르는 것이 화평으로 나아가는 길이다. /노정숙

The 수필

Spring

유리 개구리에게 배우다

곽재혁 jhkwahk@naver.com

지난 여름의 끝자락에, 나는 우리 집 두 여자와 함께 예술의전당 한가람미술관에서 전시 중인 〈내셔널지오그래픽 사진전〉에 다녀온 바 있다. 사실, 그리 인상 깊게 다가온 전시회는 아니었다. 좀 더 솔직히 말하면, 낮잠에서 덜 깬 딸아이를 안은 채 관람해야 했던 관계로 진득하게 감상할 마음이 생기질 않았다고 하는 편이 더 맞겠다. 다만 그 진귀한 피사체들을 담아내기 위해 렌즈 너머에서 고군분투했을 사진가들의 숨은 노고가 사진을 통해 느껴지면서 잠시 숙연한 마음이 들긴 했다.

14kg짜리를 한 시간 가까이 안고 있느라 팔이 아픈 나머지 한시라도 빨리 관람을 끝낼 생각에 서둘러 전시장을 빠져나오려던 내게 딸아이가 말했다.

"아빠, 유리 개구리 한번만 더 보고 가자!"

그래서 우리는 다시 유리 개구리 사진 앞으로 다가갔다. 첫눈엔 그냥 슬쩍 지나쳤던 유리 개구리 사진을, 나는 딸아이 덕분에 다시 제대로 들여다보게 되었다. 투명한 피부를 통해 배 속의 장기와 알까지 훤히 보이는 '유리 개구리'는 라임rhyme이 살아 있는 예쁜 이름과는 달리, 아름다움보다는 징그러움 쪽에 더 가까운 비주얼을 지녔다. 그렇게 속을 훤히 드러내놓고 있는 것만으로도 뭔가 취약해 보이는 유리 개구리를 들여다보고 있자니, 싫은 소리 한번에도 쉽게 흔들리고 마는 내 유리 멘탈이 꼭 저런 모습은 아닐까 하는 생각이 들어 움찔했다.

그 당시의 나는 봄부터 써온 육아 에세이를 책으로 출간하겠다는 일념으로 총 서른한 곳의 출판사에 투고 메일을 보내놓은 상태였다. 카카오 브런치라는 글쓰기 플랫폼에 연재해온 작품을 모아 다듬는 한편, 사진이 포함된 원고가 돋보일 수 있도록 인디자인이라는 프로그램으로 편집도 새롭게 했다. 그렇게 해서 장장 2주일에 걸쳐 출간 제안서를 완성했을 당시만 해도, 나는 자신만만하고 의기양양했다.

'한꺼번에 너무 여러 곳에서 연락이 오면 어떻게 대응하지? 엄선해서 몇 군데만 투고할 걸 그랬나?'

'연락이 온다고 무조건 덥석 계약하지 않을 거야. 꼼꼼히 따져보고 결정하자!'

그런 근거 없는 자신감으로 가득 차 있던 내 멘탈은 거절 메일 한 통에 여지없이 무너져버리고 말았다.

"보내주신 원고는 잘 검토해보았습니다만, 저희와는 방향이 맞지 않아 출간은 어렵겠습니다. 귀한 원고를 보내주셨는데 긍정적인 답변 드리지 못해 죄송합니다. 뜻 맞는 곳에서 좋은 책으로 출간하기를 기원하겠습니다."

S출판사 논픽션팀 담당자가 실명으로 보내온 메일 끝에 붙은 선심성

문구처럼, 정말 뜻 맞는 곳에서 좋은 책으로 출간되면 될 일이었다. 그런데 예의를 갖출 만큼 갖춘 그 메일에 나는 왜 그토록 심각한 치명상을 입었던 것일까?

사실 나는 그 이메일을 받기 전에 이미 두 통의 거절 메일을 받은 상태였다. 첫 거절 메일은 꽤 인지도 높은 M출판사에서 보내온 것이었다. 해당 출판사의 경우, 에세이 장르는 내부 기획을 통해 청탁된 원고만 출판한다는 방침이 있다고 했다. 그리고 두 번째 거절 메일을 보낸 Y출판사는 에세이 장르의 책을 취급하지 않는다는 답을 보내왔는데, 알고 보니 그 출판사는 인문학과 동아시아 관련 서적들만 출간하는 곳이었다. 앞서 받은 두 통의 거절 메일은 투고한 당일에 받은 것이었고 예외적인 상황이라 여겼기 때문에, 내 나름의 심리적 방어가 가능했다. 그런데 S출판사가 1주일간의 검토 기간을 거쳐서 보내온 세 번째 거절 메일은 나를 의기소침하게 만들기 충분했다. '한꺼번에 연락이 오면 어떻게 대응하지?'라는 같잖은 걱정을 하고 있던 나에게로 현실 자각의 쓰나미가 몰려오면서, 나는 곧 절망의 급류에 휩쓸리고 말았다.

'서른한 곳에서 모두 거절당하면 어떡하지?'

내셔널지오그래픽 사진전에 다녀온 후 며칠 내내 유리 개구리의 잔상은 내 망막에 마치 번인burn-in 현상처럼 남아 있었다. 그런데 내 관심의 화살이 제대로 꽂힌 유리 개구리에 대해 검색하던 중, 나는 그 유약한 생김새에 가려진 놀라운 비밀을 알게 되었다. 투명한 몸을 가진 유리 개구리는 주변 환경과 잘 동화되어 쉽게 눈에 띄지 않는다고 했다. 그러니까 내부가 훤히 드러나서 취약해 보이는 유리 피부는 오히려 천적들로부터 스스로를 지켜내는 방어수단이자 생존을 위해 스스로 선택한 진화였던 셈이다. 그리고 부성애 강한 수컷 유리 개구리는 삼투압과 소변을 이용해 알을 촉촉하게 유지하면서 보호하는 역할을 맡는데, 알을 노리고 덤벼드는 말벌에게 뒷발차기로 맞서는 용감함을 보이기도 한단다.

약해 보였던 유리 개구리의 투명 피부에 생존과 직결된 당위적 이유가 숨어 있듯, 예민하고 연약하기 짝이 없는 내 유리 멘탈에도 분명 존재 가치라는 게 있을지도 모른다는 생각에 도달했다. 세상사에 대한 감동과 분노의 역치가 매우 낮음과 동시에 내 안에서 피어나는 희로애락을 좀처럼 감추지 못하는 내 유리 멘탈 덕분에, 나의 글쓰기도 가능한 게 아닐까 하는….

그 후로도 나는 '저희와는 방향이 맞지 않아 어쩌고저쩌고…'로 시작하는 거절 메일을 몇 통 더 받아야 했다. 하지만 나는 그때처럼 크게 동요하지는 않았다. 가슴 쓰린 거절 메일에서도 긍정의 삼투압을 이용해 내가 취할 것만 취하고 절망의 불순물을 차단하는 기능이 있는 스마트한 유리 멘탈로 거듭났기 때문이다. 내가 글쓰기를 지속하는 한, 앞으로도 나는 숱한 거절의 경험에 직면해야 할 것이다. 하지만 나는 거절의 공포와 아픔을 견디지 못해 글쓰기를 포기하는 어리석음을 범하진 않을 것이다. 나의 글쓰기가 설혹 유리 개구리의 목숨 건 뒷발차기만큼이나 무모한 일일지라도, 망가짐 없이 내 소중한 꿈을 지키며 뜨거운 열정을 발산하는 강화유리 멘탈을 유지해갈 테니 말이다. 그것이 바로 내가 유리 개구리로부터 배운 삶의 지혜이자 생존전략이다. 그리고 평생 글 쓰는 사람으로 살아가고자 하는 내 의지가 선택한 진화다.

● "인생에서 쓸모없는 것은 하나도 없다." 일본의 소설가 엔도 슈사쿠의 말이다. 인생뿐일까. 생명을 가지고 태어난 것들은 모두 그렇다. 유리 개구리의 경우도 마찬가지다. 속이 훤히 드러나 취약해 보이는 유리 피부가 되레 천적들로부터 스스로를 지켜내는 방어수단이 된다. 유리처럼 예민한 멘탈을 가진 작가는 육아 에세이집을 내기 위해 여러 출판사에 원고를 보냈다가 거절당하고 상처를 입는다. 하지만 내셔널지오그래픽 사진전시회에서 유리 개구리를 만나고 난 후 작가는 마음을 바꾼다. 유리 개구리처럼 긍정의 삼투압을 이용해 취할 것은 취하고 절망은 차단하는 스마트한 유리 멘탈로 거듭난다. 쓸모없게 여겨지던 자신의 유리 멘탈 덕분에 글을 쓸 수 있었음을 깨닫는 한편, 알을 지키기 위한 유리 개구리의 무모한 뒷발차기처럼 글쓰기를 포기하지 않을 것을 다짐한다. 소소한 것으로부터 얻은 성찰이 깊은 울림을 준다. /이혜연

살, 살이꽃

권상연 pskkiss2000@hanmail.net

강변 둑길을 걷는다. 계절학기를 마치려는가. 앞을 다투어 꽃을 피우던 풀꽃들이 씨앗 맺기에 여념이 없다. 군락을 이룬 코스모스가 키 작은 풀꽃들을 감싸안고 꽃물결을 이룬다. 바람이 불 때마다 살랑살랑 춤을 춘다.

키를 낮춘 꽃들이 눈에 든다. 강물 위 윤슬처럼 바람에 길을 내주며 한자리를 차지한다. 늦여름 태풍이 지나가면서 넘어뜨린 코스모스가 바닥에 누워 나지막이 꽃을 피웠다. 누렇게 변색된 꽃 대궁을 따라 연분홍 꽃들이 대롱거린다. 빨간색 꽃과 순백의 꽃도 여봐란듯이 얼굴을 내민다.

가을 문턱에서 태풍 타파가 들이닥쳤다. 뜨거운 햇살을 받아 한껏 키를 키운 코스모스가 타파가 몰고 온 비바람에 이리저리 휩쓸렸다. 기댈 곳이 있는 꽃들은 힘을 합쳐 바람을 잘 탔지만 외떨어져 있거나 바깥에 자리한 꽃들은 바람의 힘을 이기지 못하고 여지없이 넘어졌다.

굽어진 꽃 대궁에 살살이꽃들이 올망졸망 붙어 있다. 바람을 타며 살랑거리는 살살이꽃에서 생전의 아버지 모습이 아른거린다. 온 우주를 닮았다 하여 붙여진 코스모스의 다른 이름인 살살이꽃. 아버지의 시력이 남아 있을 때 이름을 두고 수시로 다투던 꽃이다. 꽃잎을 한 장씩 따서 공중에 뿌리면 살랑살랑 춤추는 모습이 예쁘다. 살살이꽃이란 좋은 이름을 두고 멋대가리 없는 코스모스라 한다고 얼마나 타박했던가.

아버지는 지천명에 들어서 태풍을 맞았다. 한창 밖에서 활동할 나이에 시력이 떨어져 눈수술을 했다. 퇴원과 입원을 번갈아하기를 서너 번, 가진 것 다 탕진하고도 못 찾은 시력에 한동안 넋을 잃고 지냈다. 깜깜한 밤중에도, 불을 켜지 않는 날이 계속되어도 아버지는 밝은 줄도 어두운 줄도 몰랐다. 아버지의 칩거 기간이 길어질수록 내 생활에도 까만 어스름이 내려앉아갔다.

친구 서너 명이 우리 집 대문을 기웃거리고 있었다. 자신의 덩치만 한 종이 박스를 들고 내가 나오길 기다리는 눈치였다. 필시 상자 속에는 라면 몇 봉지와 필요한 문구류가 들어 있을 터였다. 아버지의 실명 소식을 들은 친구들이 학교에서 불우이웃돕기 바자회를 열었다. 나를 위한 행사였다는 걸 알면서도 끝내 친구들 앞에 나설 용기가 없었다.

한번 넘어진 꽃은 대궁을 잡아 일으켜 세우지 않는 한 다시는 일어설 수가 없다. 넘어진 상태에서 비바람을 견디며 스스로 상처를 치료한다. 상처가 덧나지 않도록 수많은 방어막을 쳐서 통증이 무디어질 때까지 버틴다. 상처에 생긴 고름이 스스로 삭아져 내려앉을 때까지 살살 달래가며 새 살로 두께를 붙여간다. 충분히 숨을 고르고 나서야 천천히 위를 향한 걸음을 뗀다.

이번에는 여든이 훌쩍 넘은 아버지가 화장실에서 넘어져 골반뼈가

부러졌다. 급히 수술을 하고는 회복이 될 때까지 병실에 누워 있었다. 앞이 안 보이는 마당에 운신마저 못하게 되자 불안했는가. 병원이 떠나가도록 고함을 지르기 시작했다. 밤에도 자지 않고 큰소리로 떠들어 병실 환자들을 잠 못 들게 하는가 하면 수시로 간호사에게 시비를 걸어 심기를 불편하게 만들었다. 이러다가는 치료가 다 끝나기도 전에 병원에서 쫓겨날 판이었다. 치료를 제대로 하지 않으면 영영 못 걷게 된다고 입이 닳도록 설득해도 소용없었다.

병원에서 나온 아버지는 날마다 집안에서 소란을 피웠다. 문살이 부서지는 건 예사였고 문고리가 떨어져 나갔다. 날이 갈수록 덜컹거리던 장식이 버티지 못하고 내려앉았다. 하지만 아버지는 우리가 찾아가서 문 고치는 것을 거부했다.

그러기를 두어 달이 지났을까. 나는 너무나 놀라운 광경을 보게 되었다. 아버지가 문고리를 바짝 움켜잡더니 힘겹게 일어서는 게 아닌가. 아무도 없다고 생각하는지 더듬더듬 벽을 더듬어가며 발을 뗐다. 숨소리마저 죽였는지 고요하기 이를 데 없는 동작으로 화장실 문을 열었다. 아버지의 방 문고리가 자꾸만 헐거워진다 했더니, 문고리가 휘어진 게 아버지의 오랜 연습 탓이었을 줄이야. 그동안 우리에게 당신의 볼썽사나운 모습을 보이기 싫은 탓에 그토록 엄부럭을 썼나 보다.

넘어진 풀들은 꽃을 피우기 위해서 뼈를 깎는 아픔을 감행한다. 한여름 뙤약볕에 단단한 몸을 만드느라 에너지를 소모한 잎들을 아래서부터 한 잎씩 버린다. 사는 데 급급하다 보니 껍데기는 거칠어지고 속은 억세고 나무처럼 뻣뻣하다. 오직 꽃을 피운 줄기만이 부드럽고 파릇하다. 지켜야 할 것이 많았던 아버지가 세상의 인심에 호소한 몸짓은 오직 당신을 낮추는 것뿐이었다. 불쌍한 시선들을 부어잡고 하나라도 얻어내려는 구걸의 몸짓은 어린 날 밑그림으로 깔렸던 창피함이 조각도로 새긴 판화처럼 선명해졌다.

아버지가 시력을 잃었을 때 나는 마음이 굽었는지도 모른다. 굽은 대궁에 앉아 낮게 핀 살살이꽃처럼 아버지의 울타리 안에서 조금씩 자랐지만 늘 땅만 보며 자란 듯하다. 낮은 곳에 서서 내 형편만 살피느라 아버지가 그리는 세상이 있다는 것을 알지 못했다.

아버지는 당신의 방식으로 삶에 충실하였다. 문고리를 잡고 섰던 아버지의 의지는 돌아가실 때까지 이어졌다. 정신이 희미해지고 걸음을 뗄 수 없을 정도로 쇠약해졌을 때도 용변만은 혼자서 해결할 정도로 집념이 강했다. 자식에게 짐이 되지 않으려는 아버지의 몸부림을, 자식들이 무탈하게 살아가는 모습을 지켜보는 것이 유일한 낙이었음을 이제야 알 것도 같다.

올해 나는 아버지가 빛을 잃은 나이가 되었다. 눈먼 장님으로 살아온 아버지의 40년 시간은 세상의 이치를 깨닫는 데 걸린 내 시간과 맞먹는다. 아버지의 시력이 멈췄을 나이가 되어서야 아버지를 똑바로 바라본다. 불시에 닥친 어둠이 내가 감당했던 것보다 훨씬 힘들었으리라. 곪았던 상처가 터지자 소금밭 같았던 내 가슴에도 고운 줄기가 자란다. 액운을 몰아낸다며 신혼집에서 말린 쑥을 피우셨던, 남은 악의 기운마저 당신의 몸으로 받아내겠다며 하룻밤을 묵으시던 아버지처럼 나도 자식 일 앞에서 물불을 가리지 않는 부모가 되었다.

눈앞에서 일렁이는 살살이꽃을 본다. 아버지가 말했던 살살이꽃의 매력은 꽃 아래서 말없이 받쳐주는 대궁들의 마음에 있지 않을까. 단단해지기 위해 제 몸의 잎들을 말리며 피운 꽃들. 그 아래서 나는 아버지가 그렸던 넓은 우주를 본다. 내가 아버지를 숨기고 싶었을 때 먼저 숨었던 아버지. 어쩌면 아버지는 부드럽게 하늘거리는 살살이꽃에서 넘어지지 않고 살아가는 나의 미래를 상상했을지도 모를 일이다.

밑을 보는 마음은 더 낮은 곳을 향해 숨어들게 마련인가. 눈앞의 꽃대도 아래로 내려가 굽었다. 목질화로 거칠어진 대궁에서 부드러운 꽃대를 올렸다. 태풍이 강변을 할퀴고 갔어도, 아픈 상처를 봉합해 알콩달콩 꽃을 피웠다. 일렁이는 꽃물결 속에서 아버지의 살살이꽃이 말을 한다.

'살아라, 살아라, 그렇게 쓰러져도 살아라.'

● 한없이 약한가 하면 한없이 강한 것이 생명이런가. 늦여름 태풍에 쓰러진 코스모스가 쓰러진 채로 꽃을 피워냈다. 굽어져 억세고 누렇게 변한 꽃대궁에 올망졸망 붙어 있는 꽃들을 보면서 작가는 아버지를 회상하고 회한에 젖는다. 실명과 낙상으로 운신이 자유롭지 못했던 아버지. 부서진 문고리가 아버지가 부린 객기 때문이 아니라 보잘것없어진 당신의 육신을 일으켜 세우기 위한 도구였음을, 넘어진 채로 풍파를 견디며 스스로 상처를 치유하는 꽃대궁처럼 자식들이 살아가는 모습을 지켜보기 위한 안간힘이었음을 뒤늦게 깨달은 것이다. 쓰러진 코스모스는 아버지인 한편 작가 자신이기도 하다. 작가의 아버지가 코스모스를 굳이 살살이꽃이라 고집했던 것은 자신의 삶을 예견했던 때문이 아니었을까 억측을 해보게도 한다. 결미의 '살아라 살아라, 그렇게 쓰러져도 살아라'는 작가의 말이 그렇다. /이혜연

한 줄의 가치

권현옥 doonguri@hanmail.net

'고전'이나 '명작'이라는 타이틀이 붙은 책은 어떤 방식으로든 내 앞에 한 줄로 오는 경험을 많이 했다. 그래서인지 세네카 앞에 서면 이미 알고 있는 것 같아서 뻔한 걸 읽을 필요가 있나 하는 무례한 생각을 해왔다. 한심한 생각이 나를 게으르고 얄팍한 사람으로 만들고 있는 동안 세상의 도서관과 서점에는 '시간의 세례를 받아서' 오래도록 살아남은 고전과 그 시대의 눈길이 인정한 명작들이 높이를 더해갔다.

재능 있는 작가들이 책을 내면 독서가나 비평가의 눈을 통해 한 줄의 힘으로 살아남아 대중에게 퍼졌고 그 외 작가들의 책은 희미한 소문처럼 시작과 끝도 분명치 않게 왔다가 사라졌다. 명성을 얻든 못 얻든 많은 책은 '바벨의 도서관'에 차곡차곡 얹혀졌다.

안 읽었어도 익숙하다고 착각하는 책, 요약된 내용만으로 알고 있는 것처럼 생각되는 책이 고전과 명작이다. '누구나 알고 있지만 아무도 읽지 않는 책'이라고 그랬듯 나의 경우도 마찬가지였다. 어릴 때 동화로 접한 『돈키호테』를 천 쪽이 넘는 소설로 성인이 되어 읽었을 때 대단한 문학이어서 놀랐다. 어릴 때 읽은 동화를 믿고 무례한 짓을 계속했다면 아찔하다할 뻔했다.

스토리를 알기 위해, 숨은 한 줄의 가치를 확인하기 위해, 긴 소설을 읽는 일이 소모적인 듯한 이 세상에 편승했기에 세상의 독서가들과 비평가들이 알려주는 소식이 고마웠다. 그들의 힘이 고전과 명작을 붙들고 있다가 인연이 되면 가치를 발했으리라.

고전과 명작에 매력을 느낀 이후, 책들의 축복을 받지 못한 채 사는 것은 손해보는 삶이라며 다급해졌지만 세상은 우선 처리할 일을 위해 재촉했다. 그래도 얼마나 다행인가. 쌓인 책은 쌓인 대로 있고, 자주 만날 수 없어 더 그리운 애인이 된다는 것이. '분서갱유'나 보후밀 흐라발의 소설 『너무 시끄러운 고독』에서처럼 책(폐지)을 '암살'하고, '학살'하는 행위로 쌓인 책들이 사라지진 않았으니까.

정보로 얻은 책에 대한 인상은 헛헛한 것이 되고 만다. 먼먼 어디를 다녀와 '참~ 좋았다'며 한마디로 자랑하는 여행자들의 말처럼 많은 책들은 역시 나에게 통속적인 한 줄로 와서 헛헛하게 존재했다. 심지어는 내가 느끼지 못하고 알지 못해서 이 세상에 존재하지도 않았다. 어쩔 수 없이 다 읽을 수 없고 이해하지 못해 아쉽지만 어쩌다 한 줄의 가치에 이끌려 읽은 책은 나를 놀람에 빠뜨렸고 충만하게 했다.

읽었다 해도 자랑삼아 말하기 위함이라면 또 한 줄에 불과할지 모른다. 인생에 있어서도, 한 인간에 대해서도, 한 줄로 충분할 수 있는데 책에 있어서야 왜 안 그렇겠는가. 그러나 한 줄로 말하기 너무 어려울 때가 있다. 그때가 바로 책 속에서 내 가슴이 울린 때임을 알았다.

천 근의 무게일 수도 있고 훌훌 날아가버릴 만큼 가벼울 수도 있는 한 줄의 가치. 한 권의 책이 새로운 피를 돌게 하고 뇌의 영역을 건들고 육체를 뚫고나오면 단순히 눈을 통과한 것과는 다르다. 삶의 무게 중심이 바뀔 수도 있는, 바뀌지 않는다 해도 우리 삶을 참견하는 존재가 된다. 여성들에게『테스』나『보바리 부인』이 그랬듯.

어떤 책을 알고 있다는 것은 명소 입구에서 설명서를 읽고 돌아선 것과 같다면 그 책을 읽었다는 것은 출구에 서 있는 것과 같다. 저 먼 슬로베니아의 포스토니아 동굴을 보기 위해서 열차를 타고 들어갔다. 길고 긴 동굴을 보고 걷다가 다시 열차를 타고 나와 출구에 선 기분이랄까. 불이 밝혀진 동굴에서 뚝벙 어디선가 떨어지는 물소리에 놀라고, 더듬더듬 내디딘 발자국이 조심스럽고 눈으로 놀란 종류석의 세월과 모습을 어찌 다 새길지 안타깝다가, 잘 설치해놓은 사다리까지 고마우면 출구에서 바라본 하늘이 달라 보였다. 세상의 은밀한 구석 하나가 역사가 되어 내 가슴에 새겨졌으리라는 감동이 있다.

단전호흡을 하면 깊은 순환의 길이 있다. 명작이 그 순환의 길을 통과하여 뜨거운 불기둥으로 뿜어 나가면 희열이 고이는 은밀한 동굴이 생긴다. 들어가지 않은 자는 절대 모르는….

이제 명작을 읽으면 내가 알고 있는 삶이 읽혀지는데 기억은 이미지만 남기고 어디로 바삐 간다. 어깨가 눌리고 눈과 머리가 아프지만 읽어야 할 책이 많다는 것은 내 정원에 도서관 하나 갖고 있는 느낌이다.

의심과 무례함이 없는 날, '이제껏 뭐하느라'라는 죄책감마저 드는 날, 책을 만난다. 표지에 있는 빛은 평론가나 출판사의 몫이지만 진정한 빛은 문장에 있다. 어둠이 내린 맹글로브 숲에서 반짝이는 반딧불이처럼, 날아다니는 빛을 따라가면 황홀하다.

한 줄로 말해지던 책이 나에게 수없이 말을 걸어 결국 몇 줄로도 말할 수 없는 먹먹함이 되는 일, 고전과 명작을 읽는 일은 행운의 세례다.

● 무수히 쏟아져 나오는 책들과 한 줄의 평들. 그 한 줄의 평이 필요 없는 것을 걸러내는 역할을 해주기도 하지만, 때로는 소중한 것을 놓치는 우매를 저지르게도 한다. 이 바쁜 세상에 긴 내용을 읽어야 하는 소모적인 일로부터 해방시켜주는 고마움도 있지만 자칫 그 작품을 다 읽은 듯한, 다 아는 듯한 착각에 빠지게 할 수 있다는 얘기다. 작가는 이를 "어떤 책을 알고 있다는 것이 명소 입구에서 설명서를 읽고 돌아선 것과 같다면, 그 책을 읽었다는 것은 출구에 서 있는 것과 같다"고 표현한다. 깊숙이 들어가보면 희열을 느끼게 하고 삶의 무게 중심을 바꾸게 하는 빛나는 문장들과 만날 수도 있기 때문이다. 한 줄로 말해지던 책에서 몇 줄로도 다 말할 수 없는 가치를 발견하기 위해서는 세간의 한 줄 평에 지나치게 의존하지 말 일이라는 작가의 메시지가 공감을 주고 우리를 각성시킨다. /이혜연

화촉

김삼복 sion1005@hanmail.net

하루 종일 서러웠다. 눈이 푹푹 내려 다리까지 빠진 날, 하필 내 등에 여자를 업었다. 무조건 깊은 산골로 이끄는 사내의 눈매가 서늘하다. 들어온 산속은 온통 자작나무다. 흰 빛줄기가 야무지게 꽂혔을까, 흰 눈발이 발목을 잡혀 뿌리를 내렸을까. 나무는 두고온 하늘에 미련이 남아 고개 쳐들고 하루 종일 목을 젖혔다. 백옥 같은 목덜미 사이로 설움이 파고들어 검은 키스 자국을 남겼다. 사내의 긴 목도 고고하고 단단한 것이 자작나무를 닮았다.

부드럽고 매끈한 그루터기에 이빨 자국이 선명하다. 간밤에 산짐승 하나가 그리움에 몸부림친 흔적이다. 사랑했지만 사랑하지 말아야 할 사람을 떠나보내고 짐승 같은 시간이 백화 숲에 널브러져 있다. 여자가 내 등에서 내려 사내 몰래 그의 이름을 새긴다. 누군가 왔다갔는지 나무 등걸 여기저기 몰래 새긴 사랑의 맹세들이 숨어 있다. 백화 껍질에 사랑을 약속하면 이루어진다는 낭설을 믿는 연인들의 인장이다.

산골 집은 대들보도 기둥도 문살도 자작나무다. 울타리도 자작나무요, 단물이 솟는 우물도 자작나무다. 아궁이에서도 자작자작 소리내며 타는 나무다. 여우가 울고 승냥이가 어슬렁거리는 이곳은 온통 하얀 나라다. 백화를 다듬어 집을 짓고 우물을 파고 그 옆에 흰 당나귀인 나를 매어둔 콧대 높은 사내는 시인이다.

백화를 잘게 쪼개 밥을 짓는 그녀는 흰 눈이 푹푹 나린 날 내 등을 타고 숲으로 왔다. 동그란 얼굴에 뽀얀 가루분을 발랐던 여자다. 머리카락 휘날리며 숲으로 들어온 시인은 그녀를 나타샤라 불렀다. 평안도 정주 땅에서 제법 이름난 시인은 사슴이라는 별호로 여자들에게 인기가 좋은 사내라는데 어딘지 쓸쓸한 냄새가 온몸을 감싸고 있다. 분명 이 숲으로 애인을 데리고 도피한 것이리라.

이전에 내 갈기를 훑으며 시인은 나에게 넋두리를 했었다. 바람맛도 짭짤하고 물맛도 짭짤한 남쪽 통영에 굴 껍데기처럼 마른 란이라는 여자 하나를 사모했단다. 친구의 혼인식에서 처음 만난 란이는 수선화를 닮았다고 했다. 허리가 호리낭창하고 가슴에 병을 얻은 가엾은 여자였다. 새끼 오리나 헌신짝이나 더부살이 아이 심지어 새끼거미까지, 약하고 천한 것들을 사랑하였던 시인의 성정이 명정골에 홀어미와 사는 여자를 연민하지 않을 수 있었을까? 나타샤는 란이를 닮지 않았다.

시인은 눈이 푹푹 내리면 질옹배기에 자작 숯을 담아 아랫목에 놓고 감자를 구워 먹었다. 가재미를 좋아해 숯불에 구워 고추장에 잘도 찍어 먹었다. 낡은 밥상에 흰밥과 가재미를 놓고 친구처럼 사이좋게 밥을 나누는 시인은 착하다. 착하디착해서 가시 하나 없는 가재미를 놓고 그것만 있으면 가난해도 서럽지 않고 외롭지 않다고 했다. 흰밥과 가재미 반찬만 있으면 세상밖에 있어도 좋다는 시인의 허풍에 나는 고개를 절레절레 흔들었다. 나는 왜 흰밥과 가재미를 먹을 수 없는가. 정답고 미더운 반찬을 맛볼 수 없는가 말이다. 밤낮 비쩍 마른 여물이나 질겅질겅 씹을 일이 세상 서럽다.

오늘 밤은 큰눈이 오실 듯싶다. 여물을 한가득 내 여물통에 집어넣어 준 시인은 겨드랑이에 손을 넣고 하늘을 쳐다본다. 고향에 계신 어머니를 생각할까, 아니면 따뜻한 감주를 생각하는 것일까, 아니면 지척에 자야를 두고도 개포가 란이의 얌전한 가르마를 떠올리는 것일까. 머룻빛 밤하늘을 보며 시인의 눈가가 젖었는지 슬쩍 닦는다.

화촉 밝힌 봉창에 눈발이 스친다. 자야와 둘이 앉아 오구작작 이야기를 나누는데 그 이야기판에 나도 들어 밤을 같이 밝히고 싶다. 하루 종일 울 밖에 매여 킁킁 콧방귀나 뀌는 내가 이런 생각을 하고 있는지 시인은 모르리라. 자작나무 숲을 들며날며 내 등에 나타샤를 태워 장에 가는 것과 백화나무를 실어나르는 일로 나는 소임을 다한 것이다.

깊은 산속 오막살이에 가난한 시인이 화촉 불 밝히며 시를 쓴다. 모처럼 나타샤가 소리를 뽑는지 오늘 밤은 창가가 뜨겁다. 더러운 세상 같은 것은 버렸다고, 산골로 가는 것은 세상에 지는 것이 아니라고 큰소리쳤던 시인이 오늘만은 서글프지 않으리라. 이제 밤톨 같은 이마를 가진 아이들이 태어나 산길을 쫄래쫄래 따라다니며 아버지의 시를 외울 것이다. 밤도 자리를 편다. 그날처럼 함박눈이 내리기 시작한다. 마침내 봉창에 화촉불이 꺼지고 시인의 이마는 눈빛에 푸르스름할 것이다. 나도 오늘밤이 좋아서 응앙응앙 운다. 이제 무릎을 꿇고 갈기에 머리를 묻고 눈꺼풀을 감아야겠다.

자작나무 숲에 왔다. 갑자기 흰 당나귀의 목소리를 들었다. 지금은 그들 모두가 사라진 백화 숲에서 평생 외롭고 쓸쓸했지만 한없이 높았던 이를 오래 생각한다.

● 1938년 백석 시인이 발표한 「나와 나타샤와 흰 당나귀」를 토대로 쓰여진 「화촉」에서는 시와 달리 나타샤와 도피행각을 감행한다. 나타샤와 산골로 간 시인의 의지와 현실을 초월한 순수의 세계로 표상되는 흰 눈과 흰 당나귀, 흰 자작나무를 몽환적으로 재배치한 작가의 상상력이 어우러져 이미지의 바다를 항해한다. 화자인 당나귀는 자신이 기여한 그들의 산촌생활이 흡족해서 '응앙응앙' 울지만, 수고로움을 알아주지 않고 건초로 끼니를 때운 것은 서럽다. 현실에 대한 시인의 부정적 인식과 행위에 정당성을 부여한 사랑의 메신저인 당나귀의 역할은 작가의 소임과 중첩된다. /엄현옥

사막의 신기루

김원길 kim.wongill@gmail.com

사막에 백골 하나 누워 있다. 신분증도 소지품도 없다. 그가 몇 살인지, 어느 나라 사람인지, 고향에 가족은 있는지, 그를 설명할 수 있는 건 아무것도 없다. 해와 달이 문상을 오고 바람이 염습했을 것이다. 조장鳥葬을 맡은 까마귀 떼가 상아처럼 깨끗하게 살점을 해치웠을 것이다. 꿈에 그리던 El Norte(멕시코와 중미인들이 부르는 미국)를 밟기까지 그가 겪은 고통과 아픔을 어떻게 기술할 수 있을까. 수많은 낮과 밤을 배고픔과 혹한, 두려움과 갈증 속에 철조망을 뚫고 가시밭길을 헤쳤을 것이다.

소노란 사막은 거대한 공동묘지다. 해마다 멕시코와 중미에서 올라오는 수백 명의 난민들이 변을 당하기 때문이다. 강줄기도 없고 햇살을 피할 만한 그늘도 없다. 일주일이면 햇볕이 플라스틱 물병을 녹여버리는 사막. 말 탄 국경수비대원들이 눈을 부라리고 수색견들이 침입자들의 냄새를 쫓아 코를 벌름거린다. 시신과 해골이 나뒹굴고, 산자들의 한숨과 피눈물이 쏟아지는 소노란은 야누스의 얼굴이다. 살벌하되 고요하고 잔인하되 아름답다. 북쪽의 모하비 사막과 데스밸리 사막은 황량하지만 소노란의 기온은 온화해 곳곳에 초목이 자란다. 무려 26만 평방 킬로미터로 미국 서남부와 멕시코에 걸쳐진, 크고 작은 도시와 마을에 6백만의 인구가 살고 있다.

호기심이 소노란 사막으로 나를 끌었다. 오래 전 LA타임스에서 본 백골 사진이 뇌리에 깊이 각인된 까닭이다. 주도州都인 피닉스 시내를 둘러보고 식물원을 관람했지만 애시당초 내 관심사는 도시가 아니었다. 변두리 구멍가게에 들러 샌드위치와 물 몇 병을 사고는 가게 주인에게 내 여행 목적을 설명했다.

"차는 사륜구동이지요?" 그가 물었다.

"봉고차인데요."

"봉고차요?" 그는 머리를 저었다

"며칠 전 비가 왔어요. 차가 모래밭에 빠지면 큰일나요. 아주 위험해요!"

고마운 사람이었다. 전화도 터지지 않는 사막에 들어갔다가 까딱하면 개죽음을 당할 뻔했다. 몇 년 후 사륜구동을 마련했다. 애리조나의 난민봉사단체와도 연결이 되었다. 이번에는 나와 친구와 그의 아들, 셋이서 국경 부근의 그린밸리로 향했다.

난민봉사단체는 일주일에 두 차례, 몇 개의 조로 나뉘어 사막으로 들어간다. 난민들은 밤에 걷고 낮엔 숨는다. 그들이 피신할 만한 다리 아래나 덤불 옆에 물통을 놓아두고 "우리는 당신을 해치지 않는다. 도움을 주러 왔다"고 스페인어로 외친다. 국경수비대는 사막에 물이나 의약품을 남기는 봉사단체를 달가워하지 않는다. 난민을 발견한다 해도 응급처치 외에 차를 태워주거나 전화기를 빌려주면 안 된다. 배낭과 해진 신발, 빈 물통과 헌옷 나부랭이를 보았을 뿐, 그날 우리는 아무도 만나지 못했다. 그런데 구조대원 마이클이 전해준 얘기가 머릿속에 박혀 있다.

"언젠가 노갈레스에서 한 남자의 발을 씻겨준 적이 있어요. 핀셋으로 발바닥에 박힌 수많은 가시를 뽑아내고, 부르트고 만신창이가 된 발을 만지는데 갑자기 내 눈에서 눈물이 주르르 흘렀어요. 그는 가만히 내 등을 토닥거렸지요."

이튿날엔 국경도시 노갈레스로 건너갔다. 차에 온갖 구호품을 싣고 가톨릭수녀원이 운영하는 난민급식소를 방문했다. 때마침 점심시간, 젖먹이를 포함한 수십 명의 난민들이 허름한 식탁에 앉아 급식을 기다렸다. 우리는 배식판을 날랐다. 점심은 빵과 삶은 옥수수, 걸쭉한 국이다. 하루에 두 번 급식하며 도착한 지 2주가 지나면 떠나야 한다. 개중에는 미국에 오래 살다가 추방된 사람들도 있지만 대부분은 초행이라 했다. 슬픔과 초조, 막막함과 두려움. 팔려가는 염소처럼 아무도 웃거나 잡담을 나누지 않았다. 묵묵히 밥을 먹으며 두려움에 떠는 표정을 카메라에 담고 싶었으나 차마 그럴 수가 없었다.

희망은 개뿔이다. 고향엔 땅조각은 커녕 일자리도 없다. 형제는 많고 부모는 속수무책이다. 유일한 답은 사촌들과 동네 형들이 사는 미국이다. 이제 마지막 남은 구간, 소노란의 날카로운 이빨과 사생결단을 해야 한다. 나뭇가지에 치마가 찢기고 운동화 밑창을 뚫은 가시가 생살을 후빈다. 어린 것은 배고파 울고 에미는 불볕에 목이 탄다. 한 걸음 한 걸음이 고통과 눈물의 불구덩이요, 한 발자국 한 발자국이 아픔과 두려움의 무간지옥이다. 사막에서 죽으면 냉동실로 가고, 국경수비대에 붙잡히면 추방되어 고향의 절망과 싸워야 한다. 노갈레스에서 돌아온 후로 나는 라틴계들을 달리보기 시작했다. 최저임금과 중노동에 시달리는 불법체류자건 성공한 이민자건 그들은 전설의 새 피닉스의 화신이자 사막과의 전투에서 살아남은 용감한 전사들이기 때문이다.

인종과 사상, 정치 종교 경제적인 이유로 다른 나라로 이주하는 모든 사람은 난민이다. 일제의 탄압과 육이오전쟁을 피해 고국을 떠난 수많은 동포들, 시리아 난민, 지중해를 건너는 아프리카인들, 베네수엘라를 탈출하는 사람들, 중국에 흩어진 수십만의 탈북자들, 죽음을 무릅쓰고 미국으로 향하는 가난한 중남미인들…. 2019년 유엔 통계에 의하면 세계의 디아스포라는 2억7천만이다. 인도, 멕시코, 중국, 러시아, 방글라데시 순이고 7위인 한국은 800만 명이 외국에서 살고 있다. 모두가 디아스포라다. 여러 나라에서 국경분쟁이 발생하고 숲이 사라지며 농경지는 사막화되어간다. 이런 속도로 인구가 증가하고 온난화가 계속되면 난민들의 숫자는 기하급수적으로 증가할 것이라고 유엔은 경고한다.

인간의 역사는 정착과 이동이 근간이다. 아프리카에서 유라시아로, 베링해를 건너 아메리카 대륙으로, 개척과 이동 속에 문명이 탄생하고 제국이 몰락하였다. 저 산 너머 미지의 땅은 사람들을 유혹한다. 산을 넘고 강을 건너면 낙원이 있을 것이라 생각한다. 달콤한 꼬임에 속아 하와이 사탕수수농장과 유카탄 반도의 애니깽농장으로 팔려간 우리 선조들도 그랬다. 몇 해 전 쿠바의 아바나에서 애니깽 3세를 방문한 적이 있다. 외모는 한국인이었는데 그는 우리말을 할 줄 몰랐다. 조부가 일제의 탄압을 피해 제물포항을 떠난 지 백 년이 넘었으니 그를 나무랄 수는 없는 노릇이다. 모국의 언어와 문화를 잃으면 정체성이 사라진다. 멀리 떨어져 살아도 자신의 문화와 언어의 전통을 이어가는 집단은 자랑스럽다. 쿠바에는 천여 명, 멕시코에는 애니깽의 후손들과 남미에서 올라온 동포 등 2만여 명이 살고 있다. 수십 년 미국에 살며 나는 여러 나라의 디아스포라를 만났다. 이민자들은 어떻게 새 나라의 문화와 제도를 배우고 언어와 풍습을 익히는가. 어떻게 설움과 고통, 차별과 냉대를 극복하며 꿈을 이뤄가는가. 새 땅에서 일확천금을 버는 성공한 이민자들, 청소부로 일해 고향에 땅마지기를 사들인 멕시코인이 있는가 하면 노숙자가 되어 길거리를 헤매는 동포들도 있다. 역지사지가 별 것인가. 그들의 실패와 성공담에 귀를 기울이며 묵묵히 고개를 끄떡이는 것이다.

백골의 주인공에게도 소박한 꿈이 있었을 것이다. 열심히 일해 고향의 부모에게 돈을 부치리라. 헌 차도 하나 장만하고 결혼도 하리라. 그의 꿈은 사막의 신기루였다. 다가가면 사라져버리는 헛것이었다. 마지막 깊은 잠에 빠져들며 그는 무슨 생각을 했을까. 다만 절망과 탄식이 아니었기를. 사랑하는 엄마의 얼굴이었거나 애인의 새까만 눈동자였기를. 라벤다 향기 속에 눈을 감았기를. 사막에 뼈만 남겨두고 그는 가고 없다. 그의 꿈을 닮은 선인장은 해마다 붉은 꽃을 피우는데.

계간수필

● 도입부가 강렬하다. "백골 하나가 사막에 누워 있다. 그를 설명할 수 있는 건 아무것도 없다." 탄탄한 구성과 문장력, 서사 묘사가 절묘하게 조화를 이룬 작품이어서 마치 난민을 주제로, 잘 만든 다큐멘터리 영상 한 편을 본 것 같다. 신문에서 소노란 사막에 누워 있는 백골 사진을 본 후, 직접 국경지대인 그 사막 현장을 찾아간 작가. 움직이는 지성이다. 그 후, 작가에겐 인식의 큰 변화가 온다. 수십 년 미국에서 이민생활을 하면서 느꼈던 라틴계 불법이민자들에 대한 인식이 바뀐다. 아울러 사유와 시선이 확장되어 지구에 널리 분포되어 사는 디아스포라, 난민 역사를 종횡으로 조명한다. 그리고 마지막 앵글은 다시 사막의 백골로 향한다. 여운이 길게 남는 글이다. 태평양 건너에 사는 내게도 사막의 바람 한 줄기가 스쳐간 느낌을 주었다. /문혜영

아버지의 시간

김은경 juneyoung1022@hanmail.net

깜빡 잠이라도 드신 걸까.

베란다 창으로 들어오는 초겨울 아침의 따순 볕이 아버지의 말간 얼굴을 쓸어내린다. 미동도 없이 의자에 길게 누우신 아버지가 꼭 정물 같다.

여든일곱 해의 삶이 무거우셨던가. 버리고 내려두고 이젠 저리도 가벼워지셨다.

잠든 아버지를 가만 바라보다 이내 고개를 돌려버린다. 그렇게도 쨍쨍하고 단단하던 젊은 아버지의 모습은 이제 어디에도 없다. 사는 게 다 그렇지 누군들 뭐 다를까. 보이지도 않는 속을 혼자서 달래고 어르고 곧추세워도 한없이 순해진 아버지의 모습에 그만 무너지고 만다. 어금니에 힘을 주고 심장을 차게 하고…, 그렇게 겨우 버텨낸다.

엄마가 곁을 버리신 지 벌써 열두 해가 되었다.

벌써…, 라 말하면 엄마가 많이 서운하실 걸 알면서도 어쩔 수 없이

'벌써'라 말한다. 그리도 볕이 좋던 10월 어느 날에 당신만의 집으로 훨훨 날아가신 엄마. 앞마당으로 바다 한 자락 넓게 펼쳐두고 어둔 땅속 집에 엄마를 혼자 두고 오던 날도 아버지는 울음 한쪽 보이지 않으셨다. 사지를 펄떡이며 미친 듯이 울어대는 나를 달래시던 아버지. 돌아서서 애써 피눈물 삼키셨음을 보지 않아도 안다.

삶의 마지막 순간, 천사를 만나고 그를 따라 먼먼 길을 떠날 때 슬며시 쥐는 아버지의 손을 거부하던 엄마를 보았다. 물기 하나 없이 바스러질 듯 마른 몸으로 이제 막 세상과 작별하던 순간에 아버지를 밀어내던 엄마. 준비도 없이 훅 들어온 한 방. 충격이었다. 지난 시간에의 회한을 담아 힘겹게 내민 손을 온 힘을 그러모아 거부하던 엄마는 아픔이고 슬픔이었다.

그렇게 엄마는 혼자 떠나셨다.

마흔여덟 해를 함께했던 사람에게서 마지막 순간 밀쳐졌던 아버지는, 지나간 시간들을 그리워하며 혹 후회하며 남은 삶을 살아가신다. 새벽 네 시면 깨어 기도를 하고 엄마와 마주 앉아 얘기를 나누신다 했지.

문득 궁금해졌다. 매일 아침 당신을 부르는 아버지의 목소리가 엄마는 반가우실까?

대쪽같이 올곧고 칼같이 냉정한 사람. 이웃엔 한없이 관대하나 가족에겐 엄격한 사람. 자식들에겐 세상없는 분이지만 아내에겐 더없이 야박한 사람.

아버진 그런 분이셨다.

법 없이도 살 사람이라던 당신은 정작 법복을 입기 위해 죽을힘을 다했지만, 두 어깨에 매달린 처자식이란 추에 끝내 당신의 꿈을 끌어내려야 했다. 가난이 싫어 열여섯에 고향을 떠난 어린 소년에게 삶이란 놈은 참으로 팍팍했을 터. 살아내기 위해선 달리 선택지가 없어 직업군인이 되셨다던 덤덤한 목소리 뒤로 검정 교복을 입은 까까머리 소년 하나가 걸어오는데 어쩐 일인지 자꾸 콧날이 시큰거린다.

액자에 갇힌 사진 속에서 젊은 아버지가 젊은 엄마의 어깨 위에 손을 얹고 계신다. 파릇한 시간 속에 함께 있는 두 분의 모습이 어째 낯설다. 안경 너머로 아버지의 두 눈이 날카롭게 빛난다. 융통성 없이 올곧기만 한 남편이란 정작 아내에겐 얼마나 힘들고 부담스런 존재였을까. 그 마음을 얼마쯤 알 만한 나이가 되고 보니 엄마의 지난했던 시간들에 연민이 얹힌다.

아버지가 둘러친 울타리 안에서 아내라는 이름에 갇힌 엄마의 날들은 어린 나의 눈에도 늘 숨이 가빴었다. 사람들과 어울리기를 좋아하는 엄마에게 울 밖의 많은 것들에 선을 긋고 금기를 요구하던 아버지. 오후 다섯 시면 칼같이 퇴근하던 아버지의 눈을 피해 몰래몰래 이웃으로 마실가던 엄마를 위해, 나는 어린 전령도 되었다가 콩쥐도 되었다가 또 가끔은 우렁각시도 되었던 기억들.

훌쩍 세월이 흐른 지금 되돌아봐도 당신은 참으로 좋은 아버지셨다. 단 한번도 자식들에게 당신의 뜻을 강요하지도 요구하지도 않고 늘 믿어주고 응원하시던 분. 우리 삼남매의 기억 속에서 아버지는 더할 수 없이 넓고 든든한 기둥이셨는데 엄마에게만은 어찌 그리도 야박하셨는지….

자식들이 자라 일가를 이룰 즈음의 아버지는 이미 예전의 모습과는 참 많이도 달라져 있었다. 날카롭던 눈매는 한없이 유해지고 엄마에게 향하던 온갖 금지들이 해제되었으며 모르는 사이 엄마의 자리는 맨 앞으로 옮겨졌다. 말하자면 아버지로서는 일종의 화해를 청한 것이지만 불행히도 그건 당신 혼자만의 생각이었을 뿐이다.

여자에게 있어 아픈 기억이란 아무리 오랜 시간이 지나도 여전히 현재진행형일 수 있음을 이 나이쯤 살아보니 알 것 같다. 아직도 케케묵은 옛 일을 꺼내느냐고 남편이 어이없어 할 때마다, 그걸 어떻게 잊느냐고 어떻게 잊어지냐고 목소리를 높이는 내 모습에서 지난 날 엄마의 힘든 시간들이 떠오르곤 한다.

엄마의 시간이 얼마 남지 않았던 어느 날, 어렵게 아주 어렵게 꺼내신 아버지의 말씀.

"48년 세월에서 앞의 20년은 기억하지 말아주시오."

마음이 아려왔다.

다시 살 수 있다면 같은 잘못을 반복하지 않으실까. 아니, 다시 태어나도 엄마는 아버지와 결혼을 하시려나?

돌멩이도 씹어 삼킬 것만 같던 단단한 치아는 다 어디로 갔는지 입가에 가득한 주름이 작은 주머니를 만들고 있다. 홀쭉해진 입이 새삼 아버지의 나이를 떠올리게 한다. 살짝 낮잠이라도 드셨나, 숨소리도 없는 아버지의 얼굴로 바짝 귀를 갖다대본다.

아버지의 시간은 이제 얼마나 남았을까.

아버지와 함께할 나의 시간은 또 얼마나 될까.

그리도 날카롭게 쩡쩡대던 눈빛의, 산처럼 단단하던 나의 아버지의 시간들은 정말 다 어디로 가버렸을까.

불편한 다리로 애써 걷는 연습을 하는 아버지를 보며 "그렇지, 옳지, 잘 하셨어요"라 말하는데 자꾸 안에서 울음이 치받쳐온다. 컥컥대는 목소리에 울음이 얹힌 걸 행여 눈치채실까봐 진즉에 멀리 도망간 감기란 놈을 불러들인다. 애먼 감기만 다시 왔다고 실컷 욕을 얻어먹는데 아버지는 아무 일도 없다는 듯 길게 의자에 누우신다.

길고 지루한, 너무도 고요한 아버지의 시간이 다시 흐르고 있다.

계간수필

● 부부의 인연이란 무엇일까? 이 글은 아픈 소재를 담았으면서도 문장의 수려함으로 오히려 아름답기까지 하다. 자식이 기억하는 아버지는 더할 수 없이 관대하고 든든한 기둥이었는데, 단 한 사람 엄마에게만은 야박하기 그지없는 남편일 뿐이었다. 삶의 마지막 순간, 슬며시 쥐는 아버지의 손을 온 힘 모아 거부하던 어머니. 이처럼 압축된 메시지가 어디에 또 있을까. 대체로 임종의 순간엔 모든 게 물거품처럼 생각되어 다 내려놓고 용서하고 가는 것이 아니던가. 그러기엔 그 가슴에 맺힌 옹이가 너무 단단했던가 보다. 지난 시간을 그리워하며 후회하며 새벽마다 용서의 기도로 어머니를 마주하는 87세의 아버지. 주제는 분명 무거운데 묘하게도 글을 읽으며 하얀 나비의 날갯짓을 연상하였다. 생의 애환을 이 글에서처럼 산뜻하고 깔끔하게 표현할 수 있음은 오랜 문장수련을 통한 작가의 저력이기도 하다. /문혜영

김정태 j-tae42@hanmail.net

개별적인 밥에서 똥에 이르는 길은 어둡고 험난하다. 때로는 그 여정이 심란하고 조급하다. 지금보다 훨씬 젊은 시절의 한때, 먹구름처럼 스멀스멀 다가오던 삶이, 어느 순간부터 거덜난 것이 점점 확실해졌다. 이럴 때일수록 정신을 바짝 차려야 되는데 별 수 없이 해가 지기를 기다려 술을 마시게 된다. 짜증과 분노, 배신과 원망, 미움이 뒤범벅이 되던 시절이다. 취해버린 자의 무책임하고 가엾은 정서는 나오는 대로 지껄여대면서 욕하고 악다구니하다가, 비실비실 집으로 향하는 찬바람 이는 새벽길에서, 똥이 되지 못한 것들이 제 들어간 곳으로 도로 기어나왔다. 겨우 제 길로 찾아간 것들만 아침에 똥이 되어 나왔다.

이런 날, 스스로에게 씌워지는 혐오는 화장실 변기에 앉았을 때 최고조에 달한다. 가엾고 슬픈 똥이다. 앉아서 마시던 장소도 가물거리고 마구 지껄였던 말들도 덜 썩은 채로 똥 속에 섞여서 가늘고 무기력하게 나온다. 참으로 남루하기 이를 데 없는 똥이다. 한 끼 식사로 어린아이 똥을 맛있게 먹던 개도 이제는 없지만, 개 입맛에도 맞지 않을 똥이다.

이런 똥은 더 이상 대지大地도 받아주길 거절한다. 밥에서 똥으로 이어지던 대지의 순환고리는 끊긴 지 오래다.

그 시절, 밥을 넘기며 눈물겨웠다. 그 밥을 먹고 거덜난 삶을 추슬러가며 똥을 눌 때 또 혼자 눈물겨워했다. 나는 지금도 흩어진 그날들의 시간이 슬프고 기막히다. 내 인생의 많은 시간이 흘러 이제는 슬픈 똥과 남루한 똥을 누지 않는다. 나이를 먹어가며 날뛰고 공격적인 나의 똥도 안정을 되찾아갔고, 삶의 영원성 앞에 경건을 회복한 듯싶다. 그런데 밥에서 똥으로 가는 여정에 엉뚱한 일이 생겼다.

어머니가 입원하시고 사흘째를 맞는다. 밥을 앞에 놓고 그저 바라만 보신다. 저 밥을 씹어 식도를 넘기고 긴 터널을 내려보내 똥이 되어 나와야 살 수가 있단다. 주치의의 지엄한 말이다. 그런데 넘기질 못하고 있다. 넘어가는 것이 없으니 나올 것도 없다. 정해진 시간마다 찾아와 묻는 간호사도, 대답 궁한 나도 안타깝기는 마찬가지다.

"식사는 얼마나 하셨나요?"

"오늘 변은 보셨어요? 소변은 몇 번?"

내가 간호사한테 죄지은 것도 없는데 목소리가 기어들어간다.

"밥과 국 쪼금, 변은 아직, 소변은 반 컵 정도…."

입원한 지 닷새째 되던 날, 기어들어간 목소리를 끄집어낼 수 있었다.

"변을 쪼끔…."

변을 보면 물을 내리지 말고 말해달라는 담당 간호사의 당부가 있었다. 득달같이 달려가 간호사를 데리고 와 변기 안을 같이 들여다보았다. 늙으면 똥도 노혼老昏이 오는가. 반쯤 풀어진 똥이 정신을 놓은 듯 앉아 있다. 공격적인 냄새도 없다. 간호사가 휴대폰을 꺼내더니 사진을 찍으려고 했다.

"똥 사진을 뭐하시려고…?"

"의사 선생님 오시면 보여드려야 돼서요."

헛웃음이 나오며 어머니의 가여운 똥 앞에서 또 눈물겨웠다. 평생 밥을 만들기 위해 험한 길을 걸어온 한 노인의 삶 끝자락에, 똥을 만들기 위한 것 역시 힘든 여정이지 싶다. 힘겨웠지만 순결한 노동의 대가로 자식을 위해 밥을 만들었다면, 그 자식에게 보일 수밖에 없는 힘겨워하는 똥도 순결하기는 마찬가지 아닐까 하는 생각을 해보는 것이다.

의학자 허준(1539-1615)이 사람의 똥오줌을 이리저리 들여다보고, 냄새 맡아보고, 찍어 맛을 보고 그 대단한『동의보감』의「대변大便」편을 적었다고 하듯이, 현대의학을 공부한 의사도 환자인 어머니의 똥을 들여다볼 모양이다. 잠시 생각이 여기에 미치자 간호사에게 한마디 건넸다.

"색깔 좋고 예쁘게 찍어주세요."

'모든 똥 중에서 최상위의 포식자인 인간의 똥이 가장 더럽고 구리다'라는 어느 동물학자의 연구 결과를 책에서 보고 많이 놀랐다. 내 짧은 소견으로도(소견일 뿐 나는 똥을 연구해본 일은 없다) 맞는 말인 것 같기 때문이다. 어려서부터 시골에 살며 소는 늘 접해본 동물이다. 유년 시절에 만나던 소똥은 냄새가 나지 않았다. 그때의 대부분 소들은 들과 산에서 나는 것들만 먹고 살았다. 풀을 많이 먹는 여름의 소똥에서는 풀냄새가 배어 있었다. 겨울의 소들은 마른 풀을 먹어서 그런지 여름 것보다 질지 않고 포근하게 느껴졌다. 마른 소똥은 오븐에서 방금 구워낸 빵 같고, 숯처럼 불을 한번 붙여놓으면 꺼지지 않고 잘 탔다. 벼 그루터기 툭툭 삐져나온 겨울 논의 얼음판에서 놀다가, 발이 시려오면 밭둑이나 야산 아래에서 소똥을 주워 모아 불을 지폈다. 후후 불며 대중없이 불장난을 하다가, 설핏한 저녁노을에 화들짝 놀랐다. 밥때를 놓치지 않기 위해 불붙은 소똥을 하나씩 들고 팔을 돌리며 저녁밥 연기 오르는 집으로 내달렸다. 내 정서의 바탕에 자리잡은 이런 풍경은 유년의 아름다움 중 상위권에 속한다.

지금의 대량 축사에서 키우는 소들의 똥은 그 지독한 냄새가 공격적이다. 그들은 인간이 만든 사료를 먹고 똥을 눈다. 쉽게 마르지도 않는 질척한 똥은 설령 마른다고 해도 불을 붙여 손으로 들고 돌릴 수 있는 똥이 아니다. 비릿한 풀냄새도 품고 있지 않다. 개별적이지도 않고 계통도 질서도 없이 서로 뒤섞여 널브러져 있다.

입원한 지 열흘을 넘기며 이제는 간호사가 어머니의 뒷일한 것을 사진 찍지 않는다. 다만 어머니께서 밥은 얼마나 드셨는지, 화장실은 몇 번 다녀왔는지만 일지에 적어놓는다.

“밥 벌어먹기도 힘들지만 주는 밥 먹고 똥 만들기도 그 못지않구나.”

얼굴에 생기가 돌아와 한마디 하시는 어머니 앞에서 이순을 넘긴 아들은 철없이 밥과 똥을 생각하며 눈물겨워지는 날이다.

● 밥과 똥은 생존의 베이스다. 소화 과정을 거친 배설물이 다시 밥을 만들 거름이 되던 시절에는 밥과 똥의 순환고리가 존재했다. 밥에서 똥에 이르는 여정은 생존의 법칙이며, 똥은 건강상태는 물론 개인이 속한 사회현상을 반영한다. 평생 가족을 위해 헌신하던 모성은 가족구성원에게 개별적으로 온전히 건강한 똥을 만들어주기 위한 삶이었다. 세상의 모든 어머니는 밥상머리일지라도 영아가 변을 보면 주저없이 달려가는 육아과정을 거쳤다. 그렇듯 밥과 똥이 공존하는 삶을 살아왔으나, 자식은 병실의 노모에게 건강상태를 호전시킬 변변한 똥 한 덩이조차 만들어드리지 못한다. 똥의 보편성과 숭고함 앞에서 '세상의 온갖 더러움을 홀로 안고서 성불한 길거리의 부처'라는 똥에 대한 어느 작가의 한 줄 정리는 새삼 유효하다. /엄현옥

부끄러움

김창식 nixland@naver.com

나의 대학시절을 관통한 키워드는 부끄러움이었다. 가장 큰 조각 그림은 최루탄 연기 가득한 거리 풍경이다. 시도 때도 없이 그날의 학교 주변 거리가 마술처럼 큰 화면으로 펼쳐진다. 마음속에 비상등이 켜진다. 매캐한 냄새가 끼쳐오고 눈이 따가우며 기침이 난다. 함성과 발자국, 호각 소리가 뒤섞여 들려온다.

1960년대 후반, 학교는 독재정권에 저항하는 시위로 술렁였다. 버스에서 내려 교문으로 향하는데 수선스럽고 기이한 열기가 전해왔다. 가까이서 함성도 들렸다. 시위대가 교문 밖으로 뛰쳐나오고 있었던 것이다. 나는 '어, 어' 하는 사이 시위대에 휩쓸렸다. 역사와 사회에 대한 뚜렷한 인식이 없는 심약한 학생이었던 나는 시위의 낌새가 보이면 범법자처럼 웅크린 채 도서관으로 숨어들곤 했다.

자신의 의지와는 달리 데모대에 섞인 청년은 대열 후미에 몸을 숨긴 채 건성으로 구호를 따라 외쳤다. "삼선개헌 결사반대!" 경찰들이 방석모를 쓴 채 열 지어 도열했다. 우두머리로 보이는 자가 회유하려 들었고 우리는 비웃었다. 몇 미터를 시적시적 나아갔을 때 소방서에 숨어 있던 매복조가 후미를 들이쳤다. 동료들과 뒤엉켜 옆 상점으로 도망치는데 누가 등을 두드렸다. 뒤돌아보니 방독면을 쓰고 곤봉을 든 진압경찰이 서 있었다. 그는 나와 비슷한 또래였다.

청량리경찰서 내 임시구치소 시멘트 바닥 방에 수용된 학생들은 30명 남짓이었다. 후텁지근한 열기와 지린내가 끼쳐왔다. 형식적인 조사를 받은 후 봉지 빵으로 끼니를 때운 우리는 삼삼오오 바닥에 눕거나 벽에 기댄 채 밤을 지새웠다. 시위에 참가했다가 그저 잡혀온 터에 무슨 대단한 무용담이 있을까만 어떤 친구들은 낮의 활약상에 대해 과장된 제스처를 써가며 자랑했다.

"일송정 푸른 솔은~ 늙어 늙어 갔어도~"(선구자) 같은 가곡을 부르는 모둠도 있었지만 따라부르는 학생은 많지 않았다. 생뚱맞게도 처량한 가요를 부르는 학생도 있었다. "긴 밤 지새우고~ 풀잎마다 맺힌~"(아침이슬) "캠퍼스 잔디 위엔~ 또다시 황금물결~~"(날이 갈수록). 나는 뚜렷한 신념이나 의지가 있을 리 없으니 벽에 기대어 눈을 감고 앉아 있을 뿐 그저 피곤하기만 했다.

사람은 때 아닌 계기로 신분이 달라지기도 한다지만, 다음날 후줄근한 모습으로 학교에 오니 밤 사이에 영웅이 돼 있었다. 나의 용기 있는 행위가 인구에 회자됐다. 나에 대한 모든 상찬賞讚은 나에 대한 오해의 총화總和였다. 그것은 왜곡된 것이었으나 부인할 용기가 없었다. 그런다 해도 믿어주지도 않을 것이었다. 한편으론 그런 정황을 즐기고 있는 나 자신을 발견하고 부끄러웠다. 소리내어 울고도 싶었다. 나는 시대를 잘못 태어난 천재나 의식이 있는 운동권 학생이 아니었다. 그저 사는 것이 마뜩치 않은 가난한 청년이었다.

오래 전에 본 영화 〈이오지마의 영웅〉이 떠올랐다. 제2차 세계대전 중 인디언 출신 소년병이 이오지마琉黃島 주둔 해병대에 지원해 고지탈환작전에 투입된다. 치열한 전투 후 고지 정상에 성조기를 꽂을 때 동료들과 함께 찍은 기념사진이 소개돼 소년은 국민적 우상으로 탈바꿈한다. 나중 그곳에 도착한 소년 병사는 바람이 불어 깃발이 쓰러지려 해서 별 생각 없이 깃발을 붙잡아준 것뿐이었다. 정체성에 혼란을 겪는 주인공이 고향에 돌아와 쓸쓸히 죽어가며 내 뻗는 손이 고지에서 깃발을 지탱하는 손과 오버랩 된다.

사회 진출 후에도 부끄러움을 극복한 것은 아니었다. 오히려 가중됐다. 회사를 다니며 학교 때 그토록 거부하고 저항했던 것들에 순응하고 그런 내 자신을 합리화해왔음을 깨달았다. 믿고 의지해왔던 순수, 개성, 참됨, 의로움, 자유의지 같은 근원적 가치들이 무너지고 효율과 요령, 위계질서, 합리성, 현실감각 같은 방편들이 더 높이 평가 돼 혼란스러웠다. 불씨로 잠복해 있던 부끄러움이 되살아났다. 처음에는 스파크처럼 튀는 불꽃으로 시작하더니 너울처럼 불길로 번졌다. 외부로부터의 요인과 내면의 부끄러움이 뒤엉킨 난장亂場에서 나는 고아 같았다.

그렁저렁 지리멸렬한 나날을 보내다 부끄러움과 더 이상 불화해서는 안 된다는 생각을 했다. 그간 체득한 현실감각을 바탕으로 부끄러움의 감정에 연루된 자기혐오가 불러오게 될 위험성을 어렴풋이 감지한 셈이었다고나 할까. 자괴의 염念에 사로잡혀 헤어나오지 못하면 매사에 소극적이고 자신이 초라해질 뿐 발전이 없으니 이를 바람직한 방향으로 활용해야 하지 않을까? 부끄러움이 지금껏 나를 지탱하는 힘이었는지도 모르지만 이제는 돌파가 필요하다. 도끼를 들고서라도 나를 속박하는 끈을 끊어내야 한다.

큰 위인으로 우러르는 아우구스티누스, 톨스토이, 루소 같은 선인들이 참회에 대한 저작을 남겼다는 사실에도 생각이 미쳤다. 그들도 젊은 시절 나약한 내면을 지녔고 방황했으며 보통사람보다 더 큰 부끄러움을 느꼈지만 이를 극복하려는 의지와 노력에 힘입어 인류의 스승이 된 것이 아니었던가. 그렇다 해도 삶의 버거운 짐을 지고 어떻게든 견디어내야 하는 보통사람에게 위인들의 삶을 모범으로 삼아 익숙한 생활방식을 갑자기 바꾸라고 요구하는 것은 무리가 따를 법하다.

나를 포함 평범한 생활인인 우리가 위인들의 삶에 다가서는 현실적이고 구체적인 방법이 무엇일까? 무슨 일을 하든지 지금 하는 일을 온 힘을 다해 열심히 하는 것이 중요하다. 그 일이 아무리 사소한 일일지라도. 그렇게 해서 삶의 방식과 태도를 조금씩 개선해나가면 도움이 되지 않을까 한다. 또 하고 싶은 일에 앞서 해야 할 일을 하는 것도 바람직하리라. 그래야 떳떳하고 마음이 편하니까, 그밖에?

때로 자신에게 이익으로 돌아오지 않으리라는 것을 알면서도 애써 그리로 나아가기. 나보다 어려운 처지에 놓인 사람을 찾아보는 일. 아무리 내가 힘들지라도 주위를 살펴보면 항상 나보다 더 힘든 사람이 있게 마련이니까. 그에 더해 작은 봉사와 나눔의 실천…. 바라건대 나의 바람이 우선 나에게만이라도 헛된 소망이거나 도로徒勞에 그치는 것이 아니기를.

The 수필

● 내가 모르는 사이 의도치 않게 영웅이 돼버린 사건으로 작가는 부끄러움과 마주친다. '그것이 아니었음'을 밝히지 못해 따라온 대학시절, '부끄러움'은 사회인이 되어서까지 연장된다. 자신의 의지와 상관없이 흐름에 편승해야 하고 그것을 합리화하는 자신이 부끄럽다. 근원적 가치들이 무너지고 요령과 합리성들이 더 높이 평가돼 혼란스러울 때, "불씨로 잠복해 있던 부끄러움"이 되살아나면서 화자는 더 깊은 혼돈에 빠진다. 속박의 끈을 도끼로 끊어내려 하는 결기는 부끄러움으로부터 벗어나려는 몸부림이다. 해결의 실마리를 찾기 위해 주변을 돌아보는 작가의 시선은 누구나 한번쯤 겪었을 법한 부끄러움에 대한 정의를 생각하게 한다. /한복용

공사 중

노혜숙 jwnhs@hanmail.net

사람들이 약속이나 한 것처럼 한 방향으로 돈다. 나는 운동장의 원을 가로지르거나 반대로 돈다. 앞사람 뒤를 쫓아 헐레벌떡 걷거나, 쌩하니 옆을 지나쳐가는 것은 내키지 않는다. 갈지자로 뒷걸음으로 자유롭게 걷는다. 속도는 느리고 보폭도 일정치 않다. 내게 걷기는 혼자인 듯 아닌 듯 어스레함 속에 숨어 마음의 허방을 짚어보는 일이다.

이따금 걸음을 멈추고 별을 바라보는 일은 무구한 기쁨이다. 별자리 이름은 몰라도 좋다. 거기, 별이 있고 여기, 내가 있는 것으로 족하다. 건너편 아파트에서 흘러나오는 불빛에도 눈길을 던진다. 불이 켜지지 않은 창에 더 오래 시선이 머문다. 저녁이면 집에 불이 켜지고 식구들이 모여든다는 것, 그 평범한 일상의 쳇바퀴는 얼마나 눈물겨운 것인가. 집집에서 흘러나오는 저 불빛이야말로 지상의 아름다운 별이 아니랴.

고개를 숙이면 무수하게 찍힌 발자국들이 지상화처럼 펼쳐져 있다. 비슷한 것 같으면서도 제각기 다른 모양이다. 그 속에서 내 것을 가려내는 일은 쉽지 않다. 아니, 나는 내 발자국 무늬를 모른다. 지나온 걸음을 확인하며 걸었던 기억이 없다. 가로등 불빛 아래 발자국을 찍어 확인한다. 침침한 눈 속으로 나스카 평원의 도형처럼 난해한 내 발자국 무늬가 들어온다.

세상에는 세상을 움직이는 큰 틀이 있고 그 틀을 받치고 있는 작은 규칙들이 톱니바퀴처럼 맞물려 돌아간다고 믿었다. 사람들은 그 틀을 질서라고 불렀다. 내 의지나 욕망은 거기 맞춰 말랑하게 길들여졌다. 혹자는 천지에 아무것도 확실한 건 없다고 말했지만 나는 회의나 주춤거림 없이 틀 안의 질서에 충실했다. 헷갈림 없는 직진 행보였다.

언제부터인가 완고한 걸음에 균열이 생겼다. 내 안의 골리앗을 겨냥한 무릿매는 무엇이었을까? 야성적 본능, 그로 인해 내가 부서질지라도 부딪쳐 뚫고 나가고 싶은 내 안의 욕망일지 모른다. 그렇게 발가벗겨진 나의 모습이 한낮 진흙이고 허깨비일지라도 그 자체를 받아들이리라는 무모한 용기, 기어이 나로 살고 말겠다는 카인의 후예로서의 근성은 아닐까.

내 발자국 옆에 '욕망 자유'라고 쓴다. 무심코 동그라미를 그려 그 셋을 모두 가둔다. 문득 무엇이든 쓰기만 하면 동그라미를 그려 가두는 오랜 습관을 발견한다. 이란성쌍둥이 같은 욕망과 자유, 그것을 가둔 저 원만하고 유순해 보이는 동그라미는 무엇일까? 동그라미의 한 끝을 풀어 실마리처럼 잡고 따라가면 욕망의 본질에 접근할 수 있을까. 무수한 현상만 있을 뿐 실체를 잡아채기 어려운 욕망과 씨름하다 한 신전을 떠올린다.

캄보디아의 앙코르 와트. 기적의 신전을 오르는 계단은 가팔랐다. 경배하듯 허리를 구부리고 한 걸음 한 걸음 올라야 했다. 앙코르 와트는 한 나라의 역사, 종교, 당대 사회 욕망의 생생한 전시였다. 신전을 둘러싸고 있는 것은 종교 형상이지만 배후에는 당시 지배자들의 정치권력 욕망이 투영되어 있을 것이다. 정적을 물리치고 등극한 왕들이 자신의 치세를 드러내기 위해 신들에게 바치는 거대한 사원과 건축물을 남겼을 테니 말이다. 한때 홍성했던 대제국의 문명은 정글에 묻히고 백성은 우민화되었으며 남은 건 신전뿐이다. 신전의 크기란 어쩌면 불안하고 허약한 인간의 위태한 실존, 그 욕망에 비례하는 건 아닐까.

한시대를 풍미했던 신전의 전언이 들리는 듯하다.

'네 안에 무너지지 않을 너만의 신전을 세우라.'

사람은 저마다 하나의 세계라던가. 그 세계는 자기自己라는 뼈대로 세울 때 정체성이 확립되는 세계다. 그러나 틀은 사람들에게 집단적인 안정감과 위로를 제공하며 모반을 차단한다. 집단으로부터 벗어나는 순간 그 사람을 공황상태에 빠트리고 다시 집단으로 회귀하게 만드는 무서운 중독성을 지니고 있다. 틀로부터 홀로서기를 하는 사람들은 처절한 고독과 맞서 싸울 각오를 해야 한다. 마침내 자기라는 한 세계를 세우고 집단과 균형 있는 관계를 이루게 되는 과정은 결코 만만치 않다. 사람들이 선불리 그 싸움에 달려들지 않는 이유일 게다.

돌이켜보면 내 안의 신전은 늘 공사 중이었다. 짓고 허물기를 거듭했다. 익숙한 것의 안주와 모반의 충동 사이를 수시로 오르내렸다. 신전의 완공은 요원해 보인다. 오늘처럼 쩨쩨하게 운동장이나 내 멋대로 돌다 그것을 자유라고 착각하며 귀소본능의 새처럼 집으로 돌아갈 것이므로.

야간 자율학습 종료 벨이 울린다. 사람들이 하나둘 학교 운동장을 떠난다. 그들이 떠나자 내 안의 깜박거리던 작은 불빛도 사그라진다. 나는 불씨를 살리기 위해 서둘러 집으로 걸음을 옮긴다. 사람이 깃들이지 않는 신전은 폐허라고 생각하면서.

수필과비평

the 수필

● 저녁에 학교 운동장을 돌다가 '내 발자국 옆에 욕망 자유'를 쓴다는 작가. 앙코르 와트의 한 신전을 떠올리며 신전의 크기란 어쩌면 불안하고 허약한 인간의 위태한 실존, 그 욕망에 비례하는 건 아닐까 회의하며 "네 안에 무너지지 않을 너만의 신전을 세우라"는 양심의 소리를 듣는다. 그러나 내 안의 신전은 '늘 공사 중'. 만일 공사 완료라고 했다면 이 글은 어떻게 되었을까? 차분한 문장과 내성적(內省的)인 사유, 오랜만에 수필다운 수필을 만나 반가웠다. /맹난자

댓돌

우광미 | iris3630@hanmail.net

그곳은 성전의 들머리다. 저마다 순례길 같은 일상에서 지고 온 남루들을 벗어놓는다. 하루치의 자잘한 삶의 편린들을 정화시킨 후 비로소 맨발을 방으로 들인다. 또 날이 새면 어김없이 새로운 다짐을 찍으면서 나선다.

돌은 연장이 되기도 하고 염원을 담아 얹으면 탑이 되기도 한다. 성벽의 돌처럼 우러러봐야 할 정도로 높이 쌓은 것도 있고, 보일 듯 말 듯 나지막이 집 담장으로 둘러진 경우도 있다. 그 쓰임새가 다양하나, 집채를 오르내리도록 만든 계단인 댓돌은 유난히 살갑다.

비상하는 새들도 머무르며 쉼표를 찍듯이, 생각이 흐트러질 때엔 시골집에 와서 댓돌을 바라본다. 칼에 베인 시간처럼 빈집의 공허가 창백하다. 내 시간의 긴 침도 모 닳은 댓돌 위에 멈춰 있다. 각이 서 매사 반듯하던 젊은 날의 성정도 유연해졌는지 제 몸에 이끼꽃을 피웠다. 바닥의 애환을 알고 있는 듯 묵묵히 세월을 받아낸 낙수의 결마저 간직하고 있다. 가만히 들여다보고 있으면 고요에 든다. 이렇듯 자신을 잘 바라볼 수 있을 때는 멈추어 있는 시간일 것이다.

해가 설핏해지자 산 그림자가 마당에 내려앉는다. 감나무 끝에 서성이던 바람이 댓돌 위로 먼 기억의 풍경들을 부려놓고 간다. 우듬지 까치 소리가 여명을 깨울 때부터 들리던 자분자분한 어머니 발걸음 소리. 뻐꾸기 울고 스무 날만 지나면 풋보리를 먹을 수 있다던 외할머니 말씀이 문득문득 생각난다던 어머니. 보릿고개를 넘어가며 했다던 그 말이 어려움을 이겨내는 주문인 줄 알기까지는 오랜 시간이 걸렸다.

힘겨운 시집살이에 속울음을 삼키며 친정으로 향하고픈 발걸음을 몇 번이나 여기서 바장였을까. "이별이 꼭 죽음뿐이랴" 하시며, 집 나간 자식 흉몽이라도 꾸는 날이면 하얀 소금을 한 줌 댓돌 주변으로 뿌려놓으시곤 했다. 아랫목 이불 속에 밥그릇이 따뜻하면 객지에서도 배곯지 않는다는 믿음, 신발이 가지런하면 어디를 가든 발걸음이 어긋나지 않는다는 믿음, 그것은 어머니 불변의 동종주술이었다.

하루의 일과 중 무시로 눈보다 정갈히 씻은 시어른 고무신을 섬돌에 올리는 일은 빼놓을 수 없는 의식이었다. 가족의 밥이 되고 자식의 책이 될 벼를 돌보기 위해 산 모랭이 돌아 물꼬 트는 아버지의 흙고무신. 안쪽 바닥에 우산대 달궈서 눌러놓은 낙인은 끝까지 닳지 않는 바코드였다. 덤벙대며 마루로 뛰어오르곤 하던 오빠의 운동화는 사선으로 놓이거나 한쪽이 뒤집히기 일쑤였지만, 어머니는 언제나 조용히 챙겨놓았다. 마치 댓돌이 나의 영역이라고 무언의 주장이라도 하듯이. 어떤 허물도 절대 발설치 않는, 주소를 잡고 떠날 줄 모르는 정착의 의지가 굳건하다.

옆구리 맞대고 길게 늘어섰던 신발들. 그런 댓돌이 휑하니 비는 밤이 한해에 꼭 하루씩 있었다. 음력 정초가 되면 날마다 무슨 금기가 그리도 많았던지. 그 중 신일申日에는 밤중에 귀신이 와서 신발을 하나씩 신어보고, 그 중 딱 맞는 신 임자는 그해에 병치레를 많이 한다고 했다. 그래서 초저녁이 되면 방 윗목에 신문지를 깔고 온 가족의 신발을 나란히 늘여 세웠다. 늘 보던 신발을 방안에서 보면 색다르게 보였다. 아침에 나와서 말끔히 비어 있는 댓돌을 볼 땐 마치 새 집에 온 듯이 낯설었다. 그만큼 댓돌은 신발이 놓여야 생명을 가지는 공간이다.

큰 건물의 댓돌은 마당에서 기단으로 오르는 계단이기도 하다. 낮은 곳에서 높은 곳으로 올라가는 것을 도와주는 디딤돌이다. 불국사의 연화교에 디딤돌마다 연꽃이 새겨진 이유도 그 위가 부처의 세계라는 암시이다. 진흙에 뿌리를 내린 채 티 없이 향기를 피우고, 물 위에 잎을 펼치고도 젖지 않는 연화처럼 청정한 세계로 걸어가라는 뜻이리라. 대궐의 조계阼階에는 용이 새겨져 있다. 용이 통치자의 권위를 내보이기도 하지만 구름을 몰고 다니는 신성한 존재이기도 하니, 백성을 다스리는 이는 우로雨露를 골고루 내려 풍족하게 한다는 다짐일 터이다.

그에 반해 속계에 사는 서민의 집 댓돌은 조붓하다. 장식이 없고 밋밋하다. 화장기 없고 수수한 시골 아낙과 같다. 비록 열반을 향해 오르는 연꽃이나 세상을 다스리는 용 문양의 돌은 아닐지라도 댓돌의 적요는 본성이 지닌 포용력에 있다. 울타리 허술하게 치고 사는 서민들 정붙이고 살아가는 속내야 어찌 연화장 세계나 대궐보다 덜하겠는가.

유년시절 내 기억에 선명하게 남은 두 장의 흑백 필름이 있다. 팔남매의 막내인 나에게 기억될 정도면 할아버지는 수를 하신 셈이다. 한 장은 누워 계신 모습이다. 이불을 잔뜩 당겨 덮은 까닭에 얼굴만 드러났다. 얼굴보다는 숱 많은 수염과 한번도 벗지 않던 탕건만 기억난다. 또 한 장은 댓돌에 앉은 모습이다. 흰 바지저고리를 입고 다리에 행전을 두른 채, 마루를 배경으로 댓돌 위에 앉아 계셨다. 그분에게 댓돌은 일생 다스려온 영토를 내려다보는 성루이자, 피안을 바라보는 차안의 나루터였을지도 모른다.

댓돌은 밤이 되면 도량의 정례석처럼 정靜하다. 하루를 돌아보고 나쁜 기운은 별빛에 우려낸다. 고된 노동 후에 밥은 달고 잠은 깊은 법. 깊은 잠 속에서도 생의 무게에 신음하는 부모님의 숨소리마저 거두어 달빛에 씻어내는 정화수 막사발이다. 어제의 삶에 오욕이 달라붙었을지라도, 뉘우침으로 밤이 길었을지라도, 아침이 되어 신발을 꿰는 우리에게 새로운 시작을 부여해준다.

시간과 공간은 분리된 것이 아니다. 댓돌 위에는 지난 삶이 남아 있다. 돌아봄과 되새김의 시간들이 머무르는 곳이다. 하루의 노동을 끝낸 달뜬 걸음이든, 일용할 양식에 매인 비루한 걸음이든, 끝내는 댓돌에 닿아서 멎는다. 내려간 만큼 삶을 절실하게 살아가게 하는 바닥의 의미를 알고 있었는지도 모른다. 가장 낮은 자세로 좌정하고 있다. 가족들 차례로 떠나고 종내에는 어머니 혼자 오르내려도, 생각 속 신발만은 숫자가 줄어들지 않았던 댓돌이다. 이제 어머니의 신발도 정물이 되었다. 걷고 걷다 온 제자리. 손가락 사이로 빠져나간 날들이 채도를 잃은 가족들의 신발과 함께 저기 놓여 있다.

이 모든 희로애락을 듣고 갈무리한 댓돌에 앉아 지난 세월을 되작여 본다. 걸을 때에는 나아가는 일에만 전념했다. 바라보았던 건 앞쪽과 남은 거리뿐이었다. 멈추어 돌아본다. 인지한다는 것은 관찰하고 그 깊이를 가늠하는 일이다. 신발을 잘 벗어놓으려면 고개를 숙여야 하듯, '지금 여기' 자신이 서 있는 마음자리를 잘 살펴야 할 것이다. 겸허한 마음을 지니고 하심下心을 닦는 일이기도 하다.

마음 허허로운 날엔 댓돌에 올라볼 일이다. 우리의 뒷모습이 저기 있다. 결코 지워지지 않는 가족들의 온기가 새겨져 있다. 시간을 거슬러 표정들이 살아나고, 귀 기울이면 속삭임이 들려온다. 모 닳은 댓돌은 우리 집 호적등본이다. 칸이 부족해 너덜너덜한 우리 삶의 이야기가 깨알처럼 씌어 있다. 나 또한 언젠가는 하나의 정물로 들어앉을 것이다. 그날이 언제이건, 오늘도 이 제단을 조용히 쓸고 오른다.

경남신문 신춘문예

수필

● "모 닳은 댓돌은 우리 집 호족등본"이라며 댓돌에 얽힌 가족사를 풀어놓는다. 댓돌 위에 앉아 계신 할아버지에겐 일생을 다스려온 영토를 내려다보는 '성루'이자, 피안을 바라보는 '차안의 나루터'. 밤이 되면 도량의 정례석처럼 정(靜)한 댓돌은 생의 무게에 신음하는 부모님의 숨소리마저 달빛에 씻어내는 '정화수 막사발이라고' 한다. 은유로 빛나는 문장과 '신발을 잘 벗어놓으려면 고개를 숙여야 하듯 하심(下心)을 닦는 일'이라는 성찰도 가볍지만은 않다. 가족이 차례로 떠나도 '어머니의 생각 속 신발만은 숫자가 줄어들지 않았다는 댓돌'. 그 여운이 긴 감동으로 가슴에 남는다. /맹난자

전미란 mudamssi@hanmail.net

또 할퀴고 지나갔다. 손- 톱 자국이다. 긴 한숨을 내쉬며 풍뎅이 등짝 같은 엄지손톱을 내려다본다. 갈라진 틈새가 양옆으로 벌어지면서 붕, 하고 날갯짓이라도 할 것 같다.

고등학교에 들어가자 나는 급수 따기에 전념했다. 여상에서는 타자와 주산 부기가 수업 내용의 절반을 차지했는데 손톱은 급수를 따는 데 중요한 도구였다. 입학하던 해 여름, 손톱을 다듬는 일이 유행처럼 퍼졌다. 아이들은 단면을 갈아내고 손톱눈을 파내는 일에 열중했다. 나도 필통에 들어 있던 녹슨 칼로 손톱 반달을 덮고 있는 거스러미를 도려냈다. 그러다 그만 엄지손톱에 상처를 내고 말았다. 살짝 베었다고 생각했는데 피가 나오고 있었다. 생살에 녹슨 쇠를 대는 게 얼마나 미련한 짓인지 몰랐다.

주판알을 튕길 때 엄지와 검지가 주판 위에 떠 있어야 한다.

"자, 털고 놓기를…."

선생님의 말이 떨어지기가 무섭게, 투수가 공을 빠르게 던지는 것처럼 한 치의 망설임 없이 한 알 두 알 숫자를 치고 계속 달려야 한다. 주판알 튕기는 소리가 소낙비 소리처럼 교실 안을 가득 채웠다. 하지만 나는 아픈 손가락 때문에 책상에서 손을 내린 채 쏟아지는 소낙비를 혼자 다 맞는 기분으로 멍하니 앉아 있었다.

작은 읍내에 있는 여고는 같은 지역 중학교에서 온 애들이 대부분이었다. 나처럼 타지에서 온 애들은 많지 않았다. 기숙사가 없었기 때문에 나는 방을 얻어 자취를 했다. 부모로부터 난생처음 떨어져 낯선 곳에 혼자 내던져진 나는 어떤 무리에든 속하고 싶었지만 쉽게 마음 붙일 친구를 사귀지 못했다. 그러던 어느 날이었다. 붕대로 감은 엄지를 호주머니에 집어넣고 다니던 내게 K가 다가왔다.

"손이 왜 그래? 보여줘봐."

부끄럽게 내민 누런 손톱을 보더니 K는 소독이라도 좀 해야겠다며 내 손목을 힘껏 이끌고 양호실로 데려갔다. 선생님들의 칭찬을 한몸에 받고 있는 그 애는 똑같은 체육복을 입어도 귀티가 났고 늘 팝송을 흥얼거렸다. 같은 열일곱 살인데도 말하고 행동할 때 내게 없는 성숙함이 느껴지던 그 앤 성적이 뛰어난 우등생이었다.

2학년 봄, 운동장에 벚꽃이 한참 흐드러지게 피었다 떨어질 때였다. 우리는 늘 붙어다녔고 그 애와 친하다는 사실이 나를 우쭐하게 했다. 어느 날 청소시간에 검게 변해가는 내 손톱을 보고 K가 "썩은 손톱 같잖아" 하며 매니큐어를 내밀었다. 매니큐어가 칠해지자 감쪽같았다. 못난 손톱을 숨겨주는 그 애가 무척 고마웠다. 시험 기간에는 공부한다는 이유로 내 자취방에서 밤을 새기도 했다. K는 자기 공부가 밀려 있으면서도 내가 모르는 문제풀이 도움을 청하면 이해할 때까지 설명해주었다. 솔직해진다는 건 내가 한심하다는 걸 보여준다는 의미인지 그때는 몰랐다.

2학년 겨울방학이 지나면서 K는 우등생들과 어울리기 시작했다. 쉬는 시간에도 그 애들과 어울려 노느라 나를 찾지 않았다. 어느 날, 수돗가에서 그들이 깔깔대며 수군거리는 소리를 우연히 엿듣게 되었다.

"내가 진짜 이런 말까지는 안 하려고 했는데, 붕어처럼 눈은 툭 튀어나와가지고 멍청한데다 행동은 또 얼마나 굼뜬지 맹추 같다니까. 그깟 매니큐어 하나 던져주니 좋아하는 꼴이라니…."

키득거리는 그들의 웃음소리를 들었을 때 나는 빨리 그 자리를 도망치고 싶을 뿐이었다.

매니큐어로 감춰놓았던 손톱이 덧나기 시작했다. 자르고 싶어도 자를 수 없었다. 손톱깎이 날이 닿기만 해도 아파서 건드릴 수가 없었다. 나는 욱신거리는 통증처럼 그 애의 무심한 태도와 종잡을 수 없는 변덕을 참아내고 있었다. 변한 건 K만이 아니었다. 나 또한 묘한 감정이 생겼다. 손톱으로 그 애를 할퀴면 시원해질 것 같았다. 사람이란 게 그리 착하게 굴지 않고 싶을 때도 있는 거니까. 한번쯤 할퀴어서 앙칼진 성깔을 보여주고 싶었지만 그 애를 할퀸다고 해도 내 손톱만 꺾일 것 같았다. 손톱 밑에 찬 고름을 꾹꾹 짓눌러 짜도 성이 차지 않았다. 신경을 건드리는 예민한 더듬이를 하나 더 갖고 사는 기분이었다.

그날 이후부터 나는 '맹추'라는 두 음절과 싸웠다. 그 말 한마디에 바닥까지 들켜버린 기분이었다. 다른 아이들도 나를 그렇게 볼 거라는 의심까지 들었다. K처럼 성적이 우수하고 잘 놀고 리더십이 좋은 아이가 아니기에 위축될수록 그 애 앞에서 태연한 척했다. 그런 자신이 비굴하게 느껴졌지만 참는 방법밖에 없었다.

아픈 증세가 가라앉더니 손톱 밑에 작은 벌레들이 기어다니기라도 하는 것처럼 근질거렸다. 허옇게 들뜬 손톱은 기어이 빠져나갔다. 손톱 자리는 말린 무화과처럼 쪼글쪼글해졌고 새 손톱이 나오기를 기다리는 사이 졸업을 맞았다.

돌이켜보면 그 당시 내가 진짜 두려워한 건 따돌림이 아닌 못난 '나'였다. 모든 것을 다 드러낸다고 해서 친밀해지는 게 아니었다. 열등은 상처받기 쉬운 약점이라는 것. 약점은 변형된 채 자리잡은 엄지손톱처럼 감춰야 한다는 것. 모자라는 점을 공유하면 편해지기도 하지만 때로는 무시당하는 걸 감수해야 한다는 걸 깨달았다.

급수와 성적에 의미를 두던 고등학교 시절. 세상이 말하는 상위권 무리에 낄 수 없었던 소외감…. 그리고 팽개쳐짐…. 친구에게 나는 손톱이었다. 잘라내도 아프지 않고 더 이상 필요하지도 않고 귀찮아서 휴지통에 넣어야 하는 손톱. 난 그녀에게 손톱이 아닌 심장이고 싶었다.

엄지손톱을 깎는다. 지금도 조금 자랐다 싶으면 끝이 두 쪽으로 갈라져 할퀴기 일쑤다. 스무 살 이전, 손톱의 기억으로부터 얼마나 떠나왔는지 가늠해본다. 열등을 느끼는 순간은 생각보다 자주 찾아와 내가 나를 할퀼 때가 더 많다.

풍뎅이 등껍질 같은 손톱은 날고 싶은 걸까. 갈라진 틈새로 양 날개가 파닥이며 기지개를 켤 것 같다. 날을 세우고 있는 손톱은 지금도 자라는 대로 깎아내 버려야 할 불편한 감정이다. 바짝 깎인 못난이 손톱. 세상을 손톱만큼밖에 모르던 미숙했던 지난 날의 흉터를 쓰다듬듯 만져본다.

수필과비평

● 관계에 미숙하고 소외감을 느꼈던 학창시절의 작가는 친절하게 다가왔던 친구에게 의지했으나, 그로부터 받은 상처로 인해 자신의 의지와 무관한 상황에 내던져진다. 믿었던 친구에게 고작 손톱의 의미로 여겨졌으리라는 정서적 배신감의 서술 과정은 작품에 생명을 불어넣는다. 온전히 드러낼 수 없는 내면의 상처는, 치료 가능한 손가락의 염증에 비해 치유가 어렵다. 트라우마는 스스로 통제할 수 있을 때 삶의 소중한 자원이 되지만 통제력을 상실할 때 걸림돌로 작용한다. 대부분의 사람들은 그것을 제대로 바라볼 기회조차 갖지 못한다. 양쪽으로 갈라져 풍뎅이 등을 연상시키는 엄지손톱에 대한 도입부의 묘사와 날고 싶다는 결미의 대비는 수미상관(首尾相關)의 성립으로 작품에 안정감을 더해준다. /엄현옥

정아경 twomin-v@hanmail.net

시골보다 도시가 좋다. 자연의 법칙에 충실한 시골은 일찍 어두워졌다. 어둠이 내린 시골은 공간이 넘쳤다. 상상력도 부족했고, 놀거리도 부족했고, 친구들도 모두 집으로 돌아갔다. 그러나 도시는 달랐다. 해가 져도 환했고, 도로는 차들로 가득했고, 사람들로 왁자했다. 그 속에서 있으면 아무것도 하지 않아도 자연히 채워지는 느낌이 들었다. 완성된 것들 사이에서 나 역시 완성되는 중이라고 쉽게 위안 삼을 수 있었다.

그런데 지금, 그 충만감에 속이 부대낀다. 충만감이 아니라 포만감이라고 불러야 할까. 빽빽하게 들어선 건물들과 그 안에 빼곡하게 찬 사람들이 한마디씩 뱉어내는 말들이 공포로 다가온다. 일면식 없는 사람과 어깨를 맞대고 영화를 관람하고, 좁은 카페에 앉아 셀 수 없이 많은 사람과 들숨과 날숨을 공유하는 나의 일상은 빨간 엑스가 쳐진 채 주의사항 중 하나로 전락했다. 전화로도 바이러스가 옮는 것 아니냐는 우스갯소리들과 대구를 봉쇄해야 하는 것 아니냐는 글들은 안타깝게도 웃음을 주지 못하고 나를 위축시키기만 했다.

바이러스 쇼크에 감전된 도시의 한복판에서 하지 말고, 하면 안 된다는 부정do not의 의무들을 곱씹으며 몇 주가 흘렀다. 사람이 모이는 곳에 가면 안 되고, 아이들과 수업을 하면 안 되고, 마스크 없이 밖에 나가면 안 되는 유의 의무들을 성실히 이행하는 중이다. 시민의 몫으로 남겨둔 것만큼이라도 잘 지키자는 생각이었다. 몇 주간의 칩거생활은 몸에 익어갔으나, 활동적인 것에 길든 정신은 몸에 복종할 생각을 하지 않았다. 내 몸 하나는 가둬놓을 수 있었지만, 불어나는 권태로움은 가둘 수 없었다.

커피믹스를 두 봉 뜯어 멍하니 휘저었다. 매일 먹던 S사 카페라테의 담백함을 끊자 금단현상처럼 달콤함이 당겼다. 달짝지근한 커피를 호록거리며 거실 의자에 걸터앉았다. 저 문. 가족 이외에 그 누구도 저 문을 열고 들어오지 않은 지 스무 날이 되어간다. 아이들이 목청 터져라 장난치는 소리에 귀가 멍한 적은 있어도 아무런 소음이 없어서 귀가 멍한 것은 이번이 처음이다. 숨을 잠시 멎고 있으면 지구가 돌아가는 소리라도 들릴 것만 같다. 그렇게 한참 저 문을 바라봤다. 파도가 밀려오지 않는 바다…. 외딴 섬에 고립된 나는 움직임이 없는 파도를 보며 괴이한 느낌을 받는다. 어쩌면 영영 이 섬을 벗어나지 못하는 건 아닐까. 타인의 섬에 가닿으려면 돛을 펼쳐 파도를 타고 바람을 타고 흘러가야 하는데 바다가 고요하다. 배가 꿈쩍하지를 않고 제자리를 고집한다. 지금의 상태가 영원히 지속되지 않는다는 것을 알지만, 그런데도 순간의 공포는 여운을 오래 남긴다.

몽롱한 몽상을 깨운 것은 초인종 소리였다. 곧이어 묵직한 소리가 들려왔고, 택배기사님은 익숙한 듯 문 안의 사람을 기다리지 않고 떠났다. 택배 올 것이 있었는지 돌이켜보지만 떠오르지 않는다. 조심스레 열어본 현관문 앞에 박스가 가득했다. 낯익은 이름들이 발송인 란에 적혀 있었다. 저녁이 되어 가족들과 함께 뜯었다. 크리스마스 아침의 아이들처럼 박스를 뜯을 때마다 연신 환호성을 내뱉었다. 산더미같이 쌓인 누룽지 박스들과 즉석 떡볶이 박스들. 전자는 나에게 온 선물이고 후자는 딸에게 온 선물이다. '누룽지를 좋아한다.' '떡볶이가 먹고 싶다.' 내뱉었는지도 모르고 흘려보낸 말들을 누군가 기억해줬다는 것이, 기억에서 더 나아가 행동으로 이어졌다는 사실이 나를 간지럽힌다. 조금 더 있자 노란 색 비타민이 담긴 박스가 도착했다. 어디 아픈 곳 없이 성한 게 머쓱했질 정도로 감사한 마음들이었다.

쏴~ 쏴~ 밤 늦게 원고를 뒤적거리는데 뒤통수에서 파도 소리가 들려온다. 일정해 보이지만 제멋대로인 간격. 텅 빈 도로를 쾌속 질주하는 자동차 소리가 겹쳐져 만들어내는 배경음악이다. 산골에서 자라 분지에 뿌리를 내린 내게 바닷가의 파도보다도 더 진짜 같은 파도 소리였다. 밀려오는 파도에 몸을 맡길 때의 무력감. 역설적이게도 언제나 그 무력감이 나를 작동시켰다. 수동적으로 넘실거리는 와중에 더욱 내면의 소리가 또렷이 들리는 것처럼, 철저한 공허 속에서 생의 의지를 찾는 법이다. 굳게 닫힌 문을 보며 반복적으로 그려내던 여러 이미지와 그것을 단번에 부수던 초인종 소리를 차례대로 떠올렸다. 미동 없는 바다의 수평선 너머에서 선물꾸러미들이 무서운 기세로 달려왔고 그 힘에 파도가 생겨났다. 마음이 일렁였다.

하고자 하고, 해야만 한다는 긍정do의 의무들을 안고 많은 이들이 대구로 모여들고 있다. 그들은 바쁘게 물품을 정리하고, 분주히 응급환자를 응급차와 연결한다. 그들이 뿜어내는 긍정의 숨결들이 도시에 생기를 불어넣는다. 방구석에서 푹푹 내쉬고 있던 한숨들 위로 그들의 가쁜 숨결이 덧입혀졌다. 뉴스를 보니 우리 집 문 앞에 도착한 택배들처럼, 더 많은 곳에서 더 많은 사람에게서 택배가 도착하고 있다고 한다. 어떤 것은 감사의 손편지, 어떤 것은 비누와 샴푸, 어떤 것은 도시락. 의료진들도 자원봉사자들도 분명 택배상자 안에서 튀어나온 갖가지 물건들을 마주하며 헤아릴 수 없는 뭉클함을 느꼈을 것이다.

베일에 가린 듯 내일이 막막하지만, 삶의 의미는 어떤 곳에서도 찾아지나 보다. 강제된 고립과 극도의 혐오는 몸의 고통 못지않은 강도로 정신을 괴롭힌다. 확산하는 불안은 타인에게서 원인을 찾게 한다. 예고 없이 그들의 '타인'이 된다는 것은 억울한 일이다. 그러나 언제나 그렇듯, 그런 사람보다 그렇지 않은 사람이 많다는 것. 무턱대고 손가락질하는 사람보다 누군가의 잃은 입맛을 챙겨주는 사람들이 더 많다는 것. 이 당연한 사실이 생경하게 느껴지는 것도 도시의 차가운 멋에 잔뜩 심취한 나의 탓이기에, 나는 어제의 나를 반성한다. 경계선 바깥의 타인에 대해 무덤덤했던 태도 역시 고통받는 누구에게는 폭력일 수 있겠다고 생각하게 된다. 누군가가 웃자고 던진 말들이 싸늘하게 식은 문장들로 기억되는 것처럼 말이다. 현관문을 닳도록 드나들고 빠른 속도로 도시를 휘젓고 다니면서도 얻지 못한 것들을 굳게 닫힌 현관문 안에서 얻었다. 아주 느린 속도로, 아주 좁은 보폭으로.

우리는 너울 사이에 있다. 우리는 지나간 파도와 밀려오는 파도 사이에 있다. 찰나의 고요는 정지를 의미하지 않는다. 밀려오는 파도 역시 곧 지나간 파도가 될 테지만, 그러면 어떠냐. 다시금 파도가 밀려오고 있다.

● 일찍이 겪어보지 못한 재난 — 코로나19. 그 창궐의 중심에서 흉포한 괴물을 온몸으로 지켜봐야 했던 시간들. 외딴 섬에 홀로 떨어진 것 같은 괴이한 느낌과 공포의 여운. 강제된 고립과 극도의 혐오는 몸의 고통 못지않은 강도로 정신을 괴롭혔다. 하지만 이 엄혹한 시간 속에서 작가는 긍정의 파도 소리를 들으며 마음을 일렁인다. 그리고 그 파도가 만들어내는 따뜻한 온정의 너울을 본다. 팍팍한 인심과 도시의 차가운 멋에 심취했던 과거의 자신을 반성하면서 말이다. 고통과 아픔은 새로운 깨달음을 낳는다. 이번 사태를 모질게 겪은 작가의 감성이 빚어낼 또 다른 작품을 고대해본다. /조헌

손을 씻는다

한경선 lalahks@hanmail.net

어머니는 도끼뿔로 얼음장을 깨고 빨래한 이야기를 하셨다. 그때마다 나는 머릿속으로 도끼뿔을 받아내는 얼음 두께를 가늠하며 어머니의 손끝이 내 마음 끝에 닿아 시렸다. 어머니는 동네에서 제일 먼저 빨간 고무장갑을 끼고 빨래를 하셨다. 동네 사람들이 신기한 장갑을 보며 부러워할수록 오빠가 사다준 고무장갑을 자랑하는 빨랫방망이 소리가 높았다.

그 고무장갑은 최첨단 과학이 세상을 지배하는 지금도 제 역할을 단단히 한다. 거의 날마다 내 손은 고무장갑을 믿고 뜨거운 물이나 차가운 물에도 거침없이 들어간다. 비린내나 군내도 꺼리지 않는다. 흙 묻은 채소를 다듬을 때도 망설이지 않는다. 걸레를 빨 때도 화장실 청소를 할 때도 고무장갑 속 내 손은 겁쟁이가 아니다. 장갑을 벗으면 아무렇지도 않게 말쑥하다.

그런 손을 씻고 손톱도 자주 깎으며 내 손이 깨끗하다 여겼다. 이웃을 위해 통 크게 봉사하는 손은 못 되어도 성실하고 부지런한 손이다.

검은 비닐봉지에 지저분한 것들을 감춘 손이지만 분에 넘치는 것을 탐낸 손은 아니다.

눈을 감아도 손으로 사물의 결을 읽을 수 있고 형태를 짐작할 수 있다. 애틋한 사람은 눈으로만 보는 것이 아쉬워 얼굴을 쓰다듬으며 손으로도 본다. 사랑하는 사람의 손을 잡으면 마음을 알 수 있고 그 또한 내 마음을 그대로 읽을 것이라 믿는다. 그저 손만 잡아도 좋다. 꼼지락거리는 작은 움직임조차 내게 건네는 속삭임 같다.

손톱이 닳도록 일하고는 김치가닥 죽죽 찢어 따뜻한 밥에 올려주던 손, 한 손으로 뒷머리 받치고 한 손의 엄지와 검지를 코에 대고 '흥 해라' 코 풀어주던 손, 할머니의 손이 마음에 남아 있어 손에 대한 기억은 더욱 정답다.

감염병이 돌자 손을 꼼꼼히 자주 씻으라고 여기저기서 말한다. 눈·코·입을 손으로 만지지 말라고도 한다. 내 손이 아주 더럽고 위험하다는 것을 새삼스레 알게 되었다. 누구에게 손 내미는 것을 주저한다. 내가 내 손을 꺼리는데 다른 사람이 내 손을 그리 반길 리 없다. 혼자 있을 때도 손을 씻는다. 어쩌다 차 한 잔 건네기 전에도 손을 씻는다. 살아오면서 쌓인 내 부끄러움들이 모두 손으로 모인 듯해서 잘못을 뉘우치듯 손을 씻는다.

흔쾌히 손을 잡던 일, 마주 앉아 소찬을 나누던 일, 소중한 줄 모르고 지나쳤던 일들을 옛 일처럼 부른다. 이때가 지나가면 사소한 것들을 더 사랑하게 되기를, 서로의 손을 아끼게 되기를…. 숨죽이며 기다린다.

● 손은 한 인간의 삶의 거울이다. 작가에게 각인된 손에 관한 아련한 추억은 동네에서 맨 처음 빨간 고무장갑을 끼던 어머니와 찢은 김치가닥을 밥 위에 올려주고, '흥 해라'는 추임새로 코를 풀어주던 할머니를 소환한다. 지구촌을 뒤흔든 바이러스 전파의 주범이 손으로 알려지자 손 씻기가 '셀프 백신'으로 부각되었다. 이렇듯 세상이 변하자 잡기만 해도 좋았던 손의 촉감은 사라졌다. 무언가를 움켜쥐거나 베풀고, 사랑과 위로를 담아 타인과 온기를 나누며 교감하던 손은, 이제 누구에게 내밀기조차 망설여지는 요주의 대상의 신체 부위로 전락했다. "살아오면서 쌓인 내 부끄러움들이 모두 손으로 모인 듯", 공들여 손 씻는 행위를 통해 주제를 에두르는 사유와 성찰은 작가의 내공을 짐작케 한다. /엄현옥

한지황 fuoco0323@naver.com

피아노 연주회에서 내가 선호하는 좌석은 앞자리이다. 피아니스트의 손놀림을 관찰할 수 있기 때문이다. 아람누리에서 열리는 〈모차르트와 피아노〉를 관람할 때도 제일 앞자리를 선택했다. 고양 필하모닉오케스트라 단원들이 자리를 다 채우고 지휘자까지 인사를 마치자 조재혁 피아니스트가 박수의 물결 속을 뚫으며 무대로 나왔다.

모차르트 피아노협주곡 20번이 시작되었다. 어두운 라단조의 조성으로 조용하지만 끊임없이 강해지는 현악 선율을 피아노 솔로가 따라잡을 때 내 시선은 피아니스트의 손을 찾았다. 그러나 내 눈에 먼저 들어온 것은 반질반질 빛이 나는 갈색 구두와 알록달록한 양말이었다. 검정색 수트 아래에서 더욱 돋보이는 양말과 구두였다. 예상보다 피아노는 무대 중심보다 왼쪽으로 가 있었고 그의 손은 보이지 않았다. 연주 내내 그 발은 정신없이 페달을 밟았다 떼기를 반복했다. 물 위에 떠다니는 오리의 발이 물속에서는 쉬지 않고 움직여야만 한다더니 피아니스트는 그렇게 하지 않으면 피아노 연주를 계속 할 수 없다는 듯 필사적으로 발을 움직이고 있었다.

평소 피아니스트의 얼굴 표정과 건반을 터치하는 손을 보며 피아노 연주를 즐겨왔던 나에게는 뜻밖의 경험이었다. 바로 눈앞에서 피아니스트가 페달을 밟아대는 장면을 즐기다보니 피아니스트에게 건반만큼이나 페달이 중요하다는 깨달음이 왔다.

바흐는 페달을 사용하지 않았다. 모차르트는 어떤 페달링도 지시하지 않았지만 오늘날 많은 편곡자가 그의 음악에 페달 표시를 추가했다. 진지한 음악적인 도구로서 인정되지는 않던 페달은 베토벤 시절에 완전히 개발되었다. 베토벤은 〈발트슈타인 소나타〉 3악장에서 특수 효과를 위해 페달을 사용했고 대성공을 거두었다. 그는 〈월광 소나타〉 1악장에서는 페달을 아주 많이 사용했지만 〈비창 소나타〉에서는 전혀 사용하지 않기도 했다. 쇼팽은 페달을 광범위하게 사용했고, 페달링의 새로운 방식 모두를 완전히 개척했다. 쇼팽과 그 이후 작곡가의 곡들은 페달링에 대한 적절한 훈련 없이는 정확하게 연주할 수 없다.

러시아 피아니스트이자 작곡가인 안톤 루빈스타인은 페달링을 '피아노의 영혼'이라고 하였다. 그만큼 피아노 연주에서 빠질 수 없는 페달링은 섬세한 테크닉을 필요로 한다. 피아노 페달은 음의 강약을 조절해주는 보조수단일 뿐 아니라 손으로 나타낼 수 없는 음의 혼합 및 음색의 변화에 결정적인 영향을 끼친다. 선율과 화성이 함께 이루어지는 악기인 피아노의 특성상 페달이 없다면 모든 음이 딱딱해지고 음과 음 사이가 끊어진다. 그러나 페달을 사용하면 음의 지속 효과를 가져와 관현악처럼 환상적인 음향이 가능해진다.

"페달은 조미료와 같아요. 음식에 맛을 내기 위해 조미료를 살짝 뿌리면 맛이 있지만 너무 과하게 뿌리면 음식 고유의 맛이 사라지는 것처럼….” 예고에서 몇 십 년 피아노를 가르치고 퇴직한 피아노 선생님이 해주신 말씀이다. 평생을 피아노와 함께 살아온 이 선생님은 악보에 적혀 있는 페달 기호에만 의존하지 말고 내 귀로 피아노 소리를 들어가면서 페달을 밟아야 한다고 강조하신다. 이 선생님을 만나 레슨을 받아온 지 십 년이 지났지만 페달을 밟는 일은 여전히 쉽지 않다.

발로 밟는 게 아니라 귀로 밟는다는 말이 있을 정도로 페달링은 예민한 청각이 필수이다. 소리가 부드럽게 잘 넘어가는지 끊기는지 깔끔한지 지저분한지 구별할 수 있는 귀가 없다면 발을 제대로 움직일 수 없기 때문이다. 페달링은 연주하는 피아노곡을 정확하게 들을 수 있는 귀와 그 귀에 따라서 민첩하게 움직일 수 있는 발이 조화를 이루어야만 가능한 기법이다.

삶에서도 우리는 끊임없이 페달링을 한다. 누구랑 연결된 페달이냐에 따라 페달링은 달라져야 한다. 모차르트나 베토벤이나 그밖에 숱한 작곡가들처럼 내가 연결된 사람의 특성에 따른 페달링이 필요하다. 작곡가의 개성을 살리기 위해서 작곡가의 의도를 공부하고 부단한 연습을 해야만 아름다운 선율과 화음의 곡을 연주할 수 있듯이 타인의 성향을 잘 고려해서 페달링을 해야 한다.

타인과 연결된 페달을 너무 오래 밟고 있으면 불협화음이 발생한다. 그렇다고 너무 자주 떼어내면 관계 자체가 소원해진다. 상대방은 그럴 생각이 없는데 일방적으로 페달을 오랫동안 밟고 있지는 않은지, 아니면 상대방이 떼기를 원하지 않는데 내 멋대로 페달을 떼어내고 있는 것은 아닌지 세심한 배려가 필요하다. 상대방이 내는 소리에 귀를 기울이는 것이야말로 멋진 화음과 윤택한 음색의 하모니를 위한 첫걸음이다.

● 연주회에서 피아노의 위치가 달라져 애꿎은 피아니스트의 발만 보게 되었다. 자연히 페달링에 집중하게 된다. 페달링은 음의 강약을 조절해주는 보조수단이며, 음의 혼합과 음색의 변화에 결정적인 영향을 끼친다. 작가는 루빈스타인이 '피아노의 영혼'이라고 한 페달링이 바흐, 모차르트, 베토벤, 쇼팽을 거쳐 현대에 이르기까지 어떻게 사용되고 발전해왔는지를 알려준다. 그리고 "상대방이 내는 소리에 귀를 기울이는 것이야말로 멋진 화음과 윤택한 음색의 하모니를 위한 첫걸음이다"라며 페달링에서 인간관계로 사유의 폭을 확장시킨다. 세심한 관찰력을 바탕으로 신선한 정보와 관계의 깨달음을 담고 있다. 유익함과 속 깊은 울림을 주는 글이다. /정진희

허순애 ullim77@daum.net

3년 전 딸의 산후조리를 하기 위해 미국에 갔었다. 밤이면 블랙홀같이 캄캄한 어둠과 손에 잡힐 듯한 별빛과 현란한 춤사위의 반딧불이는 내 원초적인 본능을 일깨우기에 충분했다.

매일 새벽에 일어나 도마 소리와 함께 유튜브를 통해 듣게 되는 우주와 '빛' 이야기는 내 마음을 설레게 했다. 광활한 미대륙이 가져다주는 환경 탓일까? 뒤늦게 찾아온 우주의 신비, 그리고 빛 이야기. 그렇게 3개월을 경이로움으로 지내다 귀국한 후 그 강력한 떨림은 나를 양재동 '에너지사이언스' 사무실로 이끌었다.

외손녀인 두 꼬맹이를 유아원에 등원시키고 부지런히 양재동 사무실을 향해 걸어간다. CPACColor Personality Analysis counselor 강사과정 리뷰를 듣기 위해서이다. 12월의 연말과 정초에 걸쳐진 수업 일정이 마음에 든다. 10주간의 강행군, 보신각 종소리가 울리고 신년을 카운트다운 하는 부산스러움을 뒤로 하고 계속되는 '빛' 이야기의 그 파동은 떨림을 수반하고 울림이 되어 온 종일의 수강임에도 지치지 않는다.

나는 누구인가? 그동안 끊임없는 질문에 명상센터를 찾았고 또 찾아 헤매었다. 내 안에 너무나 많은 나, 60여 년이 넘도록 가시덤불 속을 헤치고 또 헤치며 살아왔다. 그 숲 속에서 만난 삼십촉 백열등 같은 희미한 불빛, 그 미약한 빛의 떨림은 점점 큰 울림으로 다가왔다.

"모든 존재는 본래 빛이며, 육체를 빌어서 살아가는 동안 이 땅에서 어떤 소명을 다하도록 태어났는지, 빛의 정보를 담고 있는 12컬러를 통하여 이를 전달하고자 한다"는 것이 국제 CPA 인적성 검사의 목표이다. 나는 내 빛의 소명이 궁금했다.

'CPA 인적성' 검사의 구성은 세계 공통인 컬러, 도형, 혈액형, 그리고 생년월일로 검사한다. 그 방법은 굉장히 단순하다. "빛깔Color는 사람의 꿈, 개성, 욕망 등을 상징하고, 성격Personality은 사람의 말, 생각, 행동으로 만들어진 습관을 유추하고, 분석Analisis은 얽히고설킨 마음의 실타래를 풀어내는 것"이라 한다.

눈으로 보이는 거시세계에서 눈으로 보이지 않는 미시세계로 점차 빠져들고 있었다. 노벨상으로 세계를 주목시켰던 아인슈타인, 그리고 빛으로부터 색의 영역을 발견한 뉴턴(1966년). 우주가 상식 밖의 법칙들로 가득하다는 닐스 보어 외 여러 양자물리학자들에 이르기까지 그들 모두는 '빛' 이야기로 일관되었다. 138억 년 전 빛의 탄생은 150여 년 전에 와서야 비로소 빛의 궁금증이 해소되었고, 빛은 굴절과 반사, 투과, 회절, 흡수, 산란, 간섭 등의 다양한 성질의 파동(떨림)들이 눈으로 보이는 몸, 눈으로 보이지 않는 마음에까지 영향을 미친다고 한다.

나는 이점을 주목하게 되었다. 빛은 눈에 보이는 세계보다 눈에 보이지 않는 세상이 훨씬 폭이 넓다. 색이 없는 가시광선의 영역을 보통 '빛'

이라고 부른다. 다만 파장의 길고 짧음 즉 떨림에 따라 사람의 뇌가 색으로 인식할 뿐이다. 빛은 떨림(파장)의 범위에 따라 프리즘을 통하여 무지개 색으로 나뉘어진다. 또한 적외선과 자외선은 사람의 눈으로는 인식할 수 없으나 인체에는 반응하는 특성을 가지고 있다. 이와 같이 실제로 우리는 항상 컬러로 둘러싸여 있으나 대부분 그것의 의미를 모르고 있고, 컬러가 가진 영향력 또한 느끼지 못하고 있을 뿐이다.

우리 몸의 60조의 세포는 모두 컬러로 이루어져 있다고 과학자들은 말한다. 러시아의 생물학자 블라드미르 포포닌은 염색체의 DNA는 빛과 색채, 소리와 생각에 따라 재再 프로그램되고 증식한다는 것을 증명하였다. 즉 인간의 몸은 컬러를 빼고는 설명을 할 수가 없다. 이와 같이 색은 사람의 감정을 움직이고 사람의 생리현상이나 신체활동에 크나큰 영향을 미친다. 또한 의식의 떨림(진동수) 즉 살아 있는 모든 조직과 세포, 그리고 인간의 신체 부위는 각각 고유한 떨림(진동)의 주파수를 가지고 있다는 것이다. 그렇다면 내 몸의 DNA는 무슨 컬러일까? 12컬러(빨강, 주황, 노랑, 초록, 파랑, 남색, 보라, 핑크, 골드, 마젠타, 블루그린)의 버틀을 테이블 위에 놓고 '순간적(무의식적)'으로 눈에 띈 색을 고른다. 평소에 좋아하는 색이 아니다. 내 몸의 세포의 색이 떨림으로 다가가서 버틀의 색과 마주친다. 버틀의 파장과 내 몸의 파장이 중첩이 되어 나타나는 현상 이것이 '공명'이다. 또 반대로 천천히 끌리지 않은 색을 고른다. 신중할수록 좋다. 이것은 '비공명'이라고 한다.

사고패턴인 나의 인지컬러는 블루그린Bluegreen이고 후천적으로 형성된 행동컬러는 터콰이즈Turquize이다. 타고난 블루그린 컬러는 통계에 따르면 조용하게 소리 없이 목표를 이루고 성공하는 사람들이 많다고 한다. 올곧은 성격과 시련이나 장애에 굽히지 않으며 흔들림 없이 자신의 길을 가고 긴 시간 생각하는 사람이며 어린 아이들은 애늙은이 같다고들 한다. 돌이켜보면 중학교 일학년 때 엄마를 불러보고 지금 까지 불러본 일이 없는 나로서는 그때 이런 다짐을 했던 것이 생각난다. 버릇없는 아이로 자라지 말자고. 그리고 손가락질 받는 사람도 되지 말자고. 50여 년 만에 만난 동창생들의 한결 같은 말이 넌 집에 들어가면 밖을 나오지 않더라는 것이다.

그리고 나의 후천 컬러인 터콰이즈는 남들이 걸어가는 방식보다 나만의 방식으로 독창적으로 잘 걸어가는 마이웨이 형이라고 한다. 독립적이고 자립형을 말한다. 그러고 보니 나는 굉장히 독립적이었다. 7남매의 막내인 나는 학업진로, 직장, 결혼 등 모든 것을 혼자서 독립적으로 결정하고 행동했다. 해외까지 사업을 확장하여 블루오션을 찾아서 혼자서도 현지 적응을 해나갔다. 자신의 사고패턴과 행동패턴을 앎으로서 나를 이해하고 객관적으로 나를 바라볼 수 있는 시각을 가지게 한다. 또한 사람의 본래 성향을 이해함으로써 나의 관점이 아닌 객관적인 관점으로 타인을 바라볼 수 있는 시각을 갖게 해준다. 사람은 하루에도 오만 가지 생각(떨림)을 한다고 한다. 부정과 긍정의 잣대로, 특히 부정의 떨림은 내 자신을 괴롭히고 그 영향은 주변사람에게 특히 가장 가까운 가족들에게 지진처럼 큰 영향을 미치게 된다. 그래서 컬러로 사고패턴과 행동패턴을 아는 일은 그만큼 중요하다.

"컬러는 빛이고 에너지(떨림)이고 곧 생명(울림)이다. 빛은 평등하다. 모두에게 주어지는 선물이다. 태양은 매일 매일 생명을 키워낸다"고 말한다. 이 세상 만물은 모두 미세한 떨림의 하모니이다. 지금 이 글을 쓰고 있는 나도 떨고 노트북도 떨고 있다.

사람은 누구나 늙어간다. 그러나 성숙은 선택이라고 한다. 미세한 빛의 떨림은 울림이 되어 나를 성장시키고 성숙시키고 있다. 왜냐하면 "컬러는 에너지를 지닌 무의식의 언어로 깊은 통찰과 내적 치유의 도구로 적합하기 때문이다". 흔히들 사람들은 성공의 잣대를 물질적으로 생각한다. 그러나 나는 인생의 성공은 얼마만큼 자기를 성장시키고 성숙시키느냐가 성공의 잣대라는 말에 더 공감한다. 기울어진 사업을 정리한 후, 마음의 허허로움을 맞아준 곳은 숲이었다. 숲해설과 산림치유 공부를 시작했다. 자연의 리듬이 내게 제일 편안한 옷이었다.

자연의 흙으로 빚은 작음 악기인 오카리나의 배움은 빛의 '떨림과 울림의 꽃' 그 자체였다. 나는 오늘도 오카리나 가방을 들고 숲으로 자원봉사를 하러간다. 그리고 컬러버틀 가방도 빠뜨리지 않는다. 내 소명의 빛은 그들과의 떨림과 울림, 언제나 그 미세한 하모니를 꿈꾸게 하기 때문이다.

● 유튜브로 시작한 '우주와 빛' 이야기는 빛에 대한 탐구로 이어졌고 국제 CPAC 강사 과정을 거쳐 자신의 인지컬러와 행동컬러를 알아낸다. '내 소명의 빛'을 알아가는 작가의 치열한 과정을 따라가기가 벅찼다. 컬러는 에너지를 지닌 무의식의 언어로, 내적(內的) 치유의 도구로 기능(技能)한다는 것이다. 타인과의 '공명(共鳴)'을 내 빛의 소명으로 삼고 오늘도 컬러버틀 가방과 오카리나 악기를 챙겨들고 이웃에게 봉사하러 가는 작가의 삶이 더없이 아름다워 보인다. /맹난자

The 수필

Summer

강돈묵 dmkang892@hanmail.net

네 사내에게 흉물스럽게 자는 모습을 보이지 마라. 사내보다 늦게 자고 일찍 일어나라. 이 지당한 말씀에 양이 차지 않아, 어린아이를 팔베개로 끌어안고 자게 한다. 어미의 팔 두께에 겨워 한 저녁에 두세 차례 보채게 만듦으로써 아낙에게 깊은 수면을 허락하지 않으려 했던 것은 사내들의 이기였을까. 쥐뿔도 없는 주제에 허세에 찬 사내는 눈을 떴으면서 제 아내가 혼자 동당거리는 것을 못 본 체한다. 이것 역시 가장의 채신머리였을까.

어쩌다 있는 동당거림이 아니고, 매일 새벽부터 밤 늦도록 반복되는 제 계집의 일상인데 느긋하게 궁둥이 붙이고 누워 있는 사내들의 꼬락서니는 맨발로 걷어차고 싶은 적이 한두 번이 아닐 것이다. 그래도 가장의 체면 지켜주려 아이들 눈치보며 넘어가는데 습관으로 굳어버렸는지 꼼짝하지 않는다. 으레 그래야 하는 것처럼 으름장이니 한참 기가 찰 노릇이다.

이 집 사내를 닮았는가. 도리깨는 봄이 와서 들판이 초록을 퍼질렀는

데 일어날 기미가 전혀 없다. 헛간에서 겨울잠을 잔 연장들이 부스스 기지개를 켜고 밖으로 나서는데 도리깨는 전혀 일어날 낌새가 보이지 않는다. 훌훌 털고 들판으로 나서는 옆의 친구들을 바라보면서 전혀 개의치 않는 도리깨. 모르는 척하며 요지부동이다. 당연히 그래야 하는 듯이 웅크리고 있는 모습이란 구역질이 한참 난다. 제 아내 동당거림을 눈감아버리는 게름뱅이가 도리깨다.

동안거를 했으면 충전된 몸으로 제 한몸 부서지게 딸린 식구 건사할 만한데 하안거까지 꿈꾸는지 손가락 하나 옴지락거리지 않는다. 그나마 헛간에 빛이 들지 않으니 괜찮다. 게을러터진 머슴놈 들창문에 멍석 덮어주자 사흘 밤 나흘 낮을 잔다더니 이 도리깨를 이르는 말이다. 멀대같은 키를 벽에 기대고서 누워 있는 꼴은 좀처럼 들로 나설 것 같지 않다.

그러나 장마가 달려오니 어쩌겠는가. 바쁜 농사철에는 부지깽이도 나선단다. 세 살배기 아이까지 옷소매를 걷어붙이니 게름뱅이 가장인들 더 이상 못 본 체할 수 없다. 배꼽이 드러나게 잠방이 질끈 묶고 토방으로 내려서는데, 보리꺼럭 같은 여름이 마당에 퍼질러 앉아 왁자하다. 뙤약볕에 바짝 마른 콩과 팥이 탁탁 튀고, 자리개에 묶여 절구통에 내려쳐진 보릿단과 던져놓은 북데기가 마당에 그득하다. 오늘 치우지 않으면 내일 장대비에 싹이 틀 거라는 아내의 지청구가 집안에 널려 있다. 남들이 큰일 다 손보고 나면 그제야 마당에 내려서는 것. 그게 바로 도리깨다.

키는 훤칠하나 축 늘어진 팔다리는 게름뱅이를 가장으로 둔 집안 꼴이다. 사내보다 한 허리는 더 긴 자루. 그 머리에 구멍을 뚫고, 거기에

낀 꼭지 끝에 도리깨 아들을 매달았다. 뒷산을 사흘이나 쑤시면서 겨우 건진 때죽나무 자루는 멀대같이 긴 것이 영락없는 이 집 사내다. 잔정이라곤 약에 쓰려도 찾을 길 없는 사내를 지아비로 섬기며 살아내는 지어미, 가슴에 서린 아픔인들 입에나 담을 수 있나. 시시때때로 보채는 세 아들의 요구를 지아비 몰래 잠재우려니 수월치 않다. 종종 빚어지는 부자간의 삐거덕거림 땜에 꼭지는 늘 긴장한다. 그래도 성질이 물푸레나무같이 올곧은 아들만 셋이니 위안 삼고 살아간다.

제 잘난 멋에 사는 지아비라서 정이 붙지 않는다. 맨날 가장이라고 꼿꼿하기만 하니 집안에 웃음이 있을 리 없고, 잔정 풀어내는 소리가 한마디 흘러나오지 않는다. 조금만 움죽거리려면 온몸에서 어긋나는 소리가 요란하다. 삐륵 삐륵 삐그득. 가운데 끼어서 양쪽을 달래는 이 집 아낙, 꼭지의 가슴 아픈 소리는 저절로 흘러나온다. 그나마 투덜대는 경우는 있어도 청올치로 옭아매었으니 대문 박차고 나가는 불상사는 없어 다행이다. 지금껏 참아온 가족들의 인내는 한결같다. 세 자식이 올곧게 자라 어떤 난관에도 참아내며 제 몫을 하니 그런 대로 또 한해는 넘길 모양이다.

그래도 게름뱅이 도리깨는 의기양양하다. 한번도 무릎 꿇는 법이 없다. 늘 어설퍼도 꼿꼿이 서 있다. 와룡기가 가을 들판을 휘몰아가도 한 해의 노을빛을 쓸어 담지는 못한다. 마당에 그득한 북데기를 도리깨가 한바탕 두들겨 패야 끝이 난다. 아무리 이쯤에서 마무리하자고 구슬려도 소용이 없다. 비록 게름뱅이여도 마무리의 권한은 온전히 제가 가지고 있다는 식이다. 한 나절 쉬고 나온 도리깨가 북새통을 떨어야 마무리된다. 마당에 널려 있던 북데기들은 이리 넘겨지고 저리 넘겨지는 수

모를 당한 뒤라야 겨우 나가라는 승낙이 떨어진다.

어시의 명에 따라 세 아들이 소리소리 지르며 북데기를 후려쳐댄들 그 성과는 언제나 별로인 것을 모두 다 안다. 그래서 아무도 투덜거리지 않는다. 자리개질이 있었던 절구통 가에 쌓였던 나락의 더미를 보았기에 접어준다. 뒤늦게 뻗대는 모습을 바라보며 지그시 눈을 감아줄 뿐이다. 다른 친구들이 자신의 공과를 열거하지 않으니, 이는 도리깨의 복이다. 이래서 가장의 채신은 지켜진다.

가을이 익어가면 한해 동안 수고한 연장들이 모두 헛간으로 찾아든다. 분이 덜 풀린 낫이나 삽이나 곡괭이들은 아직 살기가 남아 있어 어느 때든 뛰쳐나갈 태세이지만, 도리깨는 또 한해 잘 넘겼다며 유유자적을 되찾는다. 그리고는 옆에서 그 누가 자신의 공과를 뇌까리든 관심주지 않는다. 소소하게 일어날 일들이야 옆지기가 알아서 할 일이니 다시 동안거에 들면 되는 것이다.

이렇게 도리깨가 또 한해를 지내고 내년을 기다릴 수 있는 것은 나머지 친구들의 깊은 배려와 가족들의 사랑이 있었기에 가능한 일이다. 아무리 게름뱅이라 해도 마무리의 귀찮은 일은 도맡아해주니 그 나름 이해한다.

이제 다시 느긋하게 칩거에 든다. 그래도 없는 남편보다 게름뱅이라도 같이 있어 주니 고마워하는 아내가 있어서 좋다. 아직도 버리지 못하는 성미는 있어 동당거리는 제 계집을 향한 한마디는 잊지 않는다.

"니 사내에게 흉물스럽게 이 갈고 자는 모습 보이지 마라. 잉!"

* 도리깨의 구조는 손잡이, 타부(打部), 연결부(連結部)로 이루어진다. 손잡이는 '어시',

타부는 '아들[아덜]', 연결부는 '꼭지', '털래'라고 한다.

● 이 글에서 '도리깨'는 게으른 사내를 일컬으며 어느 집 가장으로도 비유된다. "제 아내 동당거림을 눈감아버리는 게름뱅이"라고 작가는 도입부터 아예 노골적이다. "멀대같은 키를 벽에 기대고서 누워 있는 꼴", "남들이 큰일 다 손보고 나면 그제야 마당에 내려서는" 도리깨는 그 구조가 '손잡이' '타부' '꼭지'로, 지아비와 지어미 자식으로 지칭된다. "조금만 움죽거려"도 "온몸에서 어긋나는 소리가 요란"한 가족이지만 청올치로 얽어맨 도리깨는 단단하다. 가부장제를 비웃는 마당놀이 한 판을 보는 것 같고, 거들먹거리며 폼만 잡는 자를 한판승으로 혼내주는 것 같아 통쾌하기까지 하다. 게름뱅이지만 같이 있어주어 아내가 고마워한단다. 작가의 넉살이 결미를 유쾌하게 살렸다. /한복용

김애자 kim8578712@hanmail.net

화는 작은 불꽃이다. 사소한 일에도 쉽게 점화되고 이내 사그라진다. 그러나 분노는 화산이다. 한번 폭발하면 오래도록 타고 흔적 또한 오래 남는다. 분노는 주로 배신, 인격적인 모독, 모함이나 누명을 썼을 때 일어난다. 원료 자체가 하나같이 불의 성질을 지니고 있어 한번 점화되면 건잡을 수 없는 광기를 일으킨다. 손에 잡히는 대로 부수고 짓밟는 행위를 서슴지 않는다. 눈빛은 증오로 이글거리고, 표정은 악마의 얼굴을 연상시킨다. 맹자의 성선설 앞으로 순자의 성악설이 보란 듯 다가와 비아냥거린다. 인간의 몸속에 저렇듯 악의 유전인자가 흐르고 있지 않느냐고. 그런데 놀라운 건, 이러한 불의 성질을 무기로 삼고 공격하는 이들은 평소 가깝게 지냈던 사람들이란 사실이다. 그래 사건이 터지면 더 분하고 용서하기 어려운 것이다. 그 중에서도 남편의 외도는 아내에겐 치명적이다. 남편과 아내란 관계는 죽는 날까지 변하지 않기로 약속한 사이다. 한 이불 속에서 살을 섞고 자식을 낳아 기르며 사랑과 신뢰로 가정이란 공동체를 이루었다. 이런 부부 사이로 애인이란 삼자가 끼어

든다는 건 불행을 자초하는 사건이 아닐 수 없다.

외도는 권태로부터 시작된다. 아무리 금슬 좋은 부부라 해도 매양 같은 환경 속에서 반복되는 일상은 지루하게 마련이다. 겉으론 내색하지 않아도 내심 한번쯤은 자극적인 사건을 만들고 싶은 저의가 심리 저변에 항상 깔려 있다. 그것이 도덕적이지 못한 줄 알면서도 권태란 바이러스에 감염되면 밖으로의 탈출을 시도하지 않고는 못 배긴다. 결혼 생활 10년 차로 접어들었을 때 남편도 그러했다. 인사발령이 작은 읍내로 떨어져 낯선 환경에서 서로를 애틋하게 보듬으며 결속해야 할 가족을 두고 그가 등을 돌렸던 것이다. 거울 앞에서 자신의 얼굴을 매만지는 데 시간을 끌었고, 옷매무새가 마음에 들지 않으면 혼자서도 신경질을 부렸다. 퇴근하고 돌아와서도 약속이 있다고 옷을 갈아입고 나가면 자정이 넘어서야 돌아왔다. 한 달 가까이 이어지는 별난 행위를 참다못한 아내가 이유를 따졌다. 그는 조금도 미안한 기색 없이 나를 좀 내버려 둘 수 없느냐고 반기를 들었다. 잠자리에 들면 단호하게 벽을 향해 돌아누웠다. 밤마다 눈앞을 가로막은 남편의 커다란 등판은 장벽이었다. "나를 좀 내버려둘 수 없느냐"는 항변은 자신의 행위에 간섭하지 말라는 통고였다. 돌아누운 남편의 등 뒤에서 이게 남들이 말하는 권태기 시작인가 싶어 두려웠고, 새벽을 기다리는 불면은 독약처럼 전신으로 번지며 피를 잦혔다.

소읍은 입소문이 빠르다. 그가 만나는 여자는 여군 출신으로 독신이란 것과, 3년 전에 진천 읍내로 들어와 찻집을 냈다는 개인적인 신상까지 입방아에 오르내렸다. 아내는 창피했고, 모멸감과 함께 온갖 상상력을 동원해 남자에 대한 미움을 키웠다. 그러는 사이에 한해가 저물어가고 있었다. 그날은 아침부터 날리던 눈발이 저녁 무렵까지 이어졌다. 마당에 쌓인 적설의 깊이가 발목을 덮었으나 가장은 돌아오지 않았고, 아내는 열 살과 여덟 살 난 두 아들을 데리고 넉가래로 길만 빠끔히 뚫어놓았다. 그날 밤, 여자는 화장대 거울 속에 든 자신의 얼굴을 바라다보며 울었다. 남편의 배신으로 형편없이 망가진 자신의 얼굴을 연민하며 울었다. 집 장만을 생의 목표로 삼고, 적금통장을 신주단지처럼 그러안고 자신에게 가장 인색하게 굴었던 어리석음과 허탈감에 사로잡혀 가슴을 쥐어뜯으며 흐느꼈다. 울음도 때로는 치유다. 가슴속에 맺힌 울혈이 풀리면서 말을 걸어왔다. '집착해보았자 너만 손해야. 더 화상 입지 말고 그 남자 버리면 돼.' 명쾌한 답이었다. 나는 옷장을 열어 그에게 필요한 옷가지를 꺼내 가방에 차곡차곡 넣었다. 그리곤 새벽 한 시에 들어온 그에게 가방을 내주며 우리 이렇게 살지 말자고, 그러나 이혼은 절대로 하지 않을 것과, 생활비는 다달이 보낼 것을 분명하게 밝히고 요구했다. 그는 당황했다. 이건 아니라고, 이래선 안 된다고 손사래를 내저으며 짐을 풀었다. 나는 짐을 푸는 손길을 막지 않았다. 천박한 행위로 자존심을 훼손시키고 싶지 않아서였다. 그는 가장의 체면과 약속을 지키기 위해 노력했으나 상당 기간 서먹한 관계가 이어졌다. 우연을 가장한 외도였지만 나름대로 아쉬움과 애틋한 미련이 가슴속에 도사리고 있었을 터였다. 나 역시 침묵으로 일관했다. 그리곤 오래 전부터 벼르고 있었던 세계미술사와 인문학 쪽으로 새로운 길을 찾아나섰다.

고통의 진화는 자신이 안고 있는 고통의 원인들을 파악하고 내려놓아야 초연해질 수 있다. 팔십 어름에 이르는 동안 생의 행간으로 뛰어들어와 나를 흔들어놓았던 사건들을 돌아다보면 나를 단련시키는 무기였고, 내면을 성숙시키는 동기부여였다. 또 어려움이 닥칠 적마다 거울 앞에서 얼굴에 사악한 기운이 돌지 않도록 마음 단속에도 공을 들였다. 얼굴 표정은 마음의 상태를 말보다 더 정직하게 드러내보이기 때문이다. 이제는 더 바라는 바도 없고 원하는 바도 없다. 종종 가슴속으로 스며들던 쓸쓸한 소회마저 사라졌다. 아침이면 침상에서 새들이 지저귐을 들으며 눈을 뜬다. 창문을 열어놓고 쌀을 씻어 솥에 안치고 뜸이 들면, 남편과 식탁에 마주 앉아 아침밥을 먹는다. 차를 마실 땐 책에서 새로 얻은 지식이나 시사에 관한 얘기를 길게 나눈다. 산 넘고 물 건너와 종착역에서 누리는 조촐한 안복이다.

● 사랑과 신뢰로 공동체를 이룬 결혼에서 남편의 외도는 아내에게 치명적이다. 어느 날 작가는 거울 속에서 남편의 배신으로 형편없이 망가진 자신의 얼굴을 연민하며 울다가 오히려 명쾌한 답을 얻는다. "고통의 원인들을 파악하고 내려놓아야 초연해질 수 있다"는 것이다. 남편에 대한 집착을 내려놓고 그동안 하고 싶었던 세계미술사와 인문학 공부를 시작했다. 거울을 보며 얼굴 단속도 잊지 않았다. "생의 행간으로 뛰어들어와 삶을 흔들어놓았던 사건들은 자신을 단련시키는 무기였고 내면을 성숙시키는 동기부여"였음을 깨닫는다. 지난 날의 깊은 상처와 고통, 그것을 슬기롭게 극복한 경험에서 삶에 대한 지극한 성찰과 통찰이 돋보인다. 팔십어름에 남편과 보내는 일상에서 안복을 찾는 삶의 철학이 평화롭다. /정진희

김용삼 onnoo2000@hanmail.net

터미널의 아침은 늘 분주하다. 떠나거나 돌아오거나, 사람들은 막 건져 올린 생선처럼 펄떡대는 싱싱함으로 하루를 연다. 삼투압을 하듯, 나는 그들이 선사하는 활기를 연신 안으로 들이며 하루를 시작한다. 2층의 푸드코트, 이곳이 나의 일터다.

주방 직원이 출근하기 전에 내 몫을 끝내기 위해 소매를 걷어붙인다. 쌀을 안치고, 소스를 끓이고, 반찬을 담고, 단손에 여러 일을 해치우려면 눈코 뜰 사이가 없다. 매일 같은 일도 처음처럼 정성을 쏟아야 하는 것이 음식장사라, 그때도 여느 때처럼 분주했을 게다.

"식사 되나요?"

화들짝 돌아보니 커다란 캐리어를 잡은 스물 남짓의 청년이었다. 시간이 일러 식사는 곤란하다는 말에 청년의 얼굴엔 난감한 표정이 역력했다. 이 시간에는 터미널 어디에도 허기를 달래줄 곳이 없기 때문이다.

"우동은 가능한데, 해드릴까?"

"네. 그거라도…."

우동 하나가 급하게 청년에게 건네졌다. 그는 게 눈 감추듯 국물까지 깨끗이 비워버렸다. 그제야 한껏 여유로워진 표정으로 결제용 카드를 내밀었다. 아뿔싸, 계산대의 포스를 통해야 카드 결제가 가능한데 거기까지 생각지 못한 참이었다. 지갑 속엔 환전한 달러뿐이라며 청년은 다시 난감해했다. 그런들 어쩔 것인가. 먼 길 떠나는 사람, 마음이나 편케 해주자 싶었다. 괜찮다고, 여행을 마치고 돌아오면 그때 주어도 된다며 청년을 다독였다. 연신 고개를 조아리며 꼭 다시 오겠단 약속을 남기고 청년은 돌아섰다. 까짓 우동 한 그릇 값이야 받지 않아도 그만이지만 나는 왠지 그 약속을 믿고 싶었다.

육 개월의 시간이 지났다. 아직 청년은 오지 않았다. 오늘처럼 뜬금없이 그를 떠올리기도 하지만, 잊고 지낼 때가 더 많다. 그가 나타나지 않는 한, 약속에 대한 기대치는 점점 낮아질지도 모른다. 하지만 그를 질타하거나 서운함을 읊어댈 수가 없다. 내게도 궂은 날 신경통 도지듯 불쑥불쑥 가슴을 저리게 하는 약속 하나가 있기 때문이다.

'고르디우스의 매듭Gordian Knot'은 알렉산더 대왕이 칼로 잘랐다고 하는 전설 속의 매듭이다. '대담한 방법을 써야만 풀 수 있는 문제'라는 뜻이라 하던가. 살다보면, 사소한 일이 단초가 되어 풀리지 않는 매듭이 생기는 경우가 많다. 예외 없이 우리는 종종 그 매듭에 봉착하게 된다. 그것은 얽히고설킨 인간관계에서 기인하는 경우가 대부분이다. 해결하지 않고서는 단 한 걸음도 내디딜 수 없는 숙제와 같은 매듭. 그것을 풀어내는 해법 또한 저마다 다를 것이다 한 치 앞도 보이지 않던 상황에서 나는 '고르디우스의 매듭을 단칼에 베어버린 알렉산더 대왕의 묘법'을 택했다.

아내와의 관계는 시작부터 헝클어진 실타래였다. 순간마다 풀려는 노력보다 각자의 이기심만 내세웠다. 결국 시간이 흐를수록 실타래는 꼬여만 갔다. 자식이라는 만병통치의 처방전이 생겨 때로는 화해의 손을 잡기도 했지만 그것도 그리 오래가지 못했다. 욱하는 마음으로 결별이라는 단어를 입에 올릴 때마다 자식이라는 아픈 이름이 발목을 잡곤 했다. 결국 아내와 나는 피차 알렉산더의 칼이 그 매듭을 풀 수 있는 유일한 해법이라는 결론에 다다랐다.

냉랭한 부모의 틈바구니에서 아슬아슬한 외줄을 타면서도 딸은 원하는 대학에 합격했다. 부모라는 배가 난항하는 중에도 용케 중심을 잡아준 아이가 무엇보다 대견스러웠다. 한편으로는 해묵은 매듭을 정리할 수 있겠다는 묘한 홀가분함도 생겼다.

입학을 앞둔 딸아이는, 잠시 혼자만의 여행을 다녀오겠다고 했다. 그간 힘들었을 아이를 생각하면 등을 떠밀어서라도 휴식의 시간을 주고 싶은 것이 내 솔직한 심정이었다. 떠나기 전날, 딸은 나를 밖으로 불러냈다.

"아빠, 한 달만 기다려주실래요? 여행 다녀오면 엄마랑 다시 얘기해요."

앞뒤를 잘라먹은 그 말이 나를 아리게 긋고 갔다. 내색은 하지 않았지만, 이미 부모의 이별을 예감하고 있었음이 분명했다. 우물거리는 내게 재차 못을 박듯 새끼손가락을 불쑥 내밀었다. 애써 담담한 척, 나도 새끼손가락을 걸어주었다. '꼭'이라는 단서 대신 엄지 도장까지 찍고, 빼곡히 눌러쓴 편지 한 통을 남긴 채 딸은 비행기에 올랐다.

딸이 떠나고, 나는 기다렸다는 듯 짐을 꾸렸다. 그때가 아니면 영원히 기회가 없을 것 같은 조급증 때문이었다. 어쩌면 딸에게 애비의 등을 보여줄 자신이 없었던 건지도 모른다. 딸애가 대학생이 되면 매듭을 자르기로 했던 아내와의 약속은 어김없이 지켰지만, 결국 딸에겐 몹쓸 애비로 낙인이 찍혀버렸다.

"지키지 못할 약속은 왜 해요?"

어행에서 돌아온 딸은 전화로 무섭게 다그쳤다. 어설픈 변명 따위는 용납하지 않겠다는 듯 날선 원망을 쏟아놓았다. 이제 자신에게 아버지는 없다는 선언과 함께 야멸치게 전화를 끊어버렸다. 그리고 그 단호했던 선언은 지금까지도 유효하다.

단절의 강으로 흐른 십수 년. 파약破約의 대가를 치르느라 지금까지 그리움의 언덕에서 시시포스의 형벌을 치르고 있다. 결국 그로 인해 부녀지간에 가로놓인 매듭은 내 생에 가장 난감한 매듭이 된 셈이다.

나는 어른이 된 딸을 본 적이 없다. 시간을 거슬러 오르며 딸의 얼굴을 그려보지만 내 기억에 조각된 딸은 더 이상 자라지 않는 가시선인장 꽃처럼, 가슴 아린 열아홉에 멈추어 있을 뿐이다. 대학 새내기의 풋풋함도, 금쪽같은 하루를 쪼개 아르바이트로 학비를 보태야 하는 흙수저의 설움도 살피지 못했다. 대학을 마쳤다고, 아수라 같은 세상에서 애비를 향한 원망의 가시를 털어버릴 여유인들 있었으랴. 든든한 사랑이라도 나타나 애비의 빈자리를 채워주었으면 싶지만, 그마저 닿지 못할 간절한 바람인 것을 어쩌랴.

결국 갈 사람은 가고 남을 사람은 남는 법인 것을, 무엇이 그리 급해 딸이 그토록 원하던 기회조차 허락하지 못했던지. 부모의 이별이라는 버거운 짐을 지고 세상을 홀로 허덕였을 딸. 할 수만 있다면 그날로 돌아가 다시 한번 딸과 손가락을 걸고 싶다.

어느새 개점 시간이 가까워져온다. 뻐근한 허리를 펴고 우두둑 관절을 풀어준다. 오늘도 행여나 하고 주위를 둘러본다. 내가 기다림을 접지 않는 한 약속은 아직 진행형이라며 나는 오늘도 그 청년을 기다린다. 지키지 못한 약속이 얼마나 큰 회한의 꼬리표가 되는지를 알기에 그와의 약속은 미완으로 남겨두고 싶은 것이다.

그날 아침처럼 허기진 배를 움켜쥔 청년이 문득 한 끼 밥을 청해올 것만 같다. 아니, 그랬으면 좋겠다.

● 터미널 푸드코트. 작가는 한 청년에게 외상으로 우동 한 그릇을 준다. 청년은 나중에 꼭 갚겠다고 했지만 수 개월이 지나도 오지 않는다. 오래 전 딸과의 약속을 지키지 못한 작가는 청년을 질타할 수 없다. "지키지 못한 약속이 얼마나 큰 회한의 꼬리표가 되는지를 알"고 있기 때문이다. "그와의 약속은 미완으로 남겨두고 싶다"고 한 작가의 독백은 '딸아이'와의 만남을 기대한다는 뜻으로도 해석이 가능하다. "기다림을 접지 않는 한 약속은 아직 진행형"이라는 그의 말처럼, 어느 날 불쑥 우동 값을 들고 나타날 청년도, 먼 길 돌아온 아버지를 기다리는 '딸아이'도 이 글 안에서는 그 약속이 유효하다. 대상과의 거리두기와 자기 감정의 객관화가 이 글의 장점이다. /한복용

그림자

김응숙 kimeungsook@naver.com

등 뒤로 서늘한 기운이 느껴진다. 마당에 쪼그리고 앉아 나뭇가지로 낙서를 하는 내 작은 그림자를 큰 그림자가 다가와 덮는다. 나는 뒤를 돌아보지 않아도 짧은 머리에 점퍼를 입은 그 아저씨라는 것을 알고 있다. 햇볕이 내리쬐는 마당에 드리운 큰 그림자는 마치 검은 바위 같다. 나는 바위에 갇힌 채 꼼짝도 하지 못하고 앉아 있다.

"꼬마야, 뭐하니? 그림 그리니?"

나는 조그맣게 고개를 끄덕인다. 큰 그림자가 움직이더니 아저씨가 내 앞에 쪼그리고 앉는다. 내 작은 그림자가 아저씨의 신발 아래로 깔린다. 눈을 마주 보지 않았는데도 그의 눈빛이 나를 꿰뚫을 것만 같다. 나뭇가지를 잡은 손이 부들부들 떨린다. 이제 아저씨는 아버지의 행방을 물을 것이다. 가슴이 쿵쾅거리기 시작한다.

"얘야, 아버지는 잘 계시니? 요즘 어디 멀리 다녀오신 적은 없고?"

살다보면 누가 일러주지 않아도 저절로 알게 되는 것들이 있다. 아이라고 다르지 않다. 그리고 그런 일들은 대개 입 밖으로 내기가 어렵다.

왜냐하면 그것은 지식이 아니라 직관으로 알게 되는 것들이고, 대개는 드러낼 수 없는 것들이기 때문이다. 예를 들면 출생의 비밀이라든가, 숨겨야만 하는 과거 같은 것들이다. 직관은 드러내지 못하는 그 두꺼운 장막을 뚫고 섬광같이 내달려 사실의 전모를 밝힌다. 이해하지는 못하지만 적어도 이 상황이 어떤 것인지는 감지가 된다.

내가 대답이 없자 아저씨는 주머니에서 사탕 하나를 꺼낸다. 말간 비닐에 싸인 왕사탕이다. 갑자기 입안이 바짝 마른다. 나는 저 사탕을 받고 싶지 않다. 물론 먹지도 않을 것이다. 그런데 어느덧 내 손에는 왕사탕이 쥐어져 있다. 아저씨가 다시 한번 나를 뚫을 듯이 바라본다. 아까의 질문에 대한 답을 요구하는 것이다. 머릿속이 실타래가 엉킨 것처럼 흐트러진다.

"아니오."

나는 기어들어가는 목소리로 답한다.

"정말? 아버지가 집을 비우신 적이 없어?"

"예."

잠시 말이 없던 아저씨는 나를 바라보는 눈길을 누그러뜨리더니 일어선다. 그의 큰 그림자가 우리 집 마당 안쪽으로 길게 늘어난다. 나도 따라 일어선다. 아저씨는 주머니를 뒤지더니 왕사탕 하나를 더 내 손에 쥐어준다.

"고맙습니다."

나는 절대로 하고 싶지 않은 말을 한다. 얼굴이 뜨거워지고 자꾸만 눈물이 날 것 같다. 나는 빨리 이 아저씨가 가줬으면 좋겠다. 어서 이 큰 그림자가 우리 집 마당에서 사라졌으면 좋겠다.

아버지를 찾는 사람들은 많았다. 동네 사람들은 동사무소에 신고를 할 일이 있거나 편지를 쓸 일이 있으면 아버지를 찾았다. 아버지는 각종 신고서와 흰 편지지에 멋진 펜글씨로 이들의 사연을 적어주었다. 가끔씩 보건소에서 나온 사람들도 아버지를 찾았다. 홍역이 도는 이른 봄철이 되면 아버지는 보건소 사람들이 맡긴 약병을 따고 아이들에게 예방주사를 놓았다. 그럴 때면 엄마가 간호사처럼 아버지를 도왔다. 키가 크고 인물이 좋은 아버지는 동네 사람들에게 '김 선생님'이라고 불렸다. 매일 신문을 읽고 이런저런 동네 일에 곧잘 심판관 역할도 했다.

아버지를 찾아오는 사람들 중에는 빚쟁이들도 있었다. 크고 작은 사업에 실패한 아버지였다. 눈을 씻고 봐도 돈 나올 구멍이 없는 줄 뻔히 알면서도 그들은 줄기차게 찾아왔다. 누군들 자신의 돈이 뼈아프지 않으랴. 그것은 아버지가 짊어져야 할 마땅한 고통이었으나 나는 그들이 찾아오면 슬그머니 집을 나왔다. 강둑을 찾아 키를 넘는 갈대숲에 들어앉아 핏빛 노을을 바라보았다. 가끔씩 기러기 떼가 꾸룩거리는 울음소리를 내며 저무는 하늘을 날았다.

그러나 이 아저씨는 그 어떤 부류에도 속해 있지 않다. 무엇을 요청하거나 요구하지도 않는다. 그저 주기적으로 우리 집을 순회하고 어린 나에게 다가와 아버지의 최근 행적을 물을 뿐이다. 나는 어떻게 대답을 해도 아버지의 감시자가 되는 것만 같다. 내가 줄곧 아저씨를 만나왔다는 것을 아버지는 아실까. 세상이 빙글 한 바퀴 돈다. 나는 질끈 눈을 감는다.

태양이 비추는 사물의 이면에는 반드시 그림자가 생긴다. 해방이 되고 우리나라가 좌우의 이데올로기로 들끓을 때 아버지의 나이는 약관

열여덟이었다. 아버지에게는 대대로 지녀온 가산을 탕진하고 첩의 집에 들어앉은 할아버지와 모진 지병을 앓는 할머니가 있었다. 뜨거운 혈기는 좌로 기울었다. 불과 일 년 남짓의 그 과오가 아버지에게는 평생 떼어낼 수 없는 그림자로 남았다. 한국전쟁 참전용사라는 이름마저도 아버지에게서 그 그림자를 지우지는 못했다.

아저씨가 좌우를 한번 돌아보더니 문도 없는 대문을 나선다. 긴 그림자가 아저씨를 따라 멀어진다. 나는 땀이 홍건한 손으로 여전히 사탕을 움켜쥐고 있다. 이 사탕을 어떻게 해야 할지 모르겠다. 누구도 알아서는 안 되는 비밀을 쥐고 있는 것 같다. 엄마에게도 말할 수 없다는 생각을 한다. 우리 식구 중 누구도 아저씨와 대적할 수 없다는 것을 안다. 동생들에게 줄 수도 없다. 사탕은 사탕일 뿐이지만 이 사탕을 입에 넣는 순간 우리는 아버지를 배신하는 자식들이 되는 것이다.

마치 치명적 사건의 결정적 증거를 쥐고 있는 것처럼 나는 안절부절 못한다. 그날 따라 집안은 고요하다. 아버지는 일을 찾아 대구에 가셨고 엄마는 동생들을 데리고 시장에 가셨다. 나는 집에 아무도 없는 것이 다행이라고 생각한다. 이 사탕만 잘 처리하면 그림자의 흔적은 찾을 수 없을 것이다.

손에 든 나뭇가지로 마당가 사철나무 밑을 파기 시작한다. 어제 비가 온 탓으로 쉽게 파인다. 작은 구덩이에 사탕을 넣고 흙으로 덮은 후 표가 나지 않게 마른 잎사귀 몇 개를 올려놓는다. 이제 이곳에 이 사탕이 묻혀 있다는 것을 아는 사람은 아무도 없다. 사탕을 묻고 일어서는데 사철나무 밑으로 내 작은 그림자가 스며든다.

The 수필

● 그림자는 허상이다. 태양이 비추는 사물의 이면에는 반드시 그림자가 생김을 말하는 작가. 그러나 그 허상의 그림자가 우리 삶을 온통 어둠에 갇히게 할 수 있음을 어린 날의 악몽 같은 기억을 불러와 풀어내고 있다. 이 수필에서는 3개의 그림자가 교차하며, 많은 메시지를 던지고 있다. 첫 번째 그림자는 주기적으로 작가의 집을 순회하고 감시하며, 어린 작가에게 아버지의 동향을 묻고 가는 바위에 비유되는 그림자, 두 번째 그림자는 그 바위에 갇힌 채 꼼짝 못하는 작가 자신의 작은 그림자, 세 번째 그림자는 바로 이 수필을 탄생시킨 아버지의 지난 날이다. 해방이 되고 좌우 이데올로기로 들끓던 시절, 열여덟 나이에 잠시 좌로 기울었던 아버지, 그 과오는 평생 떼어내지 못하는 그림자로 남았다. 시대적 아픔을 그림자라는 단어로 승화시킨 작가의 역량에 크게 박수를 보내며, 많은 생각에 잠겼다. 우리는 지금 어떤 그림자에 갇혀 지내는지. /문혜영

괴물

김이랑 kdshb@hanmail.net

한 제약회사가 개를 대상으로 유전자를 조작하는 실험을 한다. 생물을 급성장시키는 데 성공하면 육류시장을 장악해 떼돈을 벌기 때문이다. 제약회사는 실험을 끝낸 개의 사체를 몰래 하수구에 버리고, 한 소년이 애완용으로 키우던 새끼 악어를 하수구에 버린다. 새끼 악어는 12년 동안 개의 사체를 먹고 성장해 거대한 괴물이 되어 인간을 해치고, 인간은 이를 잡기 위해 많은 피를 흘린다. 영화 〈엘리게이터〉이다.

2006년 우리나라도 한강에 괴물이 출현했다. 괴물은 시민을 공포에 몰아넣고 시민은 괴물과 사투를 벌였다. 괴물과 정면으로 맞서 목숨을 걸고 싸운 사람은 돈도 '빽'도 없는 박강두(송강호 분)와 그의 가족들이다. 그들은 누구의 도움도 받지 못한 채, 외롭고 처절한 사투를 벌여야만 했다. 봉준호 감독이 연출한 영화 〈괴물〉이다.

영화가 흥행에 성공한 후, 청계천을 배경으로 〈괴물 2〉를 찍기로 했다. 탐욕의 짬짜미가 빚어낸 결과물이 인간에게 피해를 주는 상황이 설정되고, 괴물을 퇴치하는 과정에서 진실을 가리려는 세력들의 음모가 서서히 드러난다는 줄거리였다. 청계천을 철거하는 도중에 괴물이 드러나고, 그에 맞서는 인간의 사투를 그리는 영화인데, 무슨 이유에서인지 슬그머니 없던 일이 되고 말았다.

개발독재 시절, 한강과 청계천은 개발하는 과정에서 암투가 치열했던 곳이다. 만약 청계천이 자연 그대로였다면 〈괴물〉 영화의 배경이 되지는 않았을 것이다. 청계천이 덮이면서 막대한 이익을 본 주체들의 음모도 함께 묻혔기에 이미 이야깃거리가 만들어진 셈이다.

한강, 청계천, 용산, 삶의 터전을 빼앗기지 않으려는 사람들은 온몸으로 저항했다. 그러나 공권력과 개발지상주의자들의 불도저에 밀려 짓밟히고 말았다. 실적주의와 자본이 결합한 구조물이 만들어지고 나면 이익은 언제나 개발 주체의 몫으로 돌아갔을 뿐, 설령 그 결과가 괴물을 낳았을지라도 누구도 책임지지 않았다.

〈괴물 2〉를 촬영하려던 계획이 중단된 시점은 묘하다. 공교롭게도 청계천 재개발로 짭짤한 이익을 챙긴 사람이 대통령 후보로 나선 때이다. 그와 결탁해 재미를 본 자본세력이 그를 밀었다. 그가 대통령이 되면 '한반도대운하'를 추진할 것이고 그렇게 되면 또 한번 주머니를 두둑이 채울 수 있으니까.

그들의 결합은 다시 한번 성공했다. 포크레인, 불도저, 덤프트럭이 진입해 4대강은 난도질당했다. 4대강은 무서울 정도로 빠르게 변신했다. 물은 콘크리트 보에 막히고 햇살 받아 반짝이던 금모래는 사라졌다. 철새조차 떠나버린 4대강은 지금 흉물이 되어 악취를 풍기고 있다. 초대형 괴물이 되어버린 4대강, 이 괴물에게 한반도 전체가 괴롭힘을 당하다가 우리는 또 피 같은 세금을 쏟아부어 괴물을 퇴치하는 영화를 찍어야 한다.

오래 전부터 한 종교집단이 은밀한 방식으로 세를 확장했다. 그들은 함께 성경을 공부하자, 진리를 공부하자는 달콤한 유혹으로 접근했다. 그러고는 환심을 사면서 조금씩 그들의 교리 안으로 영혼을 빠트렸다. 그렇게 세포를 하나씩 불려 지금은 전국에 지부를 갖춘 단체로 성장했느니, 괴물이 될 몸집을 갖춘 것이다.

이런 종교집단이 공교롭게도 바이러스의 숙주가 되고 전파의 온상이 되었다. 감염을 막으려 국가가 막대한 돈을 쓰며 대처하지만 그들은 정체가 드러날까 감추고 행적을 속이며 반사회적 행태를 보인다. 타인에게 감염되더라도 나만 들키지 않으면 된다는 입장이며 응당 책임을 져야 할 교주는 기자들 앞에서 딴소리나 해댔다. 우리는 지금 이 경악스러운 괴물과 사투를 벌이는 중이다.

이뿐만 아니다. 수도 한복판에는 교주를 맹신하는 집단이 거리에 나가 정치적 목소리를 높인다. 공룡이 된 교회가 신앙이라는 미명 아래에서 반사회적 행위를 서슴지 않는다. 이들 집단은 면세라는 특혜 뒤에서 개인의 부를 축적하고 그것을 세습한다. 폐해가 눈에 보이지만 워낙 입김이 강해서 어떤 권력자도 함부로 건들지 못한다.

종교가 본연의 기능을 벗어나 욕망의 혀를 날름거릴 때, 그 집단은 이미 괴물이다. 이 괴물이 정치권력과 결혼하고 자본주의의 천박한 욕망과 교배하면 우리가 통제할 수 없는 괴물이 탄생한다. 자본주의의 희생물을 먹는 괴물은 곳곳에 도사리고 있다. 은밀한 결탁 뒤에, 돈의 성벽 뒤에, 언론의 장막 뒤에서 눈치채지 못하게 스멀거린다.

괴물의 먹이는 항상 약자이다. 속고 세뇌를 당해도 금방 알아채지 못하는 서민이다. 나중에야 알아차리고 억울한 심정으로 괴물에게 돌을 던지지만, 현실은 우리가 바라는 것과 다른 결과가 나온다. 소수의 이익을 위해 다수를 죽인 실체는 꼬리만 자르고 또 진실과 정의가 반드시 이기지도 않는다.

이 다음에, 우리 스스로 배경을 만들고 시나리오를 쓰고 열연한 영화를 보며 진실과 정의가 이기면 통쾌한 박수를 보낼 것이다. 그러나 그러한 장면은 영화에서나 볼 수 있을 뿐, 괴물과의 사투는 끝나지 않는다. 끈질긴 생명력을 가진 이 학명 미상의 생물체를 우리가 금방 잊어버리기 때문이다.

현대수필

the 수필

● 괴물이 난무하는 세상이다. 영화의 상상력이 실제가 된 건 오래 전부터다. 세상은 우리가 상상하는 것 이상으로 빠르게 변한다. 탐욕에 눈이 먼 사람은 괴물이거나 괴물을 만들어낸다. 양식을 저버린 자본주의 악취와 민의를 외면한 권력이 세상을 어지럽힌다. 양극단으로 치닫는 사회에 균형감각이 필요하다. 우리의 눈과 귀를 넓혀줄 시사수필이 절실한 때다. /노정숙

변종호 jh9590@hanmail.net

밥맛으로 소문난 집이다. 돌솥이 아닌 작은 무쇠솥이다. 기름을 바른 듯 밥알에 윤기가 흐른다. 밥을 입안에 넣고 자그시 물어본다. 고슬고슬한 밥알이 톡톡 터진다. 식감은 쫀득하고 고소하다. 그래 이 맛이야, 반찬이 필요 없을 정도로 입에 착착 달라붙는다. 몸은 반세기를 뛰어넘은 유년 시절의 가마솥 밥을 기억하고 있었다.

솥은 삼국시대 이전 토기로 존재하다 철기로 발전하면서 오래도록 애용하는 조리기구이다. 무쇠솥이 압력밥솥으로 진화하고 근래에는 고도의 IT 기능이 접목된 전기압력밥솥이 사랑받고 있다. 그런데도 밥을 먹어본 사람은 윤기가 자르르 흐르고 노릇노릇하게 눌어 구수한 숭늉을 마실 수 있는 가마솥 밥을 으뜸으로 친다.

어느덧 세상 떠난 어머니 나이가 되어가니 별게 다 그립다. 부쩍 고향집 부뚜막에 나란히 걸렸던 세 개의 무쇠솥이 자주 떠오르는 것은 유년에 함께했던 가족의 그리움이다. 재작년 고달팠던 삶의 끈을 놓아버린 피붙이가 있어 더 그런가 보다.

고향집 정갈한 부엌에는 삼형제를 상징하는 솥이 있었다. 어머니에게 솥은 당신의 강한 자존심이었다. 솥만 봐도 그 집 살림살이를 가늠하던 어머니는 틈만 나면 기름 묻은 헝겊으로 솥을 문질러 방금 닦은 까만 구두처럼 광을 냈다.

어머니는 솥만 반짝반짝하도록 길들인 게 아니었다. 아버지가 두고 간 자식을 흠 잡히지 않도록 단속하며 키웠다. 땅이며 살던 집까지 팔아서 떠난 가장을 대신했으니 얼마나 힘들었을까. 끼니는 물론 당장 네 식구 누울 방조차 없었던 암담함이라니. 가족이 겪은 고통이지만 발걸음을 겨우 떼던 나는 머리가 커서야 어머니를 통해 들었다.

제일 작은 솥은 내 몫이었다. 아버지 없이 자라는 게 가여운 어머니의 사랑으로 가장 빛나도록 만들었다. 작은 솥은 나물이나 감자를 볶거나 국을 끓일 때만 썼으니 큰솥에 치여 기는 못 폈으나 고단하지는 않았다.

끼니마다 밥을 담당하던 중간 솥은 늘 고달픈 작은형 몫이었다. 아버지의 갑작스러운 부재로 중학교 진학은 언감생심, 끼니와 살집 마련을 위해 남의 송아지를 데려다 키우고 품을 팔고 나무를 해다 파는 데 힘을 보탰다. 못 배운 고통은 평생 이어졌다. 고향을 등졌지만 반길 곳은 목숨을 걸어야 하는 탄광이나 건설현장뿐이었다. 게다가 신혼 초 단칸방에서 시작해 돌아가실 때까지 어머니를 모셨던 효자지만 이태 전, 야트막한 산에서 고단한 생의 끈을 놓았다.

큰형 곁에는 고등학교 2학년 때까지 아버지가 있었다. 그런 연유로 다른 형제보다 많은 혜택을 받고 자란 셈이다. 큰형 몫의 솥은 가장 컸고 세숫물을 덥히고 두부를 만들거나 엿을 고울 때만 썼다.

고향집에 새 식구가 들어오자 어머니는 살림에서 손을 놓았다. 삼 년의 세월에 솥은 모두 광채를 잃었고 그것이 싫었던 어머니는 부엌에 발걸음도 안 했다. 큰형이 분가하고 둘째 형마저 군대에 가자 자식이 떠난 상실감에 부엌의 솥을 보고 어머니는 털버덕 주저앉았다. 광채 나던 솥은 오간 데 없고 흉한 몰골로 남았다. 밥을 끓이며 눈물을 흘리던 솥은 한 달여 어머니의 손길로 예전 모습으로 돌아왔다.

헐값에 아버지가 팔아넘긴 집은 온 가족의 고생으로 되찾았다. 온당치 않게 샀으니 돌려주라는 동네 어른의 압력도 컸단다. 하지만 10년도 안 돼 팔아달라는 맏이의 집요한 요청에 어머니는 두 손 들었다. 잘 모시겠다는 큰아들 손에 알뜰살뜰 가꾸던 집 판 돈을 몽땅 넘기고 자식처럼 아끼던 솥마저 버려둔 채 떨어지지 않는 발걸음을 떼셨다. 그런 당신은 닷새 만에 옷보따리만 들고 눈물을 글썽이며 큰아들 집을 나섰지만 그 이유는 돌아가실 때까지 함구하셨다.

고향집을 주인이 떠나던 날 삼형제가 각기 다른 길을 가듯 솥은 평소 갖고 싶어하던 마을 분이 나눠 가졌단다.

질박한 무쇠솥의 미덕은 포용이다. 품에 안으면 온전히 태어나기를 원한다. 세상의 모든 어머니처럼 제 몸 부서져도 뜨거운 줄 모르고 다독이며 익힌다. 설익거나 타지 않게 도와주다 제 힘으로 일어설 수 있겠다 싶으면 뽀얀 눈물을 흘려가며 기척을 한다. 지어야 할 양이 많을 때는 솥뚜껑에 불덩이를 올려 뜸을 들이는 고통도 감내한다.

반 세기 전 어머니는 끼니때면 강냉이 쌀 위에 반 줌의 쌀을 한쪽에 넣었다. 그 쌀은 오롯이 막내아들 밥그릇에 들어갔다. 쌀이 귀했던 우리 집은 순 쌀밥을 짓는 날은 연중 서너 번이었고 그때 먹었던 윤기가 나고 고소하며 쫀득거리는 밥맛은 각인돼 있다.

식솥을 위해 밥을 짓는다는 것은 단순 가사가 아니다. 가정을 올곧게 세우려는 염원으로 쌀알을 말랑하게 만드는 거룩한 헌신이다. 처진 어깨로 귀가했던 가족이 다순 아침밥 한 그릇의 밥심으로 힘차게 하루를 시작할 수 있지 않은가. 솥의 종류가 다르면 어떠한가, 어머니를 빼닮은 솥이 제 몸 뜨겁게 달구어 낳은 자식이 밥인 것을.

Tip 수필

● '솥'은 모성의 상징이며 이 글 전체를 아우르는 주제어이다. 큰 솥은 다른 형제들보다 혜택을 많이 받은 첫째 형으로 비유된다. 작은 솥은 끼니마다 밥을 담당하는 솥으로 둘째 형이다. 제일 작은 솥은 큰 솥에 치여 기는 펴지 못하나 작은 솥처럼 고단하지도 않았던, 화자인 막내를 나타낸다. 각각의 솥의 역할은 적절한 비유로 삼형제의 삶을 닮았다. 어머니가 떠나고 솥은 동네사람들이 나눠가졌지만 작가에게 그것은 어머니를 그리워하는 대상이면서도 "가정을 올곧게 세우려는 염원"이 담긴 "거룩한 헌신"이다. 솥은 자신을 뜨겁게 달궈 밥을 짓는다. 솥의 종류는 다르나 자식을 위해 온몸을 달굴 줄 아는 어머니의 사랑은 늘 같다. 긴 여운을 주는 결미에서 한동안 마음이 머물렀다. /한복용

축 작심삼일

서성남 suh7000@hanmail.net

작심삼일을 축하한다. 무엇보다 자유의 기운이 번뜩인다. 신은 인간을 자유로운 존재로 창조했다. 신이 주신 것이면 향유할 줄도 알아야 한다. 자신에게 얽매여 벗어나지 못하면 진정한 자유가 아니다. 자유를 논할 자격조차 없다. 작심을 삼 일쯤 와서 어긴들 뭐 대수겠는가. 틀에서 벗어나는 것, 또한 자유 아니겠는가. 좋은 것과 옳은 것은 자유에서 피어난다고 한다.

작심에는 미래로 향한 의지와 결기, 그리고 새로움이 있다. 사람은 무엇인가를 끊임없이 추구할 때 생존의 본질에 가까이 갈 수 있다. 생존이란 그렇게 해야 할 의무도 있다. 하지만 강물도 쉼 없이 흐르지만은 않는다. 빠르기도 하다 때론 쉬어가고 굽이치다 잠시 머물기도 한다. 자연현상은 변화가 본질이다. 사람도 일 년 삼백예순 날이 매일 같을 수는 없다. 치고 부딪히고 넘어지고 일어서곤 해야 한다. 작심하고 어기기도 하는 것이다. 그것은 변화를 꾀하는 다른 시도일 따름이다.

사람의 마음은 감각적 본능에서부터 사회적 의무, 이타심에 이르기까지 다양한 욕망과 의무가 얽혀 있다. 이것들이 서로 부딪치며 갈등을 유발한다. 담배를 피우고 싶은 욕망과 끊어야 한다는 당위성이 충돌한다. 작심삼일은 누구에게나 있는 정상적인 갈등이며 자연스러운 현상이다.

하지만 의지가 약한 것은 맞다. 자성해야 한다. 사람은 내 탓이라며 부끄러워하고 자책할 때가 가장 사람답다. 아무리 낯 뜨거운 일이 공공연하게 판치는 세상이라도 수치심이나 염치가 없다면 사람도 아니다. 겸손과 부끄러움, 자책하는 가운데 도전의식이 생기고 권토중래의 싹이 튼다.

옛 말에 이르기를 인간에게는 불행하거나 빈곤이 따르든가 혹은 병을 앓는 것이 필요하다고 했다. 그렇지 않으면 교만해지고 만다는 것이다. 작심하고 단번에 이루어내는 건 성취로 교만해지기에 충분하다. 대체로 큰 잘못의 밑바닥에는 교만이 있는 법이다. 교만은 자기의 결점을 없앨 때마다 똬리를 튼다.

그렇다고 강철 같은 의지를 가진 사람을 폄하하는 것은 절대 아니다. 작심을 한번 하면 관철하고야 마는 의지의 인간은 존경받아야 마땅하다. 어려운 일을 해내는 불굴의 사람들이다. 세상의 진화는 대부분 이들의 공헌에 의해서 이루어진 것일 게다. 그렇더라도 난 이들과 친구는 하지 않을 것이다. 인간적인 면은 없지 않을까 싶다. 일도양단처럼 딱 부러지게 이루어내고야 마는 이들이 나는 무섭다. 옆에 가면 모르는 사이 그 예리한 칼에 마음 한 구석이 베일지도 모른다. 바보네 가게가 장사가 잘되듯이 좀은 어리숙한 사람이 친구로서 좋다.

작심삼일은 우리네 보통 사람들과 친숙하다. 새해 금연 다짐을 한 사람 중 열에 아홉은 실패한다는 통계도 있다. 삼 일이면 그렇게 짧은 기간도 아니다. 조령모개나 조변석개보다는 낫다. 한 나라의 법령도 이러거늘 삼 일이란 거기 비해 삼 년 같다. 목표를 못 이룬다고 낙담할 필요도 없다. 수십, 수백 번 시도 끝에 성공한 이도 많고 되려 값지다.

실패가 때로는 덕을 쌓는 일이기도 하다. 누구나 살면서 위로받고 싶을 때가 있다. 이럴 때 무엇에 위로받을까. 역경을 극복한 사람의 성공담일까. 역설적이지만 성공담보다 누군가의 실패담에 위로받는 때가 많다. 사람은 연약하고 한심해서 나만 힘든 게 아니라 너도 힘들고 실패한다는 걸 알 때 동병상련처럼 연대하는 것이다. 나의 실패가 하루하루를 힘들게 살아가는 이에게 응원과 위로가 되기도 한다.

성취하기 위해 아예 목표를 낮추는 경우도 있다. 매일 한 갑씩 피우는 담배를 이틀로 한다든지, 금주보다는 절주를, 매일 운동을 이삼 일에 한번으로 하는 것이다. 호랑이 대신 토끼라도 잡자는 것이지만 이건 아니다. 실패에 대한 걱정부터 앞서면 안 하느니만 못하다. 당당하지 않다. 실패도 자산이라고 하지 않는가. 하면 하고 말면 말든지 비겁하기도 하다. 원칙 있는 패배가 원칙 없는 승리보다 나을 수 있다. '미스트롯'에서 일 대 일 노래 대결 때 자신보다 실력이 나은 상대를 지목하는 경우가 있었다. 어려워도 도전하고 실패했을 때 눈물 흘리는 모습에서 시청자들이 카타르시스를 느끼며 열광하는 게 아니었을까. 아무튼 'K트롯의 세계화'처럼 목표는 커야 한다. 사람은 자신이 꾸는 꿈의 크기만큼 자라게 마련이다.

작심은 자신과의 약속이다. 약속은 어기는 데 묘미가 있다. 손가락을 걸고 도장을 찍고 그것도 모자라 복사까지 하는 것은 그만큼 어길 수 있다는 개연성이 전제되기 때문이다. 자신과의 약속을 어긴다는 건 다른 사람에게는 피해가 가지 않는다. 국가 간에도 약속은 어기고 지도자가 국민에게 한 약속도 밥 먹듯 어긴다. 탄생 속에 죽음이 있듯 작심에도 어김이 내재해 있는 것이다.

진작 작심삼일이란 좋은 뜻이다. 『맹자』의 호변장好辯章에 나오는 말로 사흘에 걸쳐 생각한 끝에 비로소 결정한다는 신중함을 뜻했다. 권장할 만한 말이다.

문제는 작심삼일에 그치지 말고 다시 시도해야 하는 것이다. 계속 시도하게 되면 삼 일마다 새로워지고 삼 일마다 결의를 다지게 된다. 변해야 사는 세상에 자주 새로워진다는 것은 얼마나 좋은 일인가. 오늘도 어제같이, 내일도 오늘같이 그냥그냥 사는 이에게는 부러운 일이다. 오랫동안 작심 한번 못하고 사는 나 같은 사람에 비하면 삼 일이 한계라 하더라도 복된 일임이 틀림없다. 이루고자 하는 일이 있는 내일, 기대되고 기다려지는 내일이 없는 사람에게는 작심 자체가 행운이다. 삼 일이면 어떤가. 삼 년 고개처럼 열 번 넘어지면 삼십 년이 된다. 작심을 일백이십 두 번을 하면 일 년이 된다. 단조로운 일상을 물결치게 한다. 어찌 작심삼일을 축하하지 않을 수 있으랴.

에세이문학

● '비틀어보기'는 신선함과 유쾌함을 선사한다. 작가는 부정적 의미로 통용되고 있는 '작심삼일'이라는 단어를 비틀어 '자유'와 '인간다움'이라는 긍정을 끄집어낸다. 인간은 완벽한 존재가 아니다. 그 대표적 증거가 '작심삼일'이다. 삼 일을 견뎌내지 못하는 결심. 하지만 변화를 위해 시도했던 '작심'이 삼 일만에 바뀌는 것 또한 변화를 꾀하는 다른 시도일 따름이며, 이런 시도를 계속해서 하다보면 삼 일마다 새로워질 수 있어 좋다는 능청스러운 주장에서 작가의 해탈적 사유와 지혜가 엿보인다. 바보네 가게에 발길이 끌리듯, 철두철미한 사람보다 작심삼일을 되풀이하는 사람에게서 더 인간다움을 느껴 가까이하고 싶어진다는 비유도 공감을 준다. /이혜연

손진숙 green565@hanmail.net

30여 년 전으로 거슬러 오른다. 서녘 하늘에 개밥바라기별이 푸르게 돋아나는 시각. 그이와 무슨 일로 부딪쳤는지는 기억나지 않는다. 앵돌아진 마음에 돌 지난 딸아이를 둘러업고 세 들어 살고 있는 이층에서 계단을 밟고 내려왔다.

갈 곳이 따로 없어 무작정 걸었다. 한참 걷다보니 고향집으로 가는 길이었다. 내친걸음이라 앞으로 계속 발을 내디뎠다. 왼편에서 거슬러 흐르는 형산강 물이 초승달빛에 젖어 잔물결로 반짝거리고 있었다. 무심히 흐르는 강물에 눈길을 보냈다.

세파 따위는 모르는 양 평온해 보이는 물살의 강. 강물의 품은 부드럽고 깊어서 강 주변 사람들의 솟구치는 기쁨과 내려앉는 슬픔도 마다하지 않고 받아들여 껴안았다. 하하 웃음소리와 흑흑 울음소리가 숨죽이며 한데 어우러졌다. 세상의 모든 소리들이 뒤섞여 밤 강물 소리로 흐느끼는가도 싶었다.

강바닥에는 어릴 적 동무와 물놀이를 하다 떠내려보낸 검정 고무신도 잠겨 있을 것 같고, 여름 태풍에 둥둥 떠내려간 복숭아 씨앗도 썩지 않고 싹을 틔우고 싶은 열망에 부풀어 있을 것도 같다. 늘 해맑간 웃음을 짓던 여덟 살 달이가 거센 물살에 휩쓸려가며 내질렀던 비명이 잠겨 있을 것도 같았다. 살구 꽃잎처럼 맑은 물결에 마음 싣고 싶었던 날, 곱게 접어 띄워보낸 종이배는 어디서 무엇이 되어 떠다니고 있을까.

아득하게 먼 길이었는데 걷고 또 걷는 사이에 고향 마을 어귀에 닿았다. 한 폭의 밤 풍경화를 펼친 듯이 아늑한 마을의 전경이 한눈에 들어왔다. 바로 눈앞에 저수지가 있다. 어릴 적 동무와 함께 버드나무가 늘어선 못둑을 거닐며 우정을 속삭였던 추억이 떠오른다.

동네 한가운데로 뚫린 길 양옆에는 논밭들이 장기판처럼 이어져 있다. 마을 중간쯤에 덩그러니 앉은 동사무소가 보인다. 동사무소를 기점으로 나뉜 아랫마을과 윗마을. 윗마을 나지막한 산비탈 끝에 내가 태어나 자란 오두막집이 보였다.

할머니를 비롯해 조카까지 4대가 복작이며 살았다. 그 많던 식구들은 다 어느 곳으로 흩어진 것일까. 지금은 늙은 어머니 혼자 붙박이로 지내시는 집이다. 개밥을 주는 것으로 하루 일과를 마친 어머니가 제대로 펴지지 않는 허리를 벽에 기대고 휴식을 취하는지, 아직 잠들지 않은 전등불이 흐릿하게 졸고 있다. 조금 있다 개밥바라기별이 자취를 감추면 어머니도 고단한 하루를 잠재울 것이다.

내가 이 시각, 이 모습으로 찾아들면 어머니는 반가워하기보다 놀랄 것이 뻔하다. 기왕 여기까지 몇 십 리를 걸어왔으니 그냥 들어가고 싶은 유혹이 고개를 들기도 했다. 그러나 어머니의 저 고요와 평안을 깨뜨릴 수야 없잖은가. 윗마을 입새삼거리에 서서 여러 생각에 잠기었다.

은하수가 뿌린 은은한 빛이 고향집 뒤 산등성이를 감싸고 있었다. 가슴 밑바닥에서 아릿한 기운이 피어올랐다. 가물가물한 어머니 방 불빛을 먼눈으로 바라보다가 떨어지지 않는 발길을 서서히 되돌렸다.

그제야 등에 업은 아이의 무게가 전해져왔다. 포대기를 끌러 다시 고쳐 맸다. 그때까지 다리 아프다는 생각조차 끼어들 틈이 없었던 모양이다. 〈나그네 설움〉이라는 유행가의 노랫말이 언뜻 귓가에 스쳤다. 한길로 나와 하염없이 걷고 있을 때였다. 택시 한 대가 지나가다 옆에 멎었다.

내 주머니는 텅 비어 있었다. 지갑을 챙길 겨를 없이 나온 터였다. 무심한 시선으로, 차창 밖에 얼굴을 내민 기사를 보았더니,

"아이를 업고 무거울 텐데 아무 걱정하지 말고 타세요."

라고 했다. 그 순간 택시기사는 날개를 달지 않은 천사였다.

어리석었던 나는 집 앞에 내려주는 천사의 연락처를 묻지 못했다. 금세 뉘우쳤지만 이미 떠나버린 인연을 수소문할 방법은 없었다. 전조등을 밝히고 힘들고 지친 이웃을 보살피며 살아가는 그 택시기사는 밤하늘에 빛나는 별빛과 같은 존재가 아니었을까.

방에 들어가 업고 있던 아이를 내렸다. 그때까지 등에서 자고 있었는지 눈을 반짝 떴다. 아기의 눈은 한 점 그늘 없는 별빛과도 같았다.

동리목월

수필

● 30년 전 '별빛과 같은' 작가의 내면 풍경화다. 아이를 들쳐 업고 집을 뛰쳐나온 새댁의 발길은 거슬러 흐르는 형산강을 끼고 친정집으로 향한다. 어머니 방 불빛을 먼눈으로 바라보다가 발길을 돌린다. 친절한 택시 기사 덕분으로 집에 돌아와 아이를 등에서 내렸다. "그때까지 자고 있었는지 눈을 반짝 떴다. 아기의 눈은 한 점 그늘 없는 별빛 같았다." 많은 것을 함축한 결미 일구가 작가의 기량을 은은히 발한다. 수필의 덕목은 이와 같은 여운과 함축에 의한다. /맹난자

안춘윤 d-vora@hanmail.net

버스 정류장 앞 약국, 자동 유리문이 열렸다. 그 틈새로 '서걱' 소리를 내며 누렇게 빛바랜 플라타너스 잎 하나가 들어왔다. 바람이 가로수를 흔들다가 바닥을 휩쓸며 지나가고 있다.

종로5가는 마치 타임머신을 타고 1980년대로 돌아간 듯 거리의 사람들도 상점도 길가에 늘어놓은 옷가지조차도 과거의 한 시점에서 정지되어 있다. 시장은 쇠락한 노신사처럼 한때의 화려했던 상념들을 내려놓았다. 골목 안 간판은 덕지덕지 검버섯으로 얼룩져 있고 새로 단장한 상점들은 야한 화장을 덧칠한 여자들처럼 군데군데 속내가 드러나며 어색했다. 바람도 불협화음을 내며 지나가는 거리가 을씨년스러웠다.

몇 년이 지나도 익숙해질 것 같지 않은 거리. 언젠가 나도 시간을 거부하며 옹고집처럼 버틴 이곳에서 퇴색된 추억만을 붙들다가 서서히 사라지는 건 아닐까! 매일 마주치는 거리 풍경은 언제나 생경했다.

아침 아홉 시경이면 출근길로 부산한 다른 곳과는 달리 종로5가는 갓 빗질한 마당 같다. 그 텅 빈 길 위로 일상이 시작된다. 내가 근무하는 약국 옆 가게는 유행이 지난 트로트 곡이 하루 종일 시끌벅적한 만물상이다. 이른 아침부터 요란한 트로트 곡이 텅 빈 길바닥 위로 쏟아져 나오면 황당한 기분이 들곤 했다. 마치 시골장터로 출근하는 것 같아 잰걸음으로 쫓기듯 지나갔다. 비라도 추적추적 내리는 날이면 더 소란스럽고 빨라진 메들리 소리가 약국으로 쏜살같이 뛰어 들어가게 했다.

열 시가 넘어 햇살이 퍼지면 종로거리는 기지개를 켜듯 거리가 수런거리기 시작했다. 약국 유리문 밖은 한 편의 영화처럼 기묘한 출연자들로 시시각각 변했다. 백구두에 백색 정장, 노랑구두에 노랑 정장은 물론 빨강, 연두색으로 요일마다 화려한 원색으로 변신하는 할아버지가 같은 시간이면 어김없이 지나갔다. 바바리코트에 중절모와 체크스카프로 〈카사브랑카〉의 험프리 보가트처럼 멋을 낸 노신사, 하얗게 세월 앉은 머리를 반짝이는 비즈핀으로 화려하게 꾸미고 치렁치렁한 치맛단에도 무대의상처럼 비즈를 박은 할머니, 주름진 눈매와 무너진 턱선을 잡아 끌어올리듯 높게 올린 헵번머리에 진한 입술의 중년 여인이 지나갔다. 여인의 아슬아슬한 킬힐이 아침 풍경 속으로 들어왔다 사라졌다. 고정 출연자인 그들이 한 시대가 사라져갈 것을 예고하듯 스쳐 지나갔다.

점심때가 다가오면 공기가 살짝 들뜨면서 지하철과 버스가 사람들을 토해냈다. 인생의 정상을 이미 올라갔다 내려온 초로의 등산복 차림의 사람들이 거리를 메웠다. 거리의 패션은 아침 나름의 격식을 차린 옷차림과는 달리 무채색 등산복에 백팩을 멘 사람들이 주류를 이뤘다. 지난 시절들의 흑백사진을 떠올리게 하는, 여전히 세련되지 못한 거리 풍경이 몸과 마음을 무장해제시키고 있다. 물건을 사고파는 것도 관망

하는 듯, 달뜬 공기를 느긋하게 즐기는 이들로 포만감이 느껴지는 시간이기도 했다.

오랜 세월로 고칠 수도 찾을 수도 없는 물건들은 뒷골목 사이사이에 빛바랜 추억을 끌어안고 쌓여 있다. 익숙하다 못해 무심해진 것들로 길에 좌판이 깔리고, 용도를 잃고 갈 곳마저 잃어 바닥에 내놓은 물건들, 기웃거리는 백발 희끗한 사람들 사이로 시간이 내몰렸다. 그 틈새로 새벽장 나선 지방 상인들이 커다란 백을 메고 삶의 무게로 짓눌린 어깨로 쫓기듯 걸어가는 걸음이 숨찼다.

햇살이 아래로 내려앉는 오후가 되면 거리는 다시 새로운 풍경으로 바뀌었다. 크고 낡은 라디오를 든 반백의 검정 고무신 남자가 정류장 앞에서 독백을 하듯 마이클 잭슨 춤을 추었다. 길 한가운데서는 거친 세월에 초점을 잃어버린 할머니가 한서린 목소리로 가녀린 몸을 떨며 사람들을 향해 외치고 또 외쳤다. 비명 같기도 하고 탄식 같기도 한 소리에 무표정한 군중은 잠시 멈칫했다. 그리고 무심하게 그녀의 외로움을 밟고 지나갔다. 어느덧 춤추던 남자도 할머니도 군중에 떠밀리듯 사라졌다. 유리문 밖을 바라보던 내게 알 수 없는 슬픔이 한숨처럼 스쳐가는 오후였다.

어스름이 빌딩 사이로 스며들기 시작하면 시간을 비집고 기웃거리는 사람들이 등장했다. 밤은 골목길 포장마차 언저리에서 기억을 불러내었다. 그리고는 추억을 토해냈다. 그들이 청년이었을 때, 종로를 누비며 세상을 향해 외쳤던 수많은 구호들은 다 어디로 가버린 걸까! 한때 온 거리를 어깨동무하며 항거하던 군중도, 가슴을 뛰게 했던 함성도, 그들의 청춘도 부서지다 못해 닳아버린 보도블록으로 스며들었다. 가끔은 옛 동지들과 지난 시절을 합창하며 술잔을 기울였다. 그렇게 종로의 밤이 희끗해진 머리카락 사이로 깊어갔다.

비에 젖은 이 거리 위로 사람들이 그저 흘러간다
흐르는 것이 어디 사람뿐이냐
우리들의 한시대도 거기 묻혀 흘러간다
저기 우산 속으로 사라져 가는구나
입술 굳게 다물고 그렇게 흘러가는구나

— 정태춘 박은옥의 〈92년 장마, 종로에서〉

종로5가, 엄밀히 말하자면 종로5가에서 신설동까지의 길은 이렇게 지나간 것을 떠나보내지 못하는 회고의 거리다. 낡은 사진 속의 풍경처럼 시간이 머물고 그 사이로 헛헛하고 회한이 뒤섞인 공기가 떠다녔다. 어느덧 시작보다는 돌아보는 시간이 긴 사람들을 바라보니 편안해지고 쫓기지 않는 여유로움이 생각을 느리게 했다. 이 거리에서는 시간도 길을 잃고 방황했다.

나는 언제부터인가 이 거리가 편해지기 시작했다. 마음이 복잡하거나 생각이 정리되지 않을 때 마치 추억의 영화 세트장 같은 거리에서 나도 종종 관객 A, 관객 B가 되어 걸었다. 그러면 내가 붙들고 놓지 못했던 것들의 허상이 보여 마음이 가라앉고 막연하게 움켜쥔 집착이 분해되며 몸이 가벼워졌다. 숨가쁘게 쫓아갔던 사랑도 명예도 하다못해 상실감 같은 감정들조차 의미가 희석되어갔다. 인생의 승자도 패자도, 가진 자도 못 가진 자도 경계선이 없어지고 서로 닮아가고 있다. 나도 점점 물들어가고 있는 것일까.

지난 세월의 궤적을 한눈에 볼 수 있는 이 이상한 거리에서는 결핍도 부끄럽지 않았다. 모두가 탁발승이 된 듯 텅 빈 마음을 내어놓으면 이것저것 담겨져 허기를 면했다. 지나간 시대가 귀퉁이에 모여 앉아 수다를 떨었다. 그 곁을 또 다른 시대가 얼룩진 옷자락을 날리며 지나간다. 주인공도 구경꾼도 머물지 않으나 오랜 잔상으로 남겨지는 거리. 나도 가끔씩 구경꾼이 되어 그들 옆에 쪼그리고 앉았다.

가을이 지나고 겨울이 되면 고정 출연자인 할아버지는 어김없이 보라색 양복에 보라색 구두를 신고 보라색 코트를 걸치고 이 거리를 걸어갈 것이다. 그러면 또 다음 출연자를 기다리며 나는 시계를 보고 있을 것이다. 어제도 그제도 그랬듯이, 익숙한 것들을 그리며.

● 인생은 연극이요 우리는 그 무대 위에 올려진 배우와 같다는 말을 곧잘 한다. 그러나 무대 위의 배우는 자신의 무대를 보지 못한다. 관객만이 볼 수 있다. 이 글은 작가가 자신이 근무하고 있는 약국 안에서 유리문 밖 세상을 관객의 입장으로 서술하고 있다. 종로, 그것도 종로5가에서 신설동에 이르는 거리는 시간의 흐름이 멈춘 듯 변화가 더딘 곳이다. 그 무대 위로 시간의 흐름을 거부하는 고정 출연자들과 수많은 엑스트라들이 등장하고 퇴장한다. 처음엔 동화되지 못해 방관자적 시각에 머물렀던 작가는 점차 이 거리에서 편안함을 느낀다. 그것은 가벼움이다. 돌아보는 시간이 더 길어진 사람들 사이에 서면 집착이 분해되어 날아가고 결핍이 부끄럽지 않게 여겨지기 때문일까. '탁발승이 된 듯 텅 빈 마음을 내어놓으면 이것저것 담겨져 허기를 면했다'는 말이 그런 짐작을 해보게 한다 /이혜연

이성숙 sooksslee@gmail.com

늘 그래왔듯이 삶은 기다림의 변주다. 생의 어느 지점쯤에서 한번쯤 꿈꾸었던 비어버린 시간. 그 시간이 전염병에 이끌려 갑자기 와버렸다는 걸 제외하면 이 감금된 시간은 뭔가를 시도하기에 안성맞춤이다. 막걸리를 빚기로 했다, 밀주를 빚듯이. 밀주라 할 것까지는 없으나 남들은 비상식량 준비로 마트 바깥까지, 건물을 뱀처럼 휘감으며 줄을 선 이때 귀한 쌀로 술을 빚으니 밀주라는 것이다.

하필 막걸리냐고? 세상이 다 멋부리며 마시는 커피를 나는 못한다. 약한 속이 커피를 이기지 못하게 되면서다. 주치의는 커피 한 잔을 마시게 되면 바나나 두 개를 먹으라고 처방을 내줬지만 바나나를 먹고 나면 입안에 남아야 할 커피 향은 달아나버리고 쓸데없이 배만 불러온다. 대신 술이 늘었다. 애주가가 되었다는 뜻은 아니고 과음을 해도 속이 편안한 막걸리를 즐기게 되었다는 얘기다.

멥쌀보다 찹쌀이 풍미가 더하다 하여 찹쌀로 술밥을 짓기로 하고 책도 사보고 인터넷도 뒤적여가며 레시피를 고안했다. 우선 8시간 찹쌀을 불린 후 두 차례에 나누어 걸러볼 참이다. 안내서에는 찹쌀을 맑은 물이 나올 때까지 씻어 앉히라고 되어 있지만 나는 물 섞인 우윳빛 정도 되도록 적당히 씻어 술밥을 짓는다. 술덧(발효과정에서 위로 뜨는 것. 이 술덧을 거르면 막걸리가 된다)이 무거워지겠지. 막걸리는 너무 맑으면 얌체 같고 너무 탁하면 주정酒精이 게을러 보인다. 중간점을 찾는 게 쉽지 않지만 나는 일단 맑게 걷어올린 것보다 어리숙하게 거르기를 택한다. 찹쌀 눈을 다 씻어버리기도 아까운 일이다. 감미료를 넣지 않을 것이니 찹쌀만으로 감칠맛과 깊은 맛을 잡아내야 하는 문제도 있다.

고슬고슬 잘 익은 술밥 위에 누룩을 얹고 물을 붓는다. 막걸리 발효의 시작이다. 발효가 끝나면 술은 숙성단계로 넘어간다. 내가 꿈꾸었던 비어버린 시간이란 속도에 내몰린 발효의 시간을 정지시키고 싶었던 것인지 모른다. 좌충우돌했던 지난 시간. 여지없이 뒤따라오던 후회. 미숙한 판단으로 저지른 실수, 아니 어쩌면 오만이 낳은 참담한 실패. 작은 파도에도 휩쓸리던 허약한 심장. 전진한다 하고는 하염없이 옆으로만 걷는 게걸음처럼 열심히 살았으나 문득 다른 지점에 서 있게 되던 많은 날들. 이만큼 사람 되느라 그리 모질게 발효과정을 거쳤던 모양이다. 나를 삐걱이게 했던 누룩들…. 발효를 거듭할수록 술은 진해진다, 담금질된 인생이 감칠맛을 내듯.

사실 막걸리 맛은 누룩 맛이다. 가양주라 함은 이 누룩 맛의 차이를 일컫는다. 인생을 발효시키는 데에도 적당한 누룩이 끼어야겠지. 좋은 누룩은 좋은 술의 촉매가 된다. 나를 스쳐간 사람들 내가 지나온 사람들, 우리가 서로에게 선한 누룩이었기를 바랄 뿐이다. 아직 누룩을 뜰 실력까지는 갖추지 못해 마트에서 누룩을 사왔다. 이번 막걸리가 절반의 시도에 불과한 것이라 섭섭함이 있다는 뜻이다. 그러나 시큼한 누룩. 살아본 사람은 안다. 인생이 이 맛인 걸.

발효 후 나흘 만에 술을 거른다. 술덧이 진해져 은빛이다. 이를 걷어 면포 위에 둔다. 면포로 술덧을 말아싼 후 젓가락을 끼워넣고 뭉근히 힘을 주어 짜낸다. 주루룩 막걸리가 화답한다. 찹쌀과 누룩, 물만으로 걸러낸 막걸리는 순도만큼이나 깊고 진지하다. 아직 숙성에 이르지 않은 원주는 탄산감이 들지 않아 원시의 우물처럼 고요하고 비밀하다. 이 긴장을 해체하려 입술을 댄다. 감동이 밀려온다. 기다렸던 맛인 게다.

색이 탁하여 탁주. 무심한 이름 때문일까. 탁주를 마주하니 복잡한 세상 일이 먼지처럼 작아진다. 걱정이란 어차피 시간이 해결할 텐데 어째서 놓여나지 못하고 붙들려 사는 것인지…. 걱정을 버리기로 한 그 사소하고 단호한 결정을 내리기에 탁주만 한 벗이 없나 보다.

마구 걸렀다 또는 바로 걸러 먹는 술이라 하여 막걸리, 빛이 탁하다 하여 탁주. 이름이야 아무래도 좋다. 귀한 집 자식일수록 천한 이름을 써 키우지 않던가. 발효를 마친 막걸리는 탁하기보다 우아하다. 여러 겹 레이어가 된 달빛이고 여린 살빛이다. 귀공녀의 살색을 닮은 빛깔은 대양의 표면처럼 투명하며 온순하다. 깊이를 알 수 없는 순수의 도량 같다. 나는 이것을 유리병에서 도자기 잔으로 옮겨 붓는다. 양은 잔이 없기도 하지만 양푼에 막걸리를 따르는 것은 그를 너무 푸대접하는 게 아닐까 싶어서다. 식은 밥 모아서 막걸리 담던 예전에야 서민의 술이었지만 21세기 막걸리는 건강을 생각하는 사람이 즐겨 찾는 웰빙주다. 와인잔을 까다롭게 고르는 것을 생각한다면 막걸리도 격에 맞는 옷을 입힐 필요가 있지 않을까. 푸른 빛 도는 도기에 담긴 막걸리는 소박할 뿐 아니라 바라보기 벅찰 만큼 그윽하고 단정하다. 잘 살아온 중년의 풍미다.

우리는 누구나 기저질환을 안고 산다. 잊을 만하면 도지는 천식과 복통, 그런 거 말이다. 독해봤자 알코올 함량 16도인 막걸리는 그런 우리를 쓰러뜨리지 않아 좋다. 시시프스 신화처럼 끝없는 고통에 시달릴지라도 가끔 달려가 안길 가슴이 있다면 인생은 살 만하지 않던가. 막걸리는 그런 것이다.

며칠을 더 기다려 여드레 만에 나머지 술을 걸렀다. 도수가 높아지고 산미가 더해졌다. 위로 떠오른 맑은 호수 같은 청주. 이 청주를 따로 떠서 따듯하게 데워 마시니 맛이 일품이다. 나는 사실 오래 기다린 독주보다 사나흘 기다려 맛본 담백한 탁주가 더 좋지만 한 종지 뒴직한 뜨거운 청주 맛을 잊을 수는 없다.

청주만 데워 마시는 게 아니다. 『삼국사기』에는 막걸리가 미온주라고 소개되어 있다. 은근하게 데워진 막걸리는 사람을 편안하게 한다. 차게 마시는 막걸리가 가슴 후련한 탄성을 유발한다면 미온주로 마시는 막걸리는 음~ 하는 복성의 감탄사를 자아낸다. 어느 쪽이든 막걸리는 강퍅한 인심을 허무는 술이다. 세상의 어떤 술이 생면부지의 길손을 불러 앉히는가 말이다. 막걸리 한 잔 하고 가라는 인사는 하마 인연을 부르는 일, 예삿일이 아니다.

나이 들어갈수록 알맞은 술이 막걸리다. 살아갈수록 모나고 까다로운 사람을 멀리하게 된다. 남 헐뜯는 소리도 듣기 싫고 가십에도 흥미가 떨어진다. 품는 재주가 없으면 뱉기를 삼가면 되지만 부족한 덕으로는 그것이 쉽지 않다. 품 넓고 온기 있는 사람을 만나는 것으로 인생의 소임을 다하고 싶다.

막걸리는 태생적으로 순하고 털털하다. 마구 걸러 마신다는 것은 어지간한 분노는 쉽게 다스린다는 뜻이고 면밀히 계량하지 않고도 술맛을 낸다는 건 까탈스럽지 않다는 뜻이다. 막걸리의 이치를 따른다면 세상에 시비할 일이 무엇일까. 역사적이나 훈고적이지 않고 현실적이지만 사람을 비굴하게 하지 않는 술이 막걸리다. 잔이 비워질 때까지 익어가는 술. 그 거듭되는 숙성의 기품을, 미완인 채로도 넉넉한 품성을 좇고 싶은 것이다.

● 코로나19로 감금된 시간에 막걸리를 빚으며 그 과정에서 지나온 인생을 생각한다. 좌충우돌했던 날들의 실수와 후회, 오만이 낳은 참담한 실패 등, 삶의 과정에서 겪었던 쓴맛은 막걸리가 발효를 거듭하는 과정과 다를 바 없다. 그리고 막걸리가 발효를 거듭할수록 진한 맛을 품듯 담금질된 인생이 감칠맛을 내는 것이라는 깨달음에 이른다. 막걸리에 대한 다양한 정보와 막걸리를 중년의 술로 논하는 작가의 견해가 유연하게 펼쳐진다. 깊은 사유와 유려한 문장력에서 작가의 내공이 읽힌다. 잘 숙성된 막걸리 한 잔을 마신 기분이다. /정진희

〈기생충〉을 보기 힘들었던 나만의 이유

이성화 ichingmac@naver.com

영화 〈기생충〉이 아카데미 4관왕에 올랐다는 기사가 나올 때까지 나는 그 영화를 보지 않았다. 영화 자체가 대단한지, 아카데미 4관왕에 오른 것이 대단한지, 만나는 사람마다 대단하다며 말을 얹었다. 다른 사람들의 평만 듣고 있자니 궁금증이 일었다. 개봉했을 당시에는 사회계층 어쩌고 하는 평을 듣고 선뜻 볼 수 없었다. 어쩐지 내게 어려운 영화일 것 같다는 생각에 비장한 각오로 TV 앞에 앉아 '아카데미 4관왕 기념 할인 영화 기생충'을 선택하고 결제했다.

영화의 초반부부터 나는 점점 초조해지기 시작했다. 기우네 식구가 지내는 반지하 집은 남편 사업이 힘들어지며 잠시 이사 가서 살았던 집을 떠올리게 했다. 그런 집에서 살던 네 사람이 각자 다른 역할로 한 집에 모두 취업했을 때부터 가슴속은 영화의 효과음보다 한 박자 더 빠르게 둥둥거렸다. 초조함은 집주인 식구가 캠핑을 간 사이 기우네 식구들이 자신들의 집인 양 편안하게 자리잡은 모습을 보며 더해졌다. 그 집

지하에는 전 가정부 문광의 남편이 숨어 살고 있었고, 그가 걱정되어 들이닥친 문광을 보니 가슴이 답답해지기 시작했다. 두 가족은 말도 안 되는 난투를 벌였고 그 사이 갑작스러운 폭우로 캠핑을 취소하고 집주인 식구가 돌아온다는 연락이 왔다.

상황은 더 뒤죽박죽이 되어갔고 나는 결국 리모컨을 들어 '빨리감기' 버튼을 눌러버렸다. 배우들이 소리 없이 빠르게 움직이기 시작했다. 기우와 동생 기정, 아빠 기택이 숨어 있는 테이블과 그 바로 옆 소파에서 가벼운 정사를 나누는 주인 내외 동익과 연교가 빠르게 지나갔다. 잠든 둘을 피해 비를 맞으며 거리를 달리는 세 사람, 쏟아지는 폭우에 잠겨버린 기우네 반지하도 속삭임조차 없이 숨 가쁘게 지나갔다. 햇살이 비추는 연교의 마당에서 파티를 준비하는 모습이 나오는가 싶더니 피칠갑을 한 근세가 칼을 휘두르고 순식간에 이 사람, 저 사람이 피를 흘리고 기우가 병실에서 눈을 뜨는 장면까지 넘어갔을 때 '스톱' 버튼을 눌렀다.

죽을 사람은 죽고 남을 사람은 남았다. 어찌 됐든 상황은 정리가 된 것이었다. 마침 저녁 시간이 되었고 식구들의 저녁을 챙기며 영화를 잠시 뒤로 미뤄두었다. 저녁을 먹고 설거지까지 하고 다시 TV 앞에 앉았지만, 영화를 다시 볼 엄두가 나지 않았다. 영화에 나온 인물들의 힘겨운 상황이 고스란히 내게 들어와 두통이 일었다. 내가 견디기 힘든 것이 단순한 소동극인가 생각해보았다. 일면 그런 이유도 있었으나 그렇게 견디지 못할 일은 아니었다. 영화의 결말에 대한 궁금증도 미뤄둔 채 밤 늦게까지 아니, 몇 날 며칠 내가 견디지 못한 영화 속 상황이 무엇인지 찾아헤맸다.

막 대학을 입학했을 무렵이었을까. 지하철 4호선이 '안산'까지 연장 개통되어 몹시 붐비던 때였다. 수업을 마치고 집으로 돌아오던 지하철 안에서 목탁 소리가 들려왔다. 순간 슬쩍 고개를 돌려 힐끔 보았다. 아버지였다. 걸망을 메고 목탁을 치며 탁발을 하는 중이었다. 눈이 마주칠까 얼른 고개를 돌렸지만, 아버지도 나를 본 것 같았고 서둘러 다음 칸으로 가는 것처럼 느껴졌다. 같이 있던 친구는 내가 창피한 마음에 그랬을 거로 생각했는지 그러는 거 아니라고, 나중에 아버지 돌아가시면 얼마나 후회하려고 그러냐며 진심 어린 충고를 했었다. 맹세컨대 나는 아버지가 돌아가신 지금까지 단 한번도 그 일을 후회해본 적이 없다. 그때는 어떻게 표현해야 할지 몰라 얘기하지 못했지만 나는 아버지가 창피했던 게 아니었다. '중의 딸'이라는 내 존재가 아버지에게 가하는 '손가락질'이 두려운 거였다.

엄마는 '시줏돈'으로 먹고 살았으니 그 빚을 다 갚고 살아야 한다는 말을 자주 했다. 아이를 낳고 나이 마흔이 넘도록 귀에 못이 박히게 들었다. 결국 엄마 돌아가시기 몇 해 전, "엄마가 만날 빚 갚아야 한다고 빚타령을 해대서 내가 빚더미에 올라앉은 거야. 안 그래도 빚 갚느라 허덕거리고 사는데 꼭 그렇게 빚, 빚 해야겠어?" 엄마 가슴에 못 박는 것으로 돌려드렸다.

어쨌든 법당에 앉아 염불을 외거나, 승복을 입고 걸낭을 메고 탁발을 나가는 아버지는 완벽한 수행자였다.

우리 시대 아버지들은 가정적이지 않았다. 바람을 피우고 술주정을 하며 가장의 역할을 다하지 않는 아버지도 많았다. 그런 시대여도 우리 아버지는 그러면 안 되는 거였다. 적어도 자식들에게 그런 모습은 보이지 말았어야 했다. 간혹 영화나 드라마에서 나오는 땡중이 곡차라며 술 몇 잔 마시고 휘청거리는 술주정이 아니었다. 그랬다면 그 시절 가장으로 힘들었을 한 남자의 어려움이나 속세의 인연을 차마 끊지 못한 수행자의 고뇌로 이해할 수 있었을 게다.

아버지의 술주정은 온 동네 사람들이 고개를 흔드는 것이었다. 새벽에 승복을 입고 예불을 했던 사람이 저녁에는 만취해서 동네 사람들에게 시비를 걸며 욕을 퍼붓고 다녔다. 길바닥에 오줌을 갈기고 아무 데나 쓰러져 자는 것은 예사였다. 동네 아주머니들이 하루가 멀다고 내 이름이나 동생 이름을 부르며 문을 두드렸다. 길바닥에 쓰러진 아버지를 데려가라는 거였다. 그 뒤에는 항상 쯧쯧거리는 소리가 따라왔다. 취한 아버지가 깨끗한 몰골로 집에 들어오는 날은 거의 없었다. 왜소한 체격의 엄마가 아버지를 끌어다 방에 눕히고 옷을 갈아입히는 일은 보기만 해도 한숨이 나오는 일이었다. 그렇게 취해 잠이 든 아버지는 그 자세 그대로 소변을 보는 일이 허다했다. 사흘거리로 이불 빨래를 해대는 엄마를 보고 사정 모르는 동네 아줌마들은 너무 깔끔떤다며 흉을 보기도 했다. 어쩌면 사정을 짐작하며 빈정댄 건지도 모르겠다.

그 이중성을 견디는 일이 내게는 너무 힘든 일이었다. '중의 자식'이라는 내 존재는 원래 존재하지 않았어야 하는가 싶었다. 엄마와 죽일 듯이 싸우는 술꾼 아버지는 내게 필요 없는 존재라고 생각했다. 그래도 어릴 때는 부모 말을 잘 들었다. 하지 말라는 건 안 했고, 공부도 무조건 열심히 했다. 사춘기 때는 반항하고 소리지르다 돌아오지 않는 대답에 지쳐서 침묵했다. 성인이 되고는 기절할 때까지 술을 퍼마시기도 했다.

무슨 짓을 해도 아버지의 이중성은 해결되지 않았다. 그로 인한 내 존재의 결핍은 무엇으로도 채울 수 없어 가슴 깊이 쌓여가는 분노가 가시질 않았다.

나는 대부분의 시간 동안 남이 나를 알아보지 못하길 바랐다. 그저 공기처럼 있는 듯 없는 듯 지내길 원했다. 아무도 내게 관심갖지 말기를, 그래서 내가 보이기 싫은 모습은 아무도 못 봤으면 했다. 반면 내 안에는 튀고 싶은 욕망이 있다. 잘난 척하며 내 모습을 드러내고 누구나 나를 알아봐주었으면 하는 욕심이 있다. 그래서 글을 써도 스스로 만족하는 것보다 누군가 읽어주고 좋아해주고 칭찬해주길 바랐다.

그 이중성이 싫다. 처음부터 끝까지 늘 한결같은 사람도 있을지 모르겠지만, 대부분의 사람이 조금씩은 서로 충돌하는 면을 가지고 있을 터인데, 나는 그걸 인정하지 못한다. 아버지의 이중성에 대해 터트리고 해소하지 못한 분노가 내게로 향해 그런 상황에 부닥칠 때마다 외면하고 싶고 불편하기만 하다.

결국 〈기생충〉은 며칠 뒤 남편과 같이 처음부터 '다시보기'를 했다. 남편은 여러 모로 나와 다른 사람이다.

재수생이지만 명문대생을 연기하는 기우와 그 식구들이 위장취업하는 과정에 불편하고 힘들어 몸부림쳤던 나와 달리 남편은 킬킬 웃으며 가볍게 영화를 봤다. 면전에서는 친절한 고용주였던 동익과 연교가 기택을 업신여기는 장면도, 온갖 혼란 끝에 결국 칼부림까지 일어나는 장면도 흥미롭게 봤다. 영화가 끝나고 기우가 '과연 그 집을 살 수 있을 것인가?' 하는 문제도 나는 회의적이었으나 남편은 '사업해서 잘하면 살

수 있지'라고 심플하게 마무리했다.

그렇게 남편과 대화하며 영화를 보니 크게 힘들지 않았다. 혼자였으면 내내 우울했을 마음이 나와는 전혀 다른 사고와 태도를 가진 남편으로 인해 가볍게 넘어갔다. 그토록 나를 괴롭히던 문제가 이렇게 쉽게 해결되나 싶어 허탈했다. 영화가 끝나고 한참 지난 후, 가만히 혼자 생각해보니 해결된 것이 아니었다. 국을 끓이다 소금을 너무 많이 넣었을 때, 물을 더 부어 간을 맞춘 것처럼 내 안의 불편한 분노가 희석된 것뿐이었다. 어쩌면 내게 가장 필요했던 것이 진한 감정을 희석시킬 '물' 같은 '편안함'이었는지도 모르겠다.

세상에는 여러 가지 이중적인 잣대가 존재한다. 옳고 그르고를 떠나서 어쩔 수 없이 흘러가는 상황도 있다. 빈부격차가 있고 서로 다른 사상이 존재한다. 그렇다 보니 당연히 충돌이 있고 불편한 상황이 발생한다. 〈기생충〉을 보며 내내 힘들었던 것은 나 스스로가 그런 불편함을 감당하지 못해서였다. 다음에 또 이렇게 여러 가지 생각을 해야 하는, 내게는 특별히 조금 더 불편한 영화를 본다면, 어쩌면 조금쯤 다시 힘들어질지도 모른다. 그동안 드라마 대본을 쓸 때 내 글을 읽은 사람들이 '갈등이 약하다. '쉽게 결말을 향한다'라는 평을 했던 이유가 여기에 있었나 보다. 영화에서 칼부림이 끝나고 기우가 침대에서 일어나는 장면에서야 나는 한숨을 돌렸다. 어떤 방식으로든 결론이 나야 안심이 되는 거였다. '빨리감기'를 해서라도 결론을 얼른 보고 싶었고, 내 글도 그런 방식이었던 것은 아닐까.

아버지는 돌아가시기 전 20년 넘게 병석에 있었고 마지막 10여 년은 치매 상태였다. 아버지는 요양원에 가시기 전까지도 내내 술을 찾았고,

지저분한 술주정은 강도와 빈도가 줄어들며 계속됐었다. 아버지의 이중성이라든지, 내 존재에 대한 결핍은 어떤 식으로든 결론이 나지 않은 상태로 아버지는 세상을 떠나셨다.

이제야 간신히 내 두려움과 분노를 마주 보게 되었다. 넘어가든 피해서 돌아가든 한 단계 더 나아갈 수 있었으면 좋겠다. 억지로 나아가게 채찍질하기보다는 '나'만이라도 '나'에게 용기를 주고 기다려주며 천천히 갈 수 있게 되기를 바란다. 적어도 내 인생의 결말이 지하에 갇혀 언제 나갈지 모르는 상태로 훔친 음식을 먹으며 연명하거나, 전단을 돌리는 일로 돈을 벌어 수십 억짜리 집을 사게 될 날을 하염없이 기다리는 것은 아니길….

● 영화 〈기생충〉에서 자신의 내면에 도사리고 있던 고통을 마주친 작가의 자전적 글이다. 새벽이면 승복을 입고 예불을 드리던 사람이 밤이면 술에 취해 인사불성이 되어 엄마와 죽일 듯이 싸우는 아버지는 중(스님)이다. 그 '이중성'과 있어서는 안 될 자식으로서의 '존재의 부당함'은 분노로 쌓여 아버지가 세상을 떠나도록 해결되지 않는다. 영화를 보면서 작가는 타자, 외부 세계의 이중성이나 결핍에 여전히 불편하고 고통스럽다. 그러나 자신의 고통을 추적해 진술하게 고백함으로써 극복하려는 의지가 느껴진다. 치열한 작가정신과 단단한 문학성에 박수를 보낸다. /정진희

장미숙 erigeronf@naver.com

웬만해선 입을 열지 않는 게 그의 성품이다. 슬겁고 묵직하기로는 그만한 것도 없다. 속으로 삭이는 인내는 타고났다. 때로는 답답할 정도로 입을 꾹 다물고 있다. 남을 탓하지 않고 제 속이 아프면 한숨만 뻑뻑 내뱉는다. 이리저리 휘둘리지도, 촐싹대며 이간질을 하지도 않는다. 생긴 모양대로 자신의 본분에 최선을 다한다. 함부로 나서지도, 뒤돌아서서 험담을 늘어놓지도 않는다. 서운하다고 토라지거나 알아주지 않는다고 땍땍거리지도 않는다. 그저 있는 듯, 없는 듯 뒤로 물러나 있다.

아버지는 그날도 감나무 밑 평상에 앉아 아궁이에 불을 때는 어머니를 바라보고 계셨다. 가마솥에서는 콩이 익어가는지 비릿하고 구수한 냄새가 마당을 채웠다. 세찬 김이 한숨 빠져나가고 잠잠해졌을 때, 어머니는 소댕을 들어올렸다. '끙!' 소리와 함께 어머니의 팔에 힘줄이 도드라졌다. 가마솥 안은 하얀 연기로 가득했다. 거품을 물고 있는 콩 몇 개를 집어 어머니는 맛을 보았다. 고개를 끄덕이는 어머니의 얼굴에 땀이 송골송골 맺혔다.

제 할 일을 다한 소댕은 한 곁으로 물러나 조용히 몸의 열기를 식혔다. 가마솥을 덮고 열을 온몸에 가두었을 때나, 차갑게 식어버린 소댕의 모습에는 변함이 없었다. 아버지도 시간을 잊은 듯 평상에 오래도록 앉아 계셨다.

나는 때로 아버지의 마음이 궁금했다. 아버지의 속을 들여다볼 수 있는 독심술을 가졌으면 좋겠다고 생각했다. 무엇을 물어보든 아버지의 대답은 웃음이었다. 아버지는 잘 웃었다. 하지만 그건 의미를 헤아리기 힘든 웃음이었다. 좋은지, 싫은지, 슬픈지, 행복한지 가늠하기 어려웠다. 아버지의 입은 굳게 닫혀 있을 때가 많았다. 온종일 표정 없는 얼굴로 먼산바라기를 하던 아버지가 가끔 부처 같다는 생각을 했다.

고향집을 현대식으로 개조하기 전, 부엌 아궁이에는 커다란 가마솥이 걸려 있었다. 솥은 부뚜막에 붙어 있어 들어내기가 쉽지 않았다. 대신, 가마솥 안을 씻을 때나 음식을 조리할 때는 소댕을 여닫았다. 가마솥에 걸맞게 소댕은 무끈했다. 솥과 소댕이 빈틈없이 딱 맞아야 음식물이 잘 익고 엇구수했다. 부지런한 손길에 흠치르르한 가마솥은 다양한 용도로 사용되었다. 소댕은 내용물이 폭신하게 익을 때까지 묵묵히 역할에 충실했다.

아버지가 자신의 감정을 드러내지 못하게 된 것은 언제부터였을까. 태어날 때부터 절대고독의 멍에를 짊어지진 않았을 것이다. 생존을 위해 아버지는 침묵을 택한 게 아니었을까 짐작되었다. 아버지의 고뇌를 헤아릴 때면 근원을 알 수 없는 통증이 가슴으로 번졌다. 따뜻함과는 거리가 먼 현실의 막다른 골목에서 서성였을 앳된 아버지의 모습이 아른거렸다.

열네 살에 부모님을 잃고 가장이 되어버린 아버지에게는 동생이 셋이나 달려 있었다. 종가 종손이란 막중한 임무도 아버지의 짐이었다. 보호자를 자처한 친척 어른들의 구박은 아버지를 더욱더 움츠러들게 했다. 머슴처럼 일에서 벗어날 수 없었던 아버지는 말이 가진 모순矛盾을 일찍 알아버렸는지도 모른다.

배움에 대한 아버지의 간절한 바람은 묵살되는 것도 모자라 핑계가 되고 게으름이 되어 매로 돌아왔다. 공부하고 싶다는 말은 허공에 대고 외치는 메아리에 불과했다. 아버지와 동생들이 배를 곯지 않고 살아갈 수 있었던 건 침묵이었다. 감정을 드러내지 않는 삶에 아버지는 익숙해졌다. 말은 아버지를 구원해주지도, 희망이 되어주지도 않았다. 밖으로 내뱉지 못한 말들은 안으로 파고들어 지울 수 없는 그림자를 만들었다.

여린 살갗에 얹힌 지게는 계절을 건너뛰고, 기댈 곳 없는 외로움은 눈물이 되어 들판에 뿌려졌다. 어린 나이에 손은 북두갈고리가 되었다. 남아 있던 옥토마저 상실한 뒤에야 자유를 얻었지만, 그 자유도 온전히 누리지 못했다. 가슴에 쌓인 한은 아버지의 정신을 피폐疲弊하게 만들어 또 다른 속박으로 다가왔다.

아버지는 누군가에게 불평을 하는 대신, 긴 한숨 속에 모든 걸 가둬버렸다. 타인을 비판하고, 헐뜯는 건 아버지와 거리가 멀었다. 불합리한 일을 당해도 따지거나 원망하지 않았다. 파르르 감정을 앞세워 삿대질해대는 사람들로 인해 심기가 불편하면 슬그머니 자리를 피해버렸다. 누구와 부딪히는 일도 없었고, 누구와 말다툼을 벌이지도 않았다.

고향집은 두 번의 개조를 거치면서 부엌의 모습도 달라졌다. 아궁이가 있던 자리에는 반짝이는 가스레인지가 놓였다. 큰 가마솥은 마당 한편 새 아궁이로 이사했다. 솥단지는 집안에 잔치가 있거나, 콩을 삶는 날이면 요긴하게 쓰였다. 가스레인지가 아닌 솥이라야 맛을 내는 음식은 따로 있었다. 가마솥은 사라진 게 아니라 물러난 것이었다. 평소에는 입을 꾹 다물고 그림자처럼 존재했다. 애써 들여다보지 않으면 안에 무엇이 있는지 알 수 없었다. 묵직하게 솥단지를 덮고 있는 소댕은 속을 드러내지 않는 아버지처럼 보였다.

고통을 삭이느라 이미 숯검댕이가 되어버렸을지 모를 아버지의 생이 뒷전으로 물러나 있었다. 남에게 상처를 주거나, 다른 사람 가슴에 못을 박지 않고 아버지는 스스로 고독을 택했다. 가실 때도 한마디 말없이 조용히 눈을 감으셨다. 치매로 몇 달 요양원에 계시다가 세상 모든 고통을 안고 떠나셨다. 당신 때문에 먼저 갈 수 없다는 어머니의 간절한 마음을 아신 듯, 아버지는 훌쩍 그렇게 가셨다. 한때 답답하고 속상했던 아버지의 삶이, 그러나 가시고 난 뒤 긴 여운으로, 그리고 향기로 남게 될 줄 그때는 몰랐다.

말을 참지 못해 불화를 일으키는 가벼운 사람들 속에서 나도 같은 사람임을 느낄 때, 불현듯 아버지가 떠오른다. 말에 짓눌리고, 말에 상처를 받으면 내 말에도 칼날을 세우는 내가 두렵다. 가끔은 소댕처럼 무거운 침묵 속에 온전히 나를 놓아두고 싶을 때가 있다. 발효되고 숙성되는 게 어디 음식뿐이던가. 말과 행동도 마음속에서 숙성되면 독기 대신 향기를 품게 된다. 향기는 못 피울 망정 날것의 냄새라도 씻어낼 수 있다면 부글거리는 마음속에 묵직한 소댕 하나 얹어두어도 좋으리라.

● “제 할 일을 다한 소댕은 한 곁으로 물러나 조용히 몸의 열기를 식혔다. 가마솥을 덮고 열을 온몸에 가두었을 때나, 차갑게 식어버린 소댕의 모습에는 변함이 없었다.” “나는 때로 아버지의 마음이 궁금했다. 아버지의 속을 들여다볼 수 있는 독심술을 가졌으면 좋겠다고 생각했다.” 작가는 절대고독의 멍에를 짊어진 채 어떤 상황 속에서도 자신의 감정을 드러내지 못하고 살아온 아버지의 고뇌를 소댕의 이미지로 표현했다. 착상이 너무 절묘하다. 소댕과 아버지, 두 존재를 오가며 입체적으로 보여주는 묘사력과 구성력이 돋보여 문학성과 함께 뛰어난 영상미를 느끼게 했다. 사물과 인간에 대한 깊은 통찰력이 없으면 쓸 수 없는 작품이다. 연민으로 일관된 삶에 대한 뜨거운 해석이 특히 울림을 주었다. 아버지를 생각하면 근원을 알 수 없는 통증이 가슴으로 번졌다는 작가의 마음이 한동안 내 안에서도 머물렀다. 무구한 삶의 모습으로 여운을 남기며. /문혜영

그 섬의 노래

최운숙 ws1568@naver.com

목포 앞바다, 망자의 혼백을 건져 올린다는 넋그릇이 던져지고 징소리가 차츰 커졌다. 빨라지던 북소리가 한 가닥으로 이어지고 물수제비가 물길을 내듯, 낱낱의 징 소리가 바다 멀리 날아가고 있었다. 산 자의 정성이 망자의 혼백을 만나는 것일까, 신주를 잡은 몸이 격렬하게 떨기 시작했다.

파장罷場될 무렵, 한 모퉁이 선술집에서 막걸리를 놓고 소리판이 벌어졌다. 손에 쥔 것은 없어도 목에 접어둔 소리만은 남부럽지 않은 사람들이다. 너덧이 둘러앉아 띄운 가락이 낭창거린다. 시퍼런 청춘에 남편을 떠나보낸 청상과부가 한가락 쭉 뽑아내자 곰삭은 노부부가 이어받는다. 강강술래처럼 돌려주고 받으니 어깨가 들썩, 한바탕 춤판이 된다. 이렇다 할 악기가 없어도 거나한 잔치가 되었다. 아버지의 소리도 그들과 하나가 되었다.

아버지는 여섯 마당뿐만 아니라 육자배기를 좋아하셨다. 가락에 진한 감정을 담아 풀어내며 사람들을 웃고 울렸다. 늘 아버지를 따라다니던 여인들은 아버지의 훤칠한 외모 때문이었는지 소리 때문이었는지 알 수 없다. 연배가 한참 위인 어르신과 짝이 되어 장터는 물론, 굿판을 넘나들기도 했다. 두세 시간이 넘도록 서로가 주고받은 노래는 그 산비탈 어디쯤 아직도 살아서 수북이 쌓여 있을 것만 같다.

육자배기는 여섯 박자 장단으로 이루어진 남도 대표 소리 중의 하나라 할 수 있다. 반음을 섞어 쓰는 소리로, 반음은 상행과 하행의 구조가 다른 음계로 되어 있다. 평으로 내는 음과는 달리 꺾어내리는 반음이기 때문에 이를 꺾는음이라 부른다. 꺾는음은 가슴에서 슬픔을 밀어내는 소리이자 뭉쳐 있던 무언가가 터져나오는 비명 같은 소리다. 남도 사람이면 육자배기 한 가락쯤 누구나 뽑아낸다는 말이 있을 정도로 그곳 사람들은 소리를 좋아했다. 고된 삶의 애환을 육자배기로 풀어내며 살아왔다는 것이다. 그래서 육자배기는 척박한 그들의 삶처럼 느리면서도 애절하다. 가만히 소리에 기대고 있노라면 가슴 저 밑바닥으로부터 우는 소리가 들려온다. 응어리진 속을 짜내는 당신의 모습이 거기 어딘가에 어른거리고 있는 것이다.

유난히 술을 좋아했던 당신은 비 오는 날 논배미라도 다녀올라치면 어김없이 열 오른 얼굴로 소리를 하곤 하셨다. 그런 날이면 마치 약속이라도 한 듯 당신 옆에는 몇 분의 소리꾼이 함께했다. 막걸릿잔 수가 늘어날수록 판은 점점 커져서 우리 집은 한마당 잔치판이 되곤 했다.

가족에게는 한 치의 오차도 없는 엄격한 규율을 적용하면서도 노래에는 한없이 너그럽기만 했던 당신의 속내를 감당하기에는 나는 너무 어렸다. 아니, 지금도 이해할 수가 없다.

당신과 함께했던 그분들은 당신의 마지막도 함께해주었다. 간암 말기의 통증을 아편꽃으로 다스릴 때도 모른 척해주었고, 방안 가득 울컥울컥 피를 토해놓을 때도 거두어주었다. 누구보다 먼저 당신을 부축했다. 그분들의 손바닥으로 내 눈을 가리고 나는 당신과 마지막 이별을 했다. 목청 그 너머에 넣어두었던 소리 대신 붉고 질척한 물체가 밀물처럼 쏟아질 수 있다는 것을 그때 처음 알았다.

가끔 나는, 당신의 흉내를 내고 싶은 충동을 느낀다. 그러나 마음과는 다르게 나는 한 소절도 빚어내지 못한다. 버리려던 숨이 다시 몸으로 들어올 때의 막막함을, 몸이 바닷속에 잠겨 한숨도 쉬지 못하는 절대 고통을 내가 어찌 표현할 수 있으랴.

초상집에 흥이 돋는다. 신명이 날수록 망자의 혼백은 좋은 곳으로 간다는 믿음 때문이다. 죽음의 공간에서 마지막으로 불리는 상엿소리 또한 육자배기의 하나이다. 마을과 마지막 이별을 육자배기로 달랜다. 사람들은 처음과 끝을 소리와 함께하며 남은 자의 후회를 보듬는다.

어허어허어어허어야
간다 간다 나는 간다
이승길을 하직하고
저승으로 나는 간다
어허어허어어허어야 (후렴)
천금 같은 자식 두고
문전옥답 다 버리고
원통해서 못 가겠네

—〈긴상여 선소리타령〉 부분

상여를 멘 요령꾼들은 떠난 자의 혼을 위로한다. 지금은 기억도 흐릿하지만, 마흔여덟 창창하던 당신도 요령잡이의 위로를 받았으리라. 당신의 소리는 당신보다 앞서 떠났다. 떠나지 못하는 당신을 소리가 앞서 가며 당신의 길을 재촉했을지도 모른다. 어느 먼 곳에서 소리주머니를 두드리며 이승의 한을 거두어갔을 것이다.

그런데 이상하다. 아버지가 즐겨 부르던 소리가 들리면 내게서 미처 인지하지 못했던 아픔이 하나씩 살아나오는 것 같다. 아니, 소리에 기댈수록 몸 한구석이 고통보다 더 진한 슬픔의 물결에 휩싸이는 것이다. 한이란 평생을 두고 쌓이는, 어쩌면 이 세상을 버텨내게 하는 힘이 아닐까.

치매기가 있는 친정엄마와 함께 가족여행을 했을 때다. 마침, 진도향토문화회관에서 공연이 있었다. 공연이 계속될수록 내 몸은 공연장의 열기처럼 뜨거워지기 시작했다. 씻김굿의 '고풀이'가 시작되자 갑자기 엄마가 춤을 추기 시작했다. 느닷없는 모습에 놀라 "엄마! 이러면 안 돼" 팔을 잡아끄는 나를 언니가 강하게 붙잡아 막았다. 그냥 두라는 눈빛이었다. 엄마는 굿판의 일원이 되어 한 마리 새처럼 유영했다. 엄마의 춤이 가벼워질수록 내 얼굴은 어두워졌고, 잃은 기억으로 엄마는 하얀 꽃이 되어 공연장 한 켠을 밝히고 있었다. 깜박깜박 수명을 다한 전구처럼 두 딸의 얼굴을 드문드문 알아보면서도 아버지와의 시간에 멈춰 있었던 걸까, 춤은 당신의 어깨춤을 닮아 있었다. 어쩌면 엄마는 지금껏 보내지 못한 당신을 그때야 비로소 보내고 있었던 것일까. 당신의 노랫가락과 어깨춤만 선명하게 남겨놓고 엄마는 그 얼마 후 당신의 길을 찾아 떠나버리셨다.

당골네의 노래가 이승과 저승을 연결하는 신의 노래라면 아버지의 노래는 가난하고 소외된 민초들의 노래다. 가난하지만 더불어 행복한 섬의 노래다. 오랜 시간이 지났는데도 통통배의 못 자국처럼 내 몸의 굿은살로 남아 있다. 생각해보면, 소리는 아버지의 삶의 소통방식이었던 것 같다. 시대의 무거운 짐을 감당하는 가장이 자기에게 거는 최면 같은 것은 아니었을까.

바위에 부딪힌 파도가 운다. 자지러지듯 울던 징 소리가 파도 소리에 묻힌다. 불꽃처럼 타오르던 노랫소리도 희미해진다. 당골네의 기원의 식도 파도에 묻힌다. 가물가물 꿈속처럼 노래의 끝을 잡고 섰던 나 또한, 낯선 슬픔에 기댄다.

수필과비평

수필

● 미래적 존재로서의 인간이 자신의 미래를 그려볼 때 죽음은 필연적으로 직면하는 사건이다. 이승에서 육자배기로 망자들을 배웅했던 아버지는, 요령꾼들의 위로를 받으며 정작 서둘러 떠난다. 척박한 삶처럼 느리고 애절한 아버지의 노래는 세상을 건너는 가교이자 당신만의 소통방식이었다. 작가에게 '통통배의 못자국'처럼 굳은살로 배겨 있는 당신의 고된 삶의 애환을 춤으로 풀어내던 아버지의 육자배기는 진한 감동으로 사람들의 마음을 흔들었다. 아버지 없는 가족여행 중 씻김굿의 '고풀이'를 관람하던 중 망자의 혼을 천도하듯, 홀연히 시작된 어머니의 춤사위는 어머니의 못다한 애도 방식이자 작품의 클라이맥스다. /엄현옥

흠집

허정진 sukhur99@naver.com

성한 것이 없었다.

언덕배기 따비밭 가는 길섶에 주인 없는 복숭아 두 그루가 있다. 누가, 언제, 왜 그곳에 심었는지는 모르겠다. 하늘을 향해 제 마음껏 자란 나뭇가지들이 평소 과수원에서 보던 것처럼 질서정연한 조형물 같지 않아 오히려 낯설다. 잎새 사이 벌겋게 제 알몸을 드러낸 복숭아들에 서왕모의 도원을 훔쳐본 듯 탐욕이 앞선다. 단물 듬뿍 괴인 담홍색 속살, 달큼한 과즙의 향기가 슬그머니 코끝에 감돈다.

멀리서 보아도 씨알이 잘고 태깔이 곱지 않다. 살아내느라 모진 세파를 견뎌낸 민낯처럼 옹골지고 다소 거칠어 보인다. 그래도 사람 손을 타지 않은 자연산 아닌가. 가능하면 크고, 미끈하고, 깨끗한 것을 찾아볼 욕심에 손닿는 곳까지 어렵사리 따내려보지만 하나같이 상처투성이다. 멧새들 입질에 물크러졌거나 애벌레 헤살에 표피마다 구멍이 숭숭하다. 큰 기대치를 둔 것도 아니면서 흠집이란 생각에 잠시 실망한다.

아기 살결처럼 여리고 순한 외피는 작은 상처 하나에도 속살을 지켜내기엔 역부족이었던 모양이다. 식구들에게 희생하느라 자신의 존재도 잃어버린 어머니처럼 그 속살에 단물과 향기를 양생하느라 정작 허술해진 외관이 아니었을까. 호침 속의 보늬나 각두처럼 철갑의 방어벽은 자기 욕慾과 환幻의 세기일 뿐 모시옷 같은 껍질 하나면 제 모양내기는 충분했던 것이었으리라.

그때부터였다. 못생기지는 않았나, 티끌만 한 흠이라도 없는지 그 젖빛 표면을 취모멱자吹毛覓疵처럼 눈 살펴 찾기 시작했다. 탐스럽고 부드러운 속살의 유혹은 저만치 제쳐둔 지 오래다. 흠이 없는 것이 분명히 있을 것이라고 단정한 듯 마음이 들썩이고 조바심이 인다. 겉이 번듯하면 속도 완벽할 것이라는 믿음, 좁쌀만 한 흉터 하나로 그 복숭아 전체의 생애가 줄줄이 불량이 되고 말았다.

알고 보면 상처난 그 복숭아 한 알에도 그들 삶의 내력과 사연이 고스란히 담겨 있을 것이다. 누구의 보호막이나 손길도 없이 한설과 폭염을 홀로 견뎌내며 잎도 열고 꽃도 피워냈을 테다. 가뭄에 목말라도, 기름진 땅이 부러워도 처음 싹 튼 제자리를 탓하지도 않았다. 보아주는 이 없어도 스스로 최선을 다하고, 알아주는 이 없어도 자기에게 주어진 삶에 온 힘을 다해 살아가는 것은 우리네 인생사와 다를 바가 없다. 그 노력과 수고만으로도 열매의 풍미와 감동은 충분한 것이다.

장점보다 결점 찾기가 아니었을까 싶다. 좋아하는 느낌보다 좋아하지 않은 이유 대기가 더 쉬웠던 탓이다. 물건을 고를 때마다 그 내용과 용도에 집중하지 못하고 속지 말아야지, 손해보지 말아야지 경계심부터 앞섰다. 흠이 어딘가에 있을 것이라는, 숨겨진 결점을 찾아내야만 비로소 제 깜냥을 한 것 같은 강박관념 같은 거였다.

사람 사귐도 그랬다.

처음에는 설렘과 반가움으로 다가갔다. 첫인상이라거나 풍기는 겉모습에 반한 탓에 속마음은 보나마나라는 식이었다. 숨겨둔 인연을 만난 듯 하루가 멀다며 열성을 보였지만 어느 정도 시간이 지나면 금방 시들해지고 말았다. 한마음, 한 뜻인 줄 알았던 상대에게 어느 순간부터 흉과 흠을 들추기 시작했다. 포장지를 뜯어보니 엉뚱한 물건이 배달된 것처럼 실망과 불만은 늘어가고 미워하고 원망하는 일이 잦아졌다. 내 마음에 들지 않으면 모든 것이 흠집이었다.

누구에게나 자기만의 삶의 논리와 의지가 있을 것인데 무엇이든 내 방식, 내 입장, 내 가치대로 판단의 잣대를 들이대었다. 옳으냐 그르냐가 아니라 나에게 좋으냐 나쁘냐의 문제로 세상을 바라보았다. 상처를 받는 것도, 손해를 보는 것도, 자존감이 상하는 것도 나에게만 국한되는 일이었다. 나에게 도움이 되고, 언제나 내 편이 되어주는 관계가 아니라면 구멍 숭숭 뚫린 복숭아처럼 처음부터 잘못된 것이었다.

세상살이가 언젠가부터 속도와 효율을 앞세우고 완벽과 무결점에 길들여진 것 같다. 작은 실수나 허물도 너그러이 받아들이지 못하고 단순한 잘잘못도 옳고 그름을 가려야 성미가 풀린다. 하나를 보면 열을 안다며 아쉽고 미더운 한 부분을 두고 그 사람의 인생 전체를 무능하게 취급하려들곤 했다. 어쩌면 나는, 있는 그대로의 현실이 아니라 무릉도원 같은 상상속의 인간관계를 기대하고 있었는지도 모른다.

벌은 꿀을 딸 때 꽃을 가리지 않는다고 한다. 벌에게 중요한 것은 꽃이 아니라 꽃이 지니고 있는 꿀이기 때문이다. 미추나 미백의 겉모습이나 황홀하고 고급스런 향내로 사람의 진정한 아름다움을 대신할 수는 없다. 사람은 눈비음에 약하고, 세상에는 미인계라는 말도 있지만 그 마음이나 그 영혼을 사랑하게 되면 껍질은 한낱 속살 가리개에 불과할 뿐이다.

흉을 보고 흠집을 들추던 그 사람들도 시간이 지나고 보면 대부분 오해나 실수에서 나온 일들이었다. 선입견과 차별, 순간의 감정이나 편견의 장애물이었을 뿐 그 본질에 있어서는 약점도, 단점도 아니었다. 어쩌면 틀림과 다름의 경계였는지도 모른다. 모딜리아니의 눈동자 없는 인물화처럼 그 사람의 영혼을 느끼지 못하고 내면의 아름다움을 바라보는 눈이 없었기 때문이 아니었을까.

복숭아 맛이 궁금해진다.

한 소쿠리 따온 복숭아를 대야에 물을 부어 담가놓는다. 흠집이었던 그 구멍들 속에서 얼마 지나지 않아 꼬물꼬물 벌레들이 분홍빛 알몸 위로 기어나온다. 숨이 막혔으리라. 낯선 세상을 만난 당혹의 아우성이다. 물을 비워, 그들은 그들의 삶으로 돌려보낸다.

복숭아 한 개를 입에 가져가본다. 달고 부드러워, 수밀도가 따로 없다. 장독보다 장맛이라더니, 맛도 향도 자연 그대로의 속성이었으니 새와 벌레들도 이를 알고 먼저 찾았으리라. 입가를 흐르는 과즙의 향기가 노을빛 알갱이가 되어 눈앞에 떠다닌다.

어두운 밤에 눈감고 먹는 복숭아가 미인을 만든다고 한다. 겉보다 속이라는 뜻일 게다. 벌레 먹은 복숭아처럼 흠집조차 내 안에 숙성시켜 다디단 과즙으로 만들어내야 할 일이다.

현대수필

수필

● 흠집의 미학이라고 할까, 여리고 순한 것은 쉽게 상처를 입고 흠집을 남긴다. 흠집을 외면하는 시선과 관계없이 흠집 안의 삶도 치열하다. 겉모습으로 판단하는 우매를 돌아보게 하는 매운 눈매다. 완벽과 무결점주의를 지향하지만 허상에 불과하다는 것을 깨우친다. 가족을 위해 희생하는 어머니의 흠집투성이 삶에서 숭고미를 떠올린다. 보이는 것 너머를 바라보는 작가의 시선이 웅숭깊다. /노정숙

황진숙 adoongaa@daum.net

적열의 무게를 견딘다. 인두 끝의 불꽃이 마디의 몸피를 뚫는다. 한 자 한 자 새겨지는 날카로움이 온몸을 관통한다. 그을리며 타들어가는 고통을 그 누가 알랴. 숨이라도 쉴 수 있을까. 흐르는 시간 속에서 대나무는 미동도 없이 제 몸을 내어준다.

낙죽장도는 손잡이와 칼집이 대나무로 만들어졌다. 불에 달군 인두로 대나무 거죽 위에 사상이나 신념을 새겨넣은 칼이다. 보석으로 장식하거나 도금을 입힌 칼처럼 웅장하거나 화려하지 않다. 바이킹의 울프베르흐트 검, 사무라이들의 대도, 징기스칸의 만도 등 세상의 칼들이 밖을 향해 날을 세웠다면 두 뼘 남짓한 길이의 장도는 나를 향해 날을 벼린다. 책을 가까이 한 옛 선비들이 몸을 지키기 위해 마음결을 다스리기 위해 만든 자기성찰의 칼이다.

대나무 마디에 수천 자의 글귀와 문양을 새기는 과정 자체가 지난하기에 낙죽은 스스로를 단련시키는 고행이다. 과하지도 약하지도 않게 인두의 화기를 감지해 강약을 조절해야 한다. 인두를 잡은 손과 몸의 미세한 움직임으로 써내려가다 보니 무념무상의 상태에서 가능한 일이다. 만든 이의 혼이 장도에 깃들고 뭉툭한 인두가 피운 글귀들이 선비의 몸에 체득된다.

도포자락에 장도를 지닌 채, 호롱불 아래서 눈을 감고 한시를 외웠을 선비가 떠오른다. 어둠이 깊어질수록 글귀가 농익고 오밀조밀한 문양이 각인된다. 선비는 칼날을 닦으며 내면의 표식으로 삼는다. 아슴아슴 돋아나는 양의 기운으로 음의 기운을 상쇄하고 욕망에 물든 마음을 곧게 펴서 바로잡는다. 이제껏 한번도 본 적 없었던 칼의 존재감에 장도를 가만히 들여다본다.

유리벽 너머에 명암이 드리워지자 칼날이 늠실거린다. 현생인류인 호모 사피엔스들이 무리를 이루고 굶주림을 해결하기 위해 돌칼을 만든 게 칼의 시초였다. 짐승과 물고기를 잡는 야생의 소리, 바람을 가르는 거친 소리, 광활한 대지 위를 표류하는 소리, 생을 영위하기 위한 둔탁한 소리는 인류 최초의 칼의 소리였다. 세기世紀가 흐르면서 본성을 거스른 야욕이 칼날에 압착되어 갔다. 서슬 퍼런 칼날은 수백 겹의 철벽으로 퇴화된 시간을 가둬두고 있었다. 약한 자를 누르는 힘이고 강한 자를 더욱 강하게 만드는 습성은 단면에 불과하다. 저를 위해서라면 강철과 연철이 뒤섞이는 혼란도 주저하지 않았다. 영욕에 사로잡혀 천 도가 넘는 불길도 마다하지 않았다. 수천 번의 망치질을 통해 얻어낸 현란함은 끝까지 내려놓지 못하는 집착이었다.

온몸에 낙인을 짊어진 채 극악한 칼날을 품은 대나무. 대숲의 바람으로 생장점을 키워낸 대나무는 한 자루의 장도가 되기까지 자그마치 십여 년의 세월을 인내한다. 칼날을 지지하기 위해 흠이 없고 단단한 대나무를 채취한다. 그늘에서 뒤집어가며 건조하다보면 벌레가 먹기도 하고 터지기도 한다. 그렇게 오랜 시간을 두고, 잘 마른 대나무를 골라 중간 부분을 자른다. 칼날이 들어갈 수 있도록 속을 뚫고 칼몸을 고정시키기 위해 소나무를 채워넣는다. 천 년을 간다는 부레풀로 소뼈와 먹감나무를 붙이면 비로소 칼집과 칼자루가 완성된다.

칼의 뼈대가 완성된 후 칼과 칼집의 만남은 장도를 아우르는 구심점이 된다. 포악스러운 칼날을 상쇄시키며 사색에 잠겨 있는 낙죽장도. 먼 시대를 내려온 불꽃 튀는 언어들이 묵직하다. 무언의 가르침을 설파하는 고동 소리가 둔중하다. 온갖 검이 난무하는 시대 속에서 살아남은 낙죽장도의 생명력이 내 안으로 흘러들어온다.

지난 날, 손톱만한 생채기에 배반이라도 당한 듯한 아픔을 느끼며 독기를 키워왔다. 내면으로 깊어질 줄 모르고 얄팍하기만 한 사유로 보듬어내지 못했다. 팍팍해진 가슴은 내어놓지를 못해 스스로를 겹핍에 들게 했다. 삶의 구심점이 없었던 탓이다.

옛 선비들처럼 나 또한 장도를 만들며 수행에 전념해볼 일이다. 불과 철을 다스린 장인의 혼으로 오로지 한 길밖에 모르는 장도의 우직함으로 몸을 바로 세울 것이다. 숱한 담금질로, 어긋나 있던 삶의 마디를 바로하면 옭아맨 굴레에서 벗어날 것이다. 음지의 힘을 무력화시키는 낙죽장도의 어법으로 한결 초연해지리라.

한 자루의 낙죽장도에 새겨진 칼의 문명이 태고 시절의 기억을 전하며 일렁인다. 더없이 찬연한 숨결이 한동안 나를 붙잡고 놔주지 않을 듯하다.

선수필

수필

● 먹이를 얻기 위한 칼이 아닌, 선비의 마음결을 다스리기 위한 칼이라니 바라보는 것만도 숙연해진다. 낙죽장도가 만들어지는 지난한 과정을 숨죽이며 따라가다 보니 우리에게도 저런 장도 하나가 필요하다는 생각이 든다. 굶주림을 벗어난 후에 오는 상대적 빈곤감과 박탈감에서 나를 세워줄 꼿꼿한 기준, 시시로 상처받고 흔들리는 자신을 스스로 다잡는 어떤 주문 같은 거 말이다. 단단한 작가정신이 돋보인다. /노정숙

The 수필

Autumn

시들어가는 모든 것에 — 경의를 표한다 | 권혜민
가재, 꼬리를 내리다 | 김만년
논의 눈 | 김선화
0은 수가 아니라 존재이다 | 김은중
빗방울이 석종을 치고 | 김정화
두멍 | 문혜란
향내 난다 | 박양근
천상의 음악 | 박태선
매력 | 신길자
하늘을 나는 자전거 | 심병길
'ㅎ'에 대한 이상한 끌림 | 정해경
어른이 되는 나이 | 진연후
목욕탕 소묘 | 최윤정
자투리 | 최장순
물발자국 | 허숙영

시들어가는 모든 것에 — 경의를 표한다

권혜민 donnak03@hanmail.net

이웃 어른이 허둥지둥 계단을 올라오셨다. 후두암으로 소리를 잃어버린 할아버지는 내 등을 치면서 손짓으로 차가 분주히 오가는 도로를 가리키며 어쩔 줄 몰라 하신다. 놀란 시선이 먼저 길가로 달려가니 그 끝자락에 한쪽으로 기울어지는 걸음의 할머니가 눈에 잡힌다. 하던 일을 던져놓고 뛰어가 할머니를 댁에 모셔다 드렸다.

개장한 해수욕장은 눈치 없는 장마로 인적이 끊겼다. 여기저기 대지는 물기로 흥건하다. 어디 대지뿐이랴. 산과 바다에도 우기가 부리는 심술이 질펀하다. 실내 벽을 손가락으로 내리그으면 무늬를 타고 직선으로 물이 흐른다. 잔잔한 비를 머금은 운무가 바닷가 마을로 내려오는 그때, 키가 작은 육십 중반으로 보이는 남자 손님이 프런트로 다가왔다.

세상이 하도 어수선하여 혼자 여행 오는 손님을 맞는 숙박업소는 어디랄 것 없이 긴장하게 마련이다. 그저 가볍게 지나가는 말로 혼자 여행 중이시냐고 말을 건넸다. 후줄근한 복장에 지친 안색으로 초로의 사내는 귀찮다는 듯 고개만 끄덕였다. 계산하고 카드키를 건네줬다. 키를 받아들은 남자는 불쑥 고개를 들고 일갈하듯이 말했다.

"나이 묵다꼬 일하지 말고 집에 가라칸다다. 답답해 숨이 막혀서 미친놈 맹키로 이래 쏘댕긴다 아입니까."

평생 가족을 위해 질주본능만 가지고 쉬지 않고 달려왔을, 지나치게 성실해 보이는 사내. 마음의 준비를 한다지만 연습으로 익숙해지는 퇴직이 어디 있으랴. 퇴직이라는 낯선 단어에 걸려 휘청거리는 사내를 앞에 놓고 울컥 심장이 아려왔다. 급제동 걸린 그 사내는 싸구려 밥집을 물었다. 소주 한 잔 마시고 밥 한 그릇 먹을 국물 하나면 된다고 한다.

건너편 밥집을 알려주고 나서 온몸에 기운이 빠졌다. 시쳇말로 '짠내 나는' 그의 초라한 여행에 누구에게랄 것도 없이 화가 난다. 그의 생애 전부를 차지했던 노동에서 밀려나며 강제로 부여받은 여백이 시간이지 않나. 장하고 장해서 더 측은한 여행일 것이다. 그동안 고생한 자신에게 한 끼라도 성찬을 선물로 주면 안 되나 하는 생각에 다다르니 이름도 모르는 바보 같은 사내에게 골이 났다.

장맛비로 천지가 습한데 홀로 건조해 부서질 것처럼 위태롭게 느낀 것은 어쩌면 퇴직이라는 말에 끌어당겨온 감정이었을지도 모른다. 위태로운 것이 그 사내가 아닐 수도 있다. 투영된 나 자신의 모습과 만났던 것일 수도 있다.

한동안 이리저리 떠돌아다닐 거라던 엊저녁의 은퇴한 남자는 내가 일어나기도 전에 일찍 또 다른 곳으로 떠났다. 우리 숙소에서 단 하룻밤을 묵고 갔으며, 겨우 몇 마디 오고간 대화가 전부였다. 고단해보였던 작은 체구의 남자는 오래 내 망막에서 지워지지 않고 아른거렸다. 그가 반납한 카드키를 만지작거리면서 유리로 된 현관 출입문을 멍하니 바라본다.

정적을 깨는 전화 연결음에 놀라 휴대전화를 잡는다. 호주에 사는 친정 조카다. 요즘 조카딸과의 통화가 일과 중 많은 부분을 차지한다. 짧은 여가라도 나면 대부분 이 아이와 이야기를 나누는 것이 일상이 되었다. 친정 오라버니 병환이 깊어지면서 생긴 버릇이다.

플로리스트인 조카는 코로나19로 하늘길이 막히면서 우리나라로 들어오지도 못하고 마음만 졸이면서 영상통화로 제 아버지와 대화를 나누고 있는 형편이다. 시드니 근처에 있는 기차역에서 꽃과 커피를 판다. 가게를 운영하는 아이는 고민이 있거나 의논할 일이 생겨도 아버지 병간호에 지친 엄마에게 말하지 못하면 대신 고모인 내게 풀어놓는다.

매일 통화를 하다 보니 고모와 조카가 모든 감정을 거의 함께 공유하고 소통하게 되었다. 우리는 함께 오라버니 병환에 대해 마음 아파했고 호주에서 일어나는 일도 함께 고민했다. 조카는 숙박 손님이 떨어뜨린 우울로 깊게 가라앉아 있는 나를 토닥거린다. 길손에게 투영된 늙지도 그렇다고 젊지도 않은 자신의 모습에 풀죽은 고모를 위로하는 아이가 제법이다.

지금 꽃을 만지고 있다면서 어떻게 하면 이 꽃이 더 오래 피어 있을 수 있을까를 늘 고민한다고 한다. 일주일에서 열흘 정도는 노력 여하에 따라 생명을 연장할 수 있지만, 꽃도 사람하고 같다고 아이는 말한다. 제 몸에서 수분이 빠지면서 쪼글쪼글하게 수명을 다하는 것 같다고 한다. 수분이 빠져 마르면 계속 수분을 보충하면 되지 않을까, 바보처럼 내가 묻는데 아이가 낮은 소리로 웃는다.

"고모, 나이를 먹으면 세포가 죽어가는 것처럼 꽃도 마찬가지겠지.

처음엔 백을 흡수하다가 구십, 팔십 그렇게 줄어들면서 아무리 물을 줘도 흡수력이 떨어지면 차츰차츰 시들어가는 거지. 꽃을 오래 만지며 살다보니 사람도 마찬가지다 싶어서 삶과 죽음에 대해 나는 담담해요."

무심히 풀어내는 조카의 말보다 행간에 숨은 멀리 있는 아버지에 대한 그리움이 절절하게 묻어나는 것을 감지한다. 시들어가는 꽃처럼 얼마 남지 않았을 수도 있는 아버지와 시간을 함께하고 싶은 마음이 조카의 코를 맹맹하게 만들고 말았다. 조카와 통화를 하는데 열린 문 너머로 따라오지 말라는 할머니의 볼멘소리가 들린다.

할머니가 또 마실을 나가시나보다. 이 바닷가 마을에서 태어나 자란 할머니는 사람들이 모인 해변이 눈에 선하신가보다. 할머니는 내일도 그 다음 날에도 바닷가 몽돌밭으로 온 힘을 다해 걸어가실 게다. 비척거리는 걸음이 위태하다. 뒤따라 걷는 할아버지가 할머니 주위를 서성거린다.

● 질펀하게 심술을 부리는 장마에 온통 주변이 흥건하다. 이웃 노부부의 허물어져 가는 모습, 퇴직이라는 낯선 단어에 휘청거리는 육십 중반의 숙박 손님과 그의 초라한 여행, 친정 오라버니의 깊어가는 병과 그 때문에 플로리스트로 호주에 사는 조카와의 잦은 통화, 다시 노부부의 비틀거리는 인생이 습한 장맛비 속에 높낮이 없이 찬찬히 펼쳐진다. 물을 줘도 흡수력이 떨어지면 차츰 말라가는 꽃 이야기를 하며 사람도 마찬가지여서 삶과 죽음에 대해 담담하다는 조카의 말 속에서 시들어 가는 모든 것에 대한 경의가 번진다. 각기 다른 개별적 화소들이 직조된 듯 촘촘히 엮어진 구성으로 작가의 탁월한 능력이 돋보인다. /조헌

가재, 꼬리를 내리다

김만년 sanha3000@hanmail.net

하루의 취기를 업고 집으로 돌아오는 밤은 허전하다. 현관문을 여니 취침 등만 켜져 있을 뿐 사방이 조용하다. 습관처럼 까치발을 들고 베란다로 간다. 가재가 궁금해서이다. 몇 해 전 천렵을 갔다가 튼실한 토종 가재 한 마리를 잡아왔다. 마침 쓰던 어항이 있어 모래를 깔고 동글납작한 돌을 쌓아 가재집을 만들어주었다. 가끔씩 물을 갈아주고 멸치 부스러기들을 주었을 뿐인데 용케도 잘 살고 있다. 그동안 키운 정 때문인지 이즈음엔 가재에 대한 애착이 컸다. 남 몰래 가재와 교감하는 재미에 푹 빠져 있다.

적막한 밤, 가만히 어항 속 가재를 응시한다. 저도 인기척을 느꼈는지 돌연 경계태세를 취한다. 웅크리고 있는 폼이 제법 도전적이다. 허이놈 봐라! 이 집에서 유일하게 관심을 가져주는 주인에게 감히 적의를 품다니, 괘씸한 생각에 나무젓가락으로 몸통을 툭, 건드렸다. 주춤 뒤로 물러서는가 싶더니 돌연 집게발을 앞세우고 전투태세를 취한다. 단단한 갑옷에 수염 달린 투구와 집게 창, 거기다가 기세등등한 전갈 꼬리까지 장착했으니 제법 무장武裝의 풍모를 갖춘 듯도 하다. '그래 이놈, 오늘은 사생결단을 내보자.' 나 역시 묘한 전투의식에 가재의 투구수염 쪽으로 다시 일격을 가했다. 어른 주무시는데 수염을 건드렸다고 격노한 것일까. 이놈이 죽자 살자 나무젓가락을 향해 달려든다. 가재와 나는 몇 합을 겨루며 일진일퇴를 거듭했다. '아하, 나무젓가락 뒤엔 나보다 덩치 큰 거인이 있었구나.' 가재가 퍼뜩 전세의 불리함을 알아챘는지 슬금슬금 뒷걸음질을 친다. 꼬리를 돌돌 말고 돌틈 속으로 퇴각한다. 집게발과 투구수염만 빼꼼이 내놓고 암중모색 적진을 살피고 있는 듯하다. 한때 강바닥을 휘젓고 다니던 물의 제왕이 저렇게 옹색한 돌집에서 독거노인처럼 수염을 늘어뜨리고 물 밖을 응시하는 신세라니, 그나마 아직 자존심 하나는 꼬장꼬장해서 좁쌀만 한 눈으로 나를 째려보는 폼이 가당찮기도 하지만 한편으론 측은지심의 정이 느껴진다.

나도 그런 한때가 있었다. 가재처럼 세상의 강바닥을 휘젓고 다니던 시절이 있었다. '젊다는 한밑천'으로 날선 집게 창과 투구 뿔을 앞세우고 겁 없이 세상을 종횡무진 했다. 핏발선 눈동자, 노동자의 손으로 머리띠를 묶기도 했고 격류를 자청해 험난한 파도에 휩쓸리기도 했다. 무엇이든 원하면 잡을 수 있을 것 같았고 실행이나 반응속도도 빨랐다. 생각이 바로 행동으로 옮겨지던 시절이었다. 이런 행동들이 가끔은 성과로 돌아오기도 했다. 그럴 때면 주위 사람들에게 거 보란 듯이 뿔을 우쭐대거나 허명의 꼬리를 탱탱하게 부풀렸다.

내 거침없는 직진 관성은 아내에게도 적용되었다. 가정사에 있어서도 대화나 협의가 끼어들 여지가 없었다. 오직 믿고 따라오라는 식의 일방통행이 있었을 뿐이다. 아내는 답답했지만 언제 튀어나올지 모를 내 뿔의 위력이 염려스러워 슬그머니 꼬리를 내렸다. 그런 짐작을 가능케 하는 일화 하나가 있다. 내 스마트폰에는 가족 닉네임이 '벌'의 이름들로 저장되어 있다. 이를테면 큰놈은 꿀벌 1, 작은놈은 꿀벌 2, 아내는 여왕벌이다. 아이들은 부모의 꿀만 빨아 먹는다고 해서 꿀벌로 칭했고 여왕벌은 맏며느리로서 부모님을 모셔 온 공로를 인정해주는 뜻에서 여왕으로 승격시켜주었다. 그리고 나는 일만 하는 '일벌'이라고 아내에게 반 농담을 했다. 아내는 대뜸 실눈을 흘기며 "여왕벌은 무슨? 물동이나 나르는 당신 집안 무수리지. 그리고 당신 일벌 아니거든, 느닷없이 쏘아대서 사람에게 상처주는 말벌이거든."

별로 할 말이 없어 빙긋이 웃으며 베란다로 나가던, 그 대화도 꽤 오랜 시간이 흐른 듯하다. 뿔이나 독침이 아직 내 안에 있기나 한 것일까. 쏘아대든 들이받든 그것은 아직 젊다는 것이다. 꿈과 열정이 충만하다는 뜻이리라. 세찬 물살을 가르며 격랑을 거슬러오르던 가재는 어디로 갔을까. 문득 머리를 쓰다듬으니 어느새 뿔은 뭉개지고 희끗한 세월만 한 움큼 잡힌다. 빛나던 집게 창도 투구 뿔도 세속의 물속에서 탈각된 지 오래다. '꼬리를 흔들던가, 아니면 내리던가.' 아이들이 나에게 아버지란 명찰을 달아주면서부터 터득한 생존법이다. 쉽게 타협하고 어물쩍 물러서던 세월에 이제는 꼬리가 반쯤 잘려나간 느낌이다. 그래선지 골목을 돌아설 때면 자주 등 뒤가 허전해진다.

요즘 들어 일상이 쓸쓸하다. '쓸쓸'이라는 자모가 쓸쓸하다는 의미와 참 잘 어울린다는 생각도 요즘에야 하게 된다. 어쩌면 퇴직증후군일지도 모르겠다. 물 밖의 세상은 어떠할까. 긴 세월 한 우물만 팠는데 막상 먹던 물을 떠나니 우물 밖 세상이 두렵고 불안하다. 만기 출소가 결정되니 외려 불안해하더란 어느 장기수의 심정이 이해될 법도 하다. 나 역시 출옥할 날만을 손꼽아 기다려왔지만 막상 '나이'라는 세월 저울에 달려 하방된다고 생각하니 자꾸만 뒤돌아보게 된다. 어디를 가든 이젠 자유다. 말릴 사람도 탓할 사람도 없다. 그러나 허락된 자유가 외려 낯설다. 어쩌면 나도 저 가재처럼 침침한 방바닥을 어슬렁거리며 물 밖의 세상을 응시하는 날이 올지도 모른다. 독거노인처럼 바람 빠진 꼬리를 내리고 신상 점괘나 보는 쓸쓸한 잉여의 시간이 올지도 모르겠다.

베란다에 서니 달빛이 서늘하다. 빨래들이 가지런히 널려 있다. 올망졸망 키재기하던 아이들의 바지가 어느새 훌쩍 자랐다. 저 바지들도 머잖아 제 둥지를 찾아 떠날 것이다. 어쩌면 나의 한때처럼 설익은 투구뿔을 앞세우고 험한 격류를 거슬러오를지도 모른다. 걷다가 발이 아프고 뿔이 뭉긋해진 나이쯤에 오늘처럼 쪽배 같았던 인생 한편을 돌아보게 될지도 모른다.

사방이 쥐 죽은 듯이 고요하다. 내 당당한 퇴근길에 '얘들아 아빠 오셨다'라고 달뜬 목소리로 응대하던 아내도, 손에 들린 통닭을 보며 '우와! 아빠다'라며 내복 바람으로 우당탕 튀어나오던 아이들도 이제는 보이지 않는다. 저마다 침묵의 벽 하나씩 쌓아올리며 살아가는 '조용한 가족'이 되었다. 세월 탓이려니 해도 마음 한편으론 허전하다. 누군가 인생은 성냥불 한 개 긋는 순간이라고 했는데, 그런가도 싶다. 당당한 퇴근길의 발걸음이 까치발이 되기까지의 시간은 그리 길지 않았다.

아내는 단잠에 빠져 있다. 아내의 잠을 방해하는 것은 예의가 아니다. 축 처진 꼬리를 흔들며 아내의 가슴에 뭉개진 뿔을 들이대봐야 통通하지 않을 게 뻔하다. 언제부터인가 아내의 말에 순둥이처럼 고분해졌다. 지금까지는 남자로 살아왔지만 이제는 남편으로 살아가야 할 것 같다. 무뚝뚝한 아들 둘을 보니 왠지 그래야만 할 것 같다. 빛나던 투구 뿔도 기세등등하던 꼬리도 아내의 입맛 손맛에 벗겨지고 뭉개지고 버무려진 지 오래다.

어항 속의 가재도 취침 중이다. 동병상련, 저 신세가 내 신세 같다. 세찬 물살을 떠나 폐강을 거슬러오르는 늙은 가재 한 마리, 꼬리를 내리고 조용히 아내 옆에 눕는다. 단잠을 방해할까 꼬리를 돌돌 말고 납작 엎드린다. 아내의 잠이 물속처럼 고요하다.

수필오디세이

Tip 수필

● 풍자수필의 진수를 만났다. 천렵 갔다가 잡아온 토종 가재 한 마리, 취기를 업고 모두 잠든 집안에 잠입하듯 들어와 가재와 소통하는 그 묘사 부분이 너무 재밌으면서 슬프도록 쓸쓸하다. "한때 강바닥을 휘젓고 다니던 물의 제왕이 저렇게 옹색한 돌집에서 독거노인처럼 수염을 늘어뜨리고 물 밖을 응시하는 신세라니, 그나마 아직 자존심 하나는 꼬장꼬장해서 좁쌀만 한 눈으로 나를 째려보는 폼이 가당찮기도 하지만 한편으론 측은지심의 정이 느껴진다." 허락된 자유가 외려 낯설어진 가장들, 나이에 밀려 직장 밖으로 밀려나게 된 숱한 가장의 퇴직증후군을 어항 속 가재에 빗댄 착상이 신선하고 놀랍다. 동병상련을 느끼는 독자가 너무 많을 것 같다. "꼬리를 내리고 조용히 아내 옆에 눕는다. 단잠을 방해할까, 꼬리를 돌돌 말고 납작 엎드린다. 아내의 잠이 물속처럼 고요하다." 서두부터 결미까지 밀도 있는 문장으로 독자를 사로잡은 수작이다. /문혜영

논의 눈

김선화 morakjung@hanmail.net

갈대목이 수굿수굿 말을 걸어올 때, 그윽한 눈길을 보내오는 대상이 있다. 갸름하니 예리하게 빛나기도 하고, 둥그러니 서글서글하여 푸근하기도 하다.

벼 포기들이 우거졌을 때는 그것의 외양을 잘 모른다. 탈곡이 끝나 빈 들일 때 넌지시 실체를 드러낸다. 아기를 젖 먹여 길러낸 어머니 눈길처럼 자애롭게, 수많은 뿌리를 적시던 기운을 거두어 슬그머니 기지개를 켠다. 탈곡이 끝난 다랑논 귀퉁이에, 혹은 휘돌아가는 기다란 논둑 아래서 의연하게 물을 머금은 작은 못을 '둠벙'이라 하며 자랐다. 어느 것은 동양인의 눈매처럼 가늘고, 어느 것은 서양인의 눈을 닮아 동그랗고, 또는 생기다 만 듯 외형을 제대로 갖추지 못한 것도 있지만 나름의 몫을 톡톡히 해냈다.

돌틈 사이로 퐁퐁 솟는 물골을 보유해야 둠벙 축에 든다. 그렇지 않으면 가뭄에 말라 바닥을 보이기 십상이고, 품어 길러야 할 작물에까지 구실을 못하게 된다. 그런 것은 더 이상 둠벙이 아니다. 흉내에 그치는 웅덩이일 뿐이라 미꾸라지며 장구애비 등이 살아낼 재간이 없다.

지금이야 가지런히 정리된 논에 농수로가 쭉쭉 뻗어 물이 콸콸 흐르지만, 산을 끼고 형성된 산마을 풍경은 세월이 갔어도 크게 달라지지 않았다. 양수기를 이용해 물줄기를 품어올리는 방법이 이즈음의 변화된 모습이긴 하나, 그 전엔 통나무 속을 파서 산골 물과 논두렁 사이에 걸치고 자연스레 당겨 쓸 수 있다면 그것만도 요행이었다. 그런 가운데 다랑논 한 칸에라도 둠벙이 들어 있으면 그 논 주인은 농사짓는 내내 물 걱정을 하지 않아도 되었다.

유년기의 나는 좁다란 논둑길을 밟으며 학교에 다녔다. 산 고개를 넘기 전까지 길을 걷다보면 갸름하면서도 푸른 물빛의 둠벙이 아랫논에 있었다. 그곳을 휘돌아갈 때면 두려움에 발걸음을 더욱 조심하게 되었다. 초등학교를 졸업하기까지 여섯 해 동안 오가며 알차게 영그는 벼이삭을 대견해했고, 작은 못의 풍요를 좋아했다. 쌀을 기름지게 하는 데에는 항상 물이 마르지 않는 둠벙의 몫이 크다고 여겨졌다. 그뿐 아니라 김장철이면 절인 배추를 이고 지고 나가 씻어오는 어른들이 있었는데, 맨손으로도 손이 시리지 않다 하였다. 논에 물을 대는 곳인데 먹을거리를 담갔다오는 것이 께름칙했지만, 어른들은 항상 솟는 물이니 깨끗하다 하였다. 둠벙 가장자리에는 평평한 빨랫돌이 놓여 있어, 고달픈 일상의 땟국마저 말끔히 헹구어주었다. 그럴 때면 빨래방망이 소리가 논둑에 부딪쳐 메아리로 울렸다. 참으로 맑은 소리였다.

그날도 하굣길에 혼자서 산길을 걷고 있었다. 고개 초입에 이르렀을 때 앞서가는 한 여성을 만났다. 고운 한복차림에 아기를 업고 보퉁이까지 들고 있었다. 나는 그간 배워온 대로 어른의 짐을 들어드려야 한다는 생각에 성큼 다가가 보따리를 받아들었다. 그녀는 '대문집'에 간다며 엷은 미소를 띠어보였다. 나는 괜히 반가웠다. 대궐 같은 큰집에 노부부만이 살아가는 모습이 좀 쓸쓸해 보였는데, 이렇게 예쁜 딸이 있었구나 하며 마치 우리 집에 오는 손님을 마중하는 느낌이었다. 벼이삭 스치는 둠벙 길을 함께 걸으며 잠깐 행복했다. 그런데 막상 대문집, 솟을대문을 들어서던 여인이 갑자기 목을 놓았다. "아이고, 아부지…." 어리둥절하여 둘러보니, 대문 밖엔 조등이 걸리고 마당 안은 사람들 소리로 웅성거렸다. 조금 전까지만 해도 온화한 미소를 보내오던 여인이 아버지 부고를 받고 오는 길이었다니, 그 설움이 이루 다 헤아려지지 않았다. 엄습하는 슬픔을 어떻게 참고 왔을까 하는 것이 당시의 의구심이었다. 어른은 아이 앞에서 슬픔도 삼키는 것이구나 싶었다.

빈 들을 본다. 그루터기만이 가지런한 논바닥을 물끄러미 보고 있자면 예전에 눈 맞춰온 둠벙들이 선연하게 되살아난다. 얼추 가려졌던 둠벙이 본연의 모습을 드러내는 계절은 겨울 초입, 봇도랑에 살얼음 앉을 무렵 나는 적잖이 설레곤 했다. 생명체들로 수런거리던 흔적이 잦아들어 고요한데, 그 적요 속에서 그렁그렁한 눈길로 무슨 말인가를 걸어오는 대상을 만나는 것이 좋았다. 이때의 둠벙은 바로 '논의 눈'이었다. 같은 반 동네친구가 없어 종종 외톨이가 되어 걷는 내게 둠벙은 단순히 물을 보유한 공간이 아니라, 언제나 그 자리에 붙박인 채로 오가는 이들의 심정을 읽어내는 증인 역할을 한다고 생각되었다. 폭신폭신한 대지에 옴폭한 공간. 사방이 얼어붙는 계절에도 뿌연 김을 피워올리던 그 작은 소沼는 분명 신비의 요체였다. 백 점짜리 시험지 들고 고갯마루를 내달렸을 때는 먼저 알아보며 눈꼬리가 살짝 물러 있고, 상급학교 진학이 어려워 상심 속에 터벅거릴 때면 지레 펑펑 울어주기도 했다.

이제까지의 은유가 등하굣길에 마주한 사려 깊은 눈길이라면, 마을 앞 산모롱이 장터 길에는 그보다 몇 곱 너른 혜안의 못이 있었다. 물빛이 푸르다 못해 검어서 그곳엔 더욱 많은 사연이 서리어 있지 싶었다. 중학교에 다니는 누가 누구를 짝사랑하는지, 그러다가 혼자 얼굴 붉어지는지도 보았을 것이고, 누구네 엄마 장가구에 박하사탕이 몇 개, 간절인 생선 몇 마리 들었는지도 알아보았을 것이다. 또 누구네 엄마는 사탕 몇 알 사넣는 대신 학용품 몇 점 찔러넣으며 장가구를 기다릴 자식들 생각에 목울대가 욱신거렸을 테고, 그 치맛자락 나부낌에 물살도 너울너울 춤을 췄으리라. 게다가 누구네 아버지가 술에 취해 도깨비와 씨름하며 다녔는지도 다 보았으면서 슬몃슬몃 눈감아줬겠지. 윗마을의 수많은 젊은이들이 꿈을 좇아 이 길을 떠나가고, 더러는 성공하여 돌아오고, 혹은 시시껄렁이가 되는 광경까지 죄다 목격했을 것이다.

사람들은 저마다 허심탄회하게 속을 풀고 소통할 은밀한 공간이 필요하다. 가슴속 무늬가 다양한 색채로 일렁이는 까닭이다. 세월이 이만쯤 비끼는 동안 나는 누구에게 유년의 둠벙 같은 그윽한 눈길을 몇 번이나 보내보았던가. 아직도 내 설움 토로할 대상을 찾아 한적한 시골길 산책이나 서두르는데.

한국산문

● 논둑 아래서 의연하게 물을 머금은 작은 못을 '둠벙'이라고 한다. 그것을 작가는 '논의 눈'이라 부른다. 그곳은 벼이삭을 키우고 사람들의 먹거리를 씻고 빨랫돌을 놓아 고달픈 일상의 땟국마저 헹구어주는 곳이다. 종종 외톨이였던 어린 날, 작가에게 둠벙은 단순히 물을 보유한 공간이 아니었다. 언제나 그 자리에서 오가는 이들의 심정을 읽어내고 집집마다 무슨 사연을 지녔는지 어떤 사건이 있었는지를 기억하고 마음을 함께 나눈 '눈'이다. '둠벙'을 '눈'으로 치환시킨 의인화법으로 자연이 불쑥 친근하게 다가온다. 시적인 사유와 문체가 한 폭의 그림을 보는 듯하다. "나는 누구에게 유년의 둠벙 같은 그윽한 눈길을 몇 번이나 보내보았던가"라는 끝맺음이 종소리처럼 긴 여운을 남기다. /정진희

0은 수가 아니라 존재이다

김은중 pantimos@naver.com

어떻게 0이라는 수를 놓고 두 분 선생님이 다르게 말씀하시는지 이해할 수 없었다. 기술선생님은 0이 자연수라고, 수학선생님은 자연수가 아니라고 했다. 동일률, 모순율, 배중률이라는 논리학의 세 가지 추론 원칙을 아직 모를 때였지만, 어린 내 생각에도 하나의 사물이 무엇이면서 동시에 무엇이 아닐 수는 없었다.

궁금증을 참을 수 없어서 수학시간에 질문했다. "기술선생님께서는 0이 자연수라고 하시고 선생님께서는 자연수가 아니라고 하시는데…." 내 말이 다 끝나기도 전에 선생님은 벌써 화가 머리끝까지 오른 것 같았다. "너 이리 나와!" 상황이 심각하게 돌아갔다.

나는 평소에 태권도 2단이라고 자랑하던 선생님의 온갖 기술을 받아내며 사정없이 맞았다. 주먹지르기로 시작해 앞차기, 돌려차기, 옆차기 등등 스무 대 이상을 맞은 것 같았다. 맞아서 뒤로 밀리면 나도 모르게 자동으로 선생님 앞으로 다가갔다. 키 147센티미터의 중학교 2학년생은 선생님이 태권도 2단이 맞구나 싶었다. 학급 친구들은 모두 숨을 죽인 채 일방적으로 진행되는 무술을 관람했다. 순식간에 일어난, 전혀 예측할 수 없었던 일이었다.

그날 수업이 모두 끝난 뒤 수학선생님이 나를 찾았다. 선생님은 그해 대학을 졸업한 신참이었다. 교무실로 불려간 내게 선생님은 "선생님들을 그렇게 싸움 붙이면 되나?"라고 했다. 무엇이면서 이지 않다는 것이 불가능하다는 나의 믿음이 선생님들을 싸움 붙이는 장난으로 오해되었다. 나는 방송실에서 활동하고 있었는데 기술선생님은 방송실 담당이었다. 수학선생님은 내가 기술선생님 편을 들면서 자신을 골탕 먹인다고 생각한 것 같았다. 게다가 기술선생님과 수학선생님은 늘 자기들이 공부한 대학을 우리들에게 자랑했다. 기술선생님은 한국의 MIT라고 자랑했고, 우리는 MIT가 뭔지도 몰랐다, 수학선생님은 한국에서 가장 오래된 대학이라고, 오래된 것은 고물이다, 자랑했다. 나는 오해를 바로잡고 싶지 않았다. 무어라 말한다 해서 이미 일어난 일이 바뀔 것은 없었다. 끔찍했던 하루가 어서 지나가기만을 바랐다.

선생님은 교장선생님께도 보고했다고 말했는데 무참한 폭력을 행사한 것이 걱정되었던 것 같다. 교장선생님은 특별한 조치를 하지 않았다. 교장선생님은 평소에도 교사들에게 자율성을 권유할 뿐 말씀을 하지 않는 편이었다. 나 역시 운수 사나운 날의 에피소드 정도로 여겼다. 집에서도 말하지 않았다. 다음날 기술선생님은 수업시간에 "0이 자연수라는 것을 왜 모를까?"라면서 독백처럼 말했다. 선생님은 나를 따로 불러서 "맞은 건 맞은 거고 그렇다고 소심해지지는 말라"고 격려도 했다.

내가 수학선생님에게 물었던 까닭은 자연수가 '사람들이 셀 수 있는 수'라고 정의된 것 때문이었다. 내가 볼 때 양수는 물론이고 음수도 셀 수 있고 심지어는 0도 셀 수 있다고 생각했다. 빵이 세 개 있었는데 다 먹고 하나도 없다고 할 때 우리는 빵이 하나도 없다는 것을 알기 때문에 빵이 0개 있다고 말하는 것이고 그것은 우리가 0을 셀 수 있는 거라고 생각했다. 그러니 나는 수학선생님의 견해보다 기술선생님의 견해에 경도돼 있었다. 자연수는 '0이 아닌, 사람들이 셀 수 있는 수'라는 정의에 나는 동의하지 않았던 것이었다. '왜 사람들은 0을 셀 수 없다고 할까?'가 나의 의문이었다.

0에 대한 궁금증은 그 불상사가 일어나고 십수 년이 지난 뒤, 파르메니데스를 읽으면서 풀리기 시작했다. 그가 존재와 사유의 일치를 주장하면서 '없는 것은 알 수도 표현할 수도 없다'고 말한 데에서 나는 0이 없는 것이고 따라서 알 수도 표현할 수도 없는 것임을 추론했다. 물질에 관해서는 오직 '그것은 존재한다'는 표현만 허용되니 존재하지 않는 것은 사고의 대상이 될 수 없고 따라서 누구도 없음에 대해서는 아무것도 생각할 수 없다. 0은 없음이니 생각할 수 없고, 파르메니데스가 자연수에 대해 언급한 것은 아니지만, 0은 자연수가 아닌 것이다. 하긴 빵을 다 먹으면 빵이 없다고 말하지 빵이 0개 있다고 말하지는 않는다. 그러니 0은 자연스럽게 자연수의 범주에 들어가지 않는다.

파르메니데스는 기원전 515년에 이탈리아 남부 엘레아에서 태어나 445년에 죽었다. 파르메니데스가 태어날 즈음 엘레아에서 조금 더 남쪽인 크로토네에는 피타고라스가 자리를 잡고 문하생들을 가르쳤다. 피타고라스는 기원전 570년에 지금은 터키 지방 이오니아 바다의 사모스에서 태어나 이곳저곳을 주유하다가 크로토네로 왔고 정변에 휘말려 다시 크로토네에서 멀지 않은 메타폰툼으로 옮겼다가 그곳에서 495년에 죽었다. 파르메니데스가 피타고라스를 만났다는 기록은 없다. 그럴지언정 파르메니데스가 초기에는 피타고라스의 기본 신조를 따랐으니 피타고라스의 수 이론은 어떤 형태로든 파르메니데스에게 영향을 주었을 것이다.

피타고라스는 점이나 자갈을 이용해서 수들을 표현했다. 실제로 계산을 뜻하는 calculation은 라틴어로 '자갈 다루는 법'을 의미했으니 여기에서도 자연수에 대한 그들의 태도를 미뤄 짐작할 수 있다. 자갈이든 달걀이든 하나 단위로 있기 때문이다. 그들은 자연스럽게 있는 수만이 우리가 셀 수 있다고 생각했을 것이다. 없음도 없고 0도 없다. 그들에게 0은 자연수가 아니다.

그런데 왜 파르메니데스는 굳이 없는 비존재, 그러니까 없음에 대해 말해야 했을까? 그가 없음이 없다고 말하는 그 순간에 이미 없음은 우리의 사유 안으로 들어온 셈이고 따라서 사유 안에 들어온 없음은 있음이다. 그런 전통은 이후에도 이어져 플라톤은 "있지 않은 것들은 적어도 어떻게든 있어야 한다"라고, 헤겔은 "순수한 존재와 순수한 무는 동일하다"라고 '망언'들을 했다. 존재하는 것을 사유하는 일은 무를 사유하는 일과 떼어서 생각할 수 없는 일이고 이것은 수로서의 자연수에 양의 정수와 더불어 0도 들어가야 한다는 것이라고 나는 억견을 만들기 시작했다.

생각이 그쯤에 미칠 즈음 공교롭게도 박인성 교수가 번역한 『나가르주나』가 세상에 나왔다. 나는 그 책을 읽으면서 0에 대한 새로운 이해에 눈을 뜨기 시작했다. 우리가 존재자들의 실재를 자성自性인 것으로 지각한다면, 우리는 또한 이 존재자들을 인因과 연緣 없는 것이라고 지각하는 것이다. 그렇다면 우리는 결과와 원인, 행위의 주체, 행위 수단, 작용, 발생과 소멸, 그리고 인과응보를 파괴하는 것이다. 이어서 나가르주나는 이렇게 말했다. "연기인 것, 그것을 우리는 공성空性이라고 말한다. 그것은 세속의 언어 관습假名 또는 假說에 의존한다緣. 그것 자체는 중도이다." 그러니 단 하나의 법法, 그러니까 단 하나의 존재도 인과 연을 따라 생겨나지 않은 것이 없어서, 일체의 모든 법이 공하지 않은 것이 없다. '연기는 공성이다.' 이 공은 sunyata인데, 이는 『중론』에서 무無라 번역된다.

다시금 나가르주나는 이렇게 말했다. "연기하지 않은 것은 어떤 것도 존재하지 않는다. 그러므로 공하지 않은 것은 어떤 것도 존재하지 않는다." 여기에서 더 나아가면 연기한 것이 아닌 실체는, 연기하지 않은 사물은 존재하지 않으므로 존재하지 않게 된다. 그래서 공한 것만 남게 되고 공한 것으로부터 연기하여 법이 생겨난다. 그러면 공에 대해 존재이니 비존재이니 하는 언급 자체가 성립할 수 없다고 생각됐다. 그것은 0이라는 수를 두고 자연수이니 자연수가 아니니 하는 구분 자체가 잘못된 게 아닐까 하는 데까지 이어졌다. 0도 공도 그냥 있는 것이기 때문이다. 생각이 여기에까지 미치면서 나는 20년 전 기술선생님이 이런 것을 어떻게 알았을까 궁금했다. 그 뒤로 나는 0에 대한 수많은 문헌들을 찾았는데 '아무것도 아닌' 0에 대해 이렇게 많은 연구가 있는지 감탄할 수밖에 없었다.

최근 나는 론 하워드가 감독한 다큐멘터리 영화 〈파바로티〉의 한 장면에서 0에 대한 추억들을 다시 떠올렸다. 그 장면은 0에 대한 수많은 역사, 나의 탐구의 여정을 허물어뜨렸다. 파바로티는 이렇게 말했다.

"나는 무엇인가?

성공했나요? 아니면 그냥 유명한가요?

그건 모르겠어요. 상관없어요.

나는 사람들이 길에서 나를 알아본다는 것을 알아요. 아주 좋아요.

하지만 내게는 아내와 세 딸이 있어요.

그리고 내가 집에 있을 때 나는 내가 누구인지 정확히 알아요.

아무것도 아니에요. 정확히 0.

그러나 나는 행복합니다."

그 장면을 보면서 나는 0에 대해 너무도 먼 길을 돌아왔다는 느낌을 지울 수가 없었다. 0은 수가 아니라 존재였다.

● 하나의 사물이 '이면서' 동시에 '이지 않을 수' 없다는 작가의 지식은 0에 대한 수학선생과 기술선생의 상이한 정의에 의문을 품는다. '운수 사나운 날의 에피소드'는 중학교 2학년짜리에게 0의 존재에 대한 탐구의 여정을 시작하도록 했다. 파르메니데스와 플라톤을 거치면서, 없는데 사유 안으로 들어오는 0이라는 수에 대한 의문은 더욱 커진다. 그 의문은 나가르주나가 "0이라는 수를 두고 자연수이니 자연수가 아니니 하는 구분 자체가 잘못된 게 아닐까" 하는 데까지 이어지면서 해소되는 듯 보였다. 25년이 지난 뒤, 영화 〈파바로티〉에서 "아무것도 아니에요. 정확히 0"이라는 파바로티의 말을 들으면서 작가는 0이 수가 아니라 존재임을 깨닫는다. 오랜 철학의 여정을 지나 문학적인 곳에서 깨달음을 얻은 것이다. 0은 공이고 절대타자이고 신적 존재이다. /한복용

빗방울이 석종을 치고

김정화 jung-0324@hanmail.net

다시 한번 와보고 싶었다. 한가로운 시골 마을 길모퉁이 위에 제법 편편한 너럭바위가 펼쳐져 있다. 돌에 빗방울 자국이 새겨진 곳, 찰나의 순간이 그대로 멈춘 영원의 세계, 일억 년 전에 만들어진 빗방울 화석지이다. 여리고 둥근 몸이 천길 벼랑으로 떨어져 내린 바닥이다. 수만 명이 다녀갔을 이곳. 자세히 보니 바위 곳곳에 콩알만 한 물방울 자국이 오목오목 파여 있다.

멈춘 빗방울이 금방이라도 탱탱하게 몸을 일으킬 것처럼 널브러졌다. 극심한 가뭄 뒤에 내렸던 빗줄기가 진흙 위에 수직으로 내리꽂힌 자국이다. 그 위에 퇴적물이 쌓이고 지층이 굳어지면서 마침내 빗방울 화석으로 재탄생된 것이라 한다. 중생대 백악기의 어느 날 하루, 지상에 내디딘 물의 발자국들이 지워지지 않았다. 그 빛나던 빗방울이 온몸을 바쳐 이루어낸 생의 업적이니, 흙이 물을 받들고 돌로써 거두어 빗자국을 지켜내었다.

화석이 된 빗방울은 햇살을 품고 물결을 안은 채 세월을 이겨낸다.

빗소리를 듣고, 사람들의 눈동자를 담고, 바람의 이야기에 귀 기울였으리라. 빗방울이 새겨놓은 상형문자가 검은 반석 위에 선명하다. 억겁의 언어일까, 무량의 소리일까. 빗줄기가 쓴 육필원고라고 이름 붙여본다.

세상에 흔적 없는 것이 있을까. 잎이 떨어진 가지 위에 엽흔이 남고, 새들이 지나간 자리에 발도장이 찍히며, 상처난 가슴에는 생채기가 생긴다. 강물도 물의 지문을 그리고, 모래밭에는 바람의 문양이 들썩인다. 열매도 베어물면 잇자국이 선명하고 여름이 지나간 풀밭에 씨앗들이 영글듯이 흘러가는 것은 모두 자국을 남기는 법. 빗줄기가 오목새김되어 우흔으로 굳은 것도 어쩌면 당연한 이치일는지도 모르겠다.

한때 붓글씨를 썼다. 스승은 체본을 쓸 때마다 붓을 가다듬는 시간이 길었다. 붓끝으로 먹물을 몇 차례나 찍었다 놓았다 전주르며 애를 태웠는데, 첫 먹물 한 방울이 화선지 전체를 다스린다 하였다. 의기충천한 젊은 날이었으니 큰 것만 눈에 들고 작은 것은 안중에도 없을 때였다. 어설픈 실력으로 예서체 한 장을 후다닥 휘갈겨버리는 내 글씨를 두고 붓이 없고 먹이 없다고 하셨다. 필법만 익히려는 성급함을 누르고 초발심初發心을 가르쳐주려한 깊은 뜻을 그때는 몰랐다.

첫 번째 물방울을 경배한다. 그것이 먹물이 되든 빗방울로 흘러내리든, 허망한 운명을 예감하고도 처음으로 떨어지는 물방울은 가장 용감하다. 여름 장마는 빗방울에서 시작되고, 땅의 가을은 이슬이 내리는 것으로부터 번지며, 이별도 눈물방울이 예고하지만 모두 물기가 마르면 지나가게 된다. 덧없이 잊히고 사라지는 것들이 물방울이라면, 인간 개개인 또한 언젠가 사위어들 수밖에 없는 한낱 물방울 같은 존재가 아닌가.

그러나 물방울 하나에도 우주가 들어 있다 했다. 하나 속에 전체가 있고 전체 속에 하나가 존재하는 까닭이다. 노르웨이 신화 '에다'에도 천지창조는 물방울에서 시작되었다고 되어 있다. 물방울에서 태초의 거인과 암소가 태어나고 거인의 땀에서 또 다른 거인들이 탄생한다. 우주 전체가 물 한 방울에서 생성되었다고 하듯이, 이곳 빗방울 화석 하나하나마다 무한의 세상이 잠들어 있을 테다. 그러기에 '빗방울처럼 나는 혼자였다'는 시 구절이 절절히 사람의 마음을 흔드는 것이 아닐까.

그동안 많은 화석을 만났다. 중생대 공룡 발자국은 물론, 낙관을 찍은 듯한 물떼새 발자국 화석도 보았으며, 바다의 잔물결 흔적이 굳어 연흔이 펼쳐진 해안은 몇 번이나 찾아갔다. 연구자들은 발자국 화석을 따라 생활 습성을 추정하고, 굳어버린 물결 모양만으로 수심과 물 흐름도 밝혀내며, 빗방울 자국의 깊이만 보고도 빗줄기의 속도를 가늠한다. 훗날 인간도 화석으로 발견된다면 후세인들은 얼마만큼 과거를 유추할 수 있을까. 뇌와 가슴 속을 관찰하고 생각과 속마음까지 측정해내는 것은 아닐는지.

잔뜩 흐렸던 하늘에서 후드득 빗줄기 쏟아진다. 세상에서 가장 부드러운 것이 가장 거친 것을 다스리듯 빗방울이 화석 바위를 내리친다. 음각의 반원에 하나둘 물방울 고여들고 마침내 생生과 멸滅이 만난다.

석종 소리 청아하다.

● 경남 의령, 빗방울이 만든 화석지 - 찰나의 순간이 그대로 멈춘 영원의 세계, 흙이 물을 받들고 돌로써 거두어 빗자국을 지켜낸 자리를 본다. 억겁의 언어와 무량의 소리를 만난다. 그리고 빗줄기가 쓴 육필원고를 읽는다. 사유는 잔잔하게 번진다. 물방울을 경배하고, 덧없이 마르는 물방울에서 잊히고 사라지는 우리의 존재를 궁리한다. 또 비가 쏟아진다. 화석 바위를 내리친다. 생과 멸이 섞인다. 작가는 청아한 석종 소리를 듣는다. 자연스러운 구성에 감동이 독특하다. /조헌

두멍

문혜란 hdcool@hanmail.net

독을 닦는다. 테두리에서부터 목을 거쳐 불룩한 배와 아랫도리를 씻어내린다. 양팔로 끌어안아도 뒤쪽은 손이 닿지 않는다. 운두가 높지 않고 전이 없어 모양은 단순하나 표면이 꺼칠꺼칠해서 행주가 걸린다. 허리 높이의 열 두말 가웃 항아리가 옆으로는 어미돼지가 새끼를 품듯 작은 항아리들을 거느리고 옹색한 베란다에 앉아 있다. 내 몸이 들고날 정도의 큰 항아리가 여럿 있었지만, 아파트로 이사 오면서 다 버리고 작은 두멍 하나 남았다.

오랜 세월은 견디느라 살갗이 벗겨지고 황토의 원색이 군데군데 드러나서 흙의 입자를 눈으로 확인할 수 있을 정도다. 무늬라야 허리에 두른 두 줄 꽈배기가 전부다. 빈 두멍에 어쩌다 마른 고추나 콩, 참깨 같은 곡물봉지가 담길 때도 있지만 제 역할을 잃은 지 오래다. 두멍을 보면 가족조차 알아보지 못하고 우두커니 빈방에 앉아 계시던 어머님의 마지막 모습이 떠오른다.

두멍에는 시어머니와 내 삶의 한 단락이 담겨 있다. 가정주부의 살림

솜씨는 장독대와 두멍의 청결상태로 평가한다던 어머니는 참 윤기나게 닦으셨다. 갓 시집와 함께 살던 집은 수도시설이 제대로 되지 않은 가파른 산동네였다. 다행히 우리 집은 수도가 있었지만, 딱히 우리 것이라 할 수도 없었다. 수도꼭지 하나로 여러 이웃과 물을 나누어야 했다.

시어머니가 종종 큰댁으로 나들이를 하시면 물 받기는 내 차지였다. 외출에서 돌아오면 두멍부터 확인하고 물이 찰랑찰랑 차 있어야 안심하셨다. 여름은 물과의 전쟁이었다. 가뭄이 들 때면 산꼭대기까지 올라올 힘을 잃은 물줄기는 한밤중이나 되어야 갓난아기 오줌 줄만큼 나왔다. 두어 시간에 걸쳐 우리 두멍을 채우고 나면 뒷집 할머니가 기다리는 담 너머로 호스를 던졌다. 그것으로 끝이면 얼마나 좋으랴, 뒷집 두멍이 채워지길 기다렸다가 꼭지를 잠그는 일이 남아 있었다. 첫아이를 낳고 원수 같은 잠은 쏟아지는데 짧은 여름밤의 물 받기는 고행이었다. 깜빡 잠이 든 날이면 할머니는 목이 쉬도록 불러댔다. '명자야~ 명자야~'(시누이 이름) 말소리는 들리는데 몸은 일어나지지 않았다. 잠결에 듣던 할머니의 목소리가 이명처럼 윙윙거린다.

아버님 어머님은 삶의 터전을 옮기시고 우리가 집을 사 이사하게 되면서 두멍은 내 차지가 되었다. 사십 년도 더 넘었다. 마당이 넓다는 이유로 가져왔지만, 계륵이었다. 저걸 왜 나한테 주나 싶었다. 어머니도 당신의 시어머니께 물려받았다고 하셨다. 어머니의 어머니도 당신의 시어머니께 물려받았을지도 모르겠다. 대를 이어 여인들의 애환이 배어 있는 긴 역사를 막내며느리인 내가 물려받은 셈이다.

어머님은 기억이 가물거릴 무렵 우리 집에 오셔서 베란다에 나란히 늘어선 두멍과 항아리들을 보고 반가워하셨다. 손바닥으로 쓰다듬으며 기뻐하시던 모습이 눈에 선하다. 당신 손때 묻어 소중한 가재들이 건재함을 확인하고 반가웠을 마음을 이제는 알 것 같다.

요즘은 우리 두멍을 탐내는 사람이 많다. 숨쉬는 무공해라며 가치를 인정받은 것이다. 천연 잿물 입힌 투박한 항아리를 보면 나도 걸음을 멈추게 된다. 가격을 보면 다락같다. 소금 항아리, 매실 항아리, 보리쌀 항아리, 장독대에 가지런히 줄을 세워 바라볼 수 있는 마당 너른 집을 꿈꾸지만, 그림의 떡이다. 어머니의 손맛을 닮은 간장 된장이 담기지 않아도 괜찮다. 여인들의 삶의 향기가 배어 있으니 좋지 아니한가.

시어머니 몸에서는 늘 새 물내가 났다. 뱀뱀이 있고 늠연하셔서 따라갈 수 없는 분이었다. 어머님과 나 사이에 햇빛 쨍한 날만 있었던 건 아니지만, 한 여자로서 당신을 존경했고 친정어머니보다 더 따랐다. 빈틈 많은 며느리가 성에 찼을 리 없지만, 시아버님의 막내며느리 사랑이 각별해서 웬만한 허물은 덮였다.

어머님의 입관을 지켜보면서 가슴이 저렸다. 위대하지 않은 삶이 어디 있으랴. 저 작은 몸으로 생의 곤고함을 견디며 많은 식구를 건사하고 일가를 이루었으니 장하구나 싶었다. 어머님의 생애가 그렇게 요약되는 걸 지켜보면서 마음속에 작은 파도가 일었다. 용기내어 어머니의 차가운 몸을 내 몸으로 감싸안았다. 그러고 나니 당신 생애에 대한 감사와 슬픔이 올라왔다. 빈 두멍에 노인이 되어가는 나의 멘토 한 분을 모셔두고 산다.

● 삶을 바라보는 작가의 시선과 해석이 달관에 이르렀다. "위대하지 않은 삶이 어디 있으랴." 공감이다. 쓸모 잃은 항아리도 버리지 못하고 시간과 생명을 입히는 작가, 텅 빈 두멍 속을 삶의 애환과 그리움으로 가득 채워 보여주는 글이다. 마음은 무엇으로 잴 수 있을까? 우리 윗세대의 마음은 손길 닿음이다. 한평생 가장 많이 손길 닿았던 그 큰 항아리를 기억이 가물거릴 무렵에도 알아보시고 쓰다듬으며 기뻐했다는 어머니, 기억의 가장 마지막까지 머무는 것은 촉각이라고 하던가. 쓰임이 끝난 두멍을, 가족조차 알아보지 못하고 우두커니 빈방에 앉아 계시던 어머님의 마지막 모습으로 일치시킴이 절묘하다. 쓸모 잃은 두멍처럼 생은 참 쓸쓸한데, 작가의 언어는 따듯하고 정겹고 편안하기까지 하다. / 문혜영

향내 난다

박양근 ykpark@pknu.ac.kr

모든 사물은 고유의 냄새를 지니고 있다. 동식물뿐만 아니라 사람의 몸에서도 냄새가 난다. 무엇인가 낌새를 알아차리면 냄새난다고 말한다. 세상만물이 체취로 자신을 드러내려하므로 오감 중에서 후각이 가장 발달하였다.

냄새 중에는 좋은 것이 있고 나쁜 것이 있다. 흔히 좋은 냄새를 향기라 부른다. 차향, 꽃향이 있고 한지에 쓴 글씨에는 묵향이 배어 있으며 천 년 참나무에서는 침향이 스며난다. 향기야말로 모든 사물이 지니고 싶은 이상적인 기운일 것이다. 옛 선비들도 자신의 글에서 지필묵 향기가 묻어나기를 소망하였다. 그런데 글과 글씨에서는 문향과 묵향이 풍겨난다고 하지만 정작 글을 쓰는 사람에게서는 먹물 냄새가 난다고 말한다. 옷에 먹물을 잔뜩 묻힌다고 먹물 냄새가 나지 않는다. 몸 구석구석까지 냄새가 배이도록 글을 가까이 하여야 겨우 먹물 냄새가 배인다. 꽃내음과 목질 냄새가 줄기와 뿌리까지 내려야 냄새가 되는 것과 같다.

오래 전에 돌아가신 할머니는 거의 매일 마을 뒷산에 있는 암자에 오르내렸다. 서너 평 고작인 시골 암자의 대웅전 청소만은 한사코 당신이 맡은 독실한 보살이셨다. 청소를 마치고 법당을 나올 때면 할머니는 항상 "향내 난다"고 했다. '향기난다'고 말하지 않았다. 할머니에게 향내라는 말은 향과 냄새가 합친 말이었다. 법당에 가득 찬 향불을 촌노인답게 표현한 말이었다.

냄새라면 어딘가 낮춘 말로 들린다. 명품보다는 범상한 물건을 떠올려준다. 향기香氣가 한자말이고 냄새가 우리말인 언어적 차이에서 오는 선입견일 수도 있다. 향기라 하면 정자가 떠오르고 문방사우와 매난국죽이 연상되지만 냄새라면 거름더미나 쑥떡이 생각난다. 향기가 정신적 가치를 향유하는 계층의 언어라면 냄새는 몸으로 세상 살아가는 사람들끼리 나누는 말이라 해도 된다.

냄새라면 부정적인 말이 먼저 떠오르지만 그것도 잠시, 이내 곰살스러운 접미사 '내'에 갖가지 말이 붙는다. 살내, 젖내, 땀내, 분내, 단내, 흙내… 이때의 '내'는 '냄새'를 줄인 말이다. 살 냄새, 젖 냄새, 땀 냄새, 분 냄새, 흙 냄새를 줄여 살내, 젖내, 땀내, 분내, 흙내라 말하면 까닭 없이 마음이 저려지면서 눈이 감긴다. 오래 졸이고, 한참 묵히고, 늘 지니고 다녀야 우러나는 것이므로.

냄새는 온몸으로 맡아야 느낄 수 있는 기운이다. 냄새라는 말을 줄여 '내'라고 하면 진짜 온몸으로 받아들여야 하는 기운이라는 확신이 든다. 사람 냄새는 얼굴에서가 아니라 온몸에서 흘러나오는 것이므로 코라는 감각기관만으로 감당하기에는 충분치 않다. 그래서 사람 향기라는 단어보다 사람 냄새라는 말을 즐겨 쓰는가보다.

달력이 제법 넘어가서 어느덧 해가 조금씩 늦게 뜨고 일찍 서산으로 넘어간다. 짧은 셔츠를 입던 사람들이 긴 소매 옷으로 갈아입고 짧은 스커트가 긴 치마로 바뀌었다. 다투어 피어났던 꽃들은 다 져버리고 무성했던 나뭇잎들도 가을 색으로 변해간다. 갖가지 형상이 넘쳐나는 여름이 지나면 자연의 모든 것들은 거추장스러운 겉모양을 버리고 자신이 누구인가를 세상에 증명하는 단 하나의 기운만 간직한다. 그건 흙냄새이다. 제 몸에 숨어 있던 흙 기운이 몸 전체로 퍼지기 시작한다. 계절이란 갖가지 향기를 단 하나의 흙 냄새로 변하게 하는 시간, 난 그렇게 믿으려 한다.

요즘 글 냄새에 대해서 종종 생각한다. 향을 싼 종이에서는 향내가 나고 생선을 싼 종이에서는 비린내가 난다는 말을 믿으며 글 향이 묻어나오길 기대했다. 언젠가는 향을 피울 때와 같은 문향이 묻어나기를 바랐다.

이제 내 나이가 늦가을이 되었다. 풀벌레소리 들리는 산사로 향하는 숲길을 걸으며 내 글에서 글내가 났으면 하고 생각해본다. 문향은 여전히 과분하고, 글 냄새라고 하기에는 좀 그렇다. 글내라면 사람내는 있을 테니까.

왜 갑자기 할머니가 생각날까. 법당 구석구석을 정성스럽게 닦아내고 문을 나서며 하신 "향내 난다"고 했던 말씀이 불쑥 떠오를까. 어쩌면 할머니는 법당에 들어설 때마다 부처님이 가르친 불법 향기와 사람들이 살아가는 냄새가 어울려야 절답다고 여겼는지도 모른다, 어느 것 하나 버릴 수 없어 제 운명으로 받아들이며 차디찬 법당 마룻바닥을 단내 나도록 걸레질하셨던 할머니, 그 정성을 본받으면 글내가 풍겨날까.

세월이 지나면서 법당 마루가 달라지고 있다. 말간 목제 바닥이 하나둘 사라지고 냉기를 막는 두터운 매트리스가 깔린다. 향을 태운 향기는 변함없으나 사람내 나는 사람들이 산사로 찾아오는 모습도 점점 줄어든다. 향내 나던 조그만 법당의 문고리를 잡던 정월이 어제 같은데 벌써 한해의 흙 냄새가 짙어간다,

불교평론

수필

● 늦가을 나이의 작가는 법당 청소를 하고 나오시던 할머니의 음성을 떠올린다. "향내 난다." 향기가 정신적 가치를 운위한다면 냄새는 몸에 붙은 정서적 언어라고 판단한다. "젖내, 땀내, 분내, 흙내라고 말하면 까닭 없이 마음이 저리면서 눈이 감긴다"는 작가는 마침내 '글내'를 소망한다. 그리고 생각한다. "차디찬 법당 마룻바닥을 단내나도록 걸레질하셨던 할머니의 그 정성을 본받으면 '글내'가 풍겨나올까?" 사무사(思無邪)의 지극한 경지를 생각하게 한다. /맹난자

천상의 음악

박태선 namu8821@naver.com

나는 '피타고라스 정리'로 유명한 고대 그리스의 철학자인 피타고라스pythagoreans(기원전 582~497년경)가 "천상의 음악을 즐겨 들었다"는 말을 듣고 환호한 적이 있었다. 이 말은 내가 오디오 CD플레이어를 통해 신비스러운 분위기가 물씬 풍기는 홀스트G. Holst의 〈행성〉The Planets Op.32이나 모차르트의 장엄하면서도 경쾌한 〈교향곡 41번 주피터〉Symphony No. 41 K. 551 Jupiter를 직접 두 귀로 들었을 때처럼, 과연 그런 경험을 말하는 걸까. 그게 아니라면 천체들이 운행하는 소리를 하나의 심포니로 감상한다는 말은 도대체 무슨 의미란 말인가. 그러다가 나는 서양 고대철학사에 관한 책들을 들춰보다가 그 말의 의미를 내 나름대로 이해하게 되었다.

어느 날 피타고라스는 대장간 앞을 지나다가 문득 발걸음을 멈춘다. 대장장이가 쇳덩이를 내리치며 만들어내는 생생한 소리에 흠뻑 취했던 것이다. 그 이유는 대장장이가 담금질하는 쇠의 길이에 있었다. 망치로 내리칠 때마다 쇠는 길이에 따라 일정한 진동수의 차이를 보이며 서로 다른 음을 내고 있었다. 그는 이를 통해 수금lyra이나 플루트 같은 악기에서 나는 소리가 줄과 파이프의 길이에 따라 달라지며, 이들의 길이가 간단한 정수비를 이룰 때 가장 듣기 좋은 화음을 이룬다는 사실을 간파했던 것이다.

이를테면 도-레-미-파-솔-라-시-도라는 일반적인 음계는 도에서 시작해 도로 끝난다. 첫 번째 도와 두 번째 도는 진동수가 1 대 2의 차이(8도 음정)를 보이는데, 이를 1옥타브라 한다. 그리고 3 대 2일 때 5도 음정, 4 대 3일 때 4도 음정이라 한다(하얀 건반과 검은 건반의 반음계, 장조음계 3,4음과 7,8음의 반음계). 피타고라스는 이들 음을 조합하면 아름다운 화음을 이룬다는 사실을 발견했던 것이다. 그에게 음악이란 곧 수적인 비례로 산출된 우주의 조화 원리였다. (피타고라스가 망치 소리를 듣고 서로 길이가 다른 현의 진동을 관찰한 결과 서양 음악의 평균율 음계의 세상을 열었다면, 케플러는 수성과 금성 등 각 행성의 타원궤도를 표현하는 '천상의 악보'를 만들었다고도 한다.)

철학을 뜻하는 '필로소피'philosophy라는 말과 우주를 뜻하는 그리스어 '코스모스'kosmos(질서)라는 말을 처음으로 사용한 이도 피타고라스였다. 음악에서 오늘날 '아름다움'을 대신하는 용어는 '하모니아' harmonia(조화)이다. 피타고라스는 만물의 근원을 수數로 헤아린 하모니아에서 수와 척도와 비례로 정의하면서 가장 이상적인 조화의 수열이 음악을 이루는 근원이라는 사실을 정리하였던 것이다. 즉 우주가 수학적인 질서, 음계적 조화를 이룬다는 말이다. 우주의 조화는 곧 최상의 음악인 셈이었는데, 우리 귀엔 들리지 않지만 광활한 우주에는 정확한 리듬과 아름다운 선율로 이루어진 천상의 음악이 존재한다는 것이다.

따라서 피타고라스가 천상의 음악을 즐겨 들었다는 말은 피타고라스 학파가 음악과 수학의 불가분의 관계를 파악하였고, 아울러 이에 우주의 하모니에 대한 생각이 결부되어 천상의 화성이라는 말이 대중들 사이에서 와전되어 전해진 것은 아닐까.

그렇다면 우리는 끝내 천상의 음악을 듣지 못하는 것일까. 천상의 음악은 아르키메데스가 "나에게 큰 지렛대와 받침대만 다오. 그러면 지구라도 들어올려 보이겠다"고 장담했다는 현실적으로 불가능한 '썰'에 불과한 것일까. 나는 우리네 시인 김형수가 「몽골 기행기」 가운데 천상의 음악 체험을 말하고 있는 것에서 위안을 얻고자 한다.

"해가 떠오르는 소리, 천막 같은 지붕 위로 별똥별이 떨어지는 소리, 별빛들이 짱그랑 부딪히는 소리, 특히 충격을 준 것은 보이르 호수의 동틀녘이었다. 한 소녀가 물가에 나왔는데, 아침노을을 받아 붉어진 얼굴이 눈빛을 더욱 영롱하게 만들었다. 그리고 그 뒤쪽으로 멀리 말이 물을 먹는 실루엣을 확인하는 순간, 우웅— 하고 지상이 움직이는 소리가 들렸다. 아, 나는 그곳에서 끝내, 지구가 도는 소리까지를 들어버린 것이다."

수필미학

수필

● 이 작품은 고대 그리스의 철학자 피타고라스가 "천상의 음악을 즐겨 들었다"는 내용으로 시작된다. 피타고라스는 "우리 귀엔 들리지 않지만 광활한 우주에는 정확한 리듬과 아름다운 선율로 이루어진 천상의 음악이 존재한다"고 믿었다. 그에 기반을 둔 플라톤이 이데아라는 것은 마치 피타고라스의 정수와 같은 것이라고 말했다. 이데아는 천상의 세계에 있고 피타고라스의 음악 또한 천상에 있다. 작가는 "우리는 끝내 천상의 음악을 듣지 못하는 것일까"라고 묻지만 그는 알고 있다. 마음을 열면 듣고자 하는 소리는 들리고 보고자 하는 현상은 보인다는 것을. 천상의 음악은 그것이 가능할 때 감상도 가능하다. 그래서일까, "나는 그곳에서 끝내, 지구가 도는 소리까지를 들어버린 것이다"라는 작가 김형수의 몽골에서의 경험이 더욱 설득력 있게 다가온다. /한복용

매력

신길자 giljshin@ewha.ac.kr

1

언젠가 친구 집에서 친구 아버지가 탁자 위에 있는 땅콩을 가리키며 말씀하셨다.

"어른들이 이건 팥이야, 하시더라도 즉각 아니라고 하지 말고 얼마간 시간이 지난 후에, 어르신 말씀이 옳습니다. 그러나 제 생각으로는 땅콩입니다, 해야 되는 거야."

난 그 말이 참으로 이해가 되지 않았다.

아, 그 아버지는 군인이었다.

2

내과 전공의 시절 교수님이 말씀하셨다.

"닥터 신, 그렇게 말을 안 해서 환자를 어떻게 봐?"

나는 정말로 깜짝 놀랐다. 환자를 보는데 아무런 문제가 없었던 것은 물론 생활하는 데도 별 문제가 없었다. 필요한 말은 다 하는데요,라고

하려다가
아, 꿀꺽 삼켰다.

3

초등학교에 다니는 조카가 물었다.

"고모, 시험을 봤는데요. 병에 담겨 있던 물을 조금 마셨다, 그럼 그 위에는 무엇이 남아 있을까요?라는 문제였어. 고모, 난 물기라고 썼는데 틀렸어. 내 말이 맞지 않아? 물을 마셨으니까 병에는 물기가 남아 있지."

"그래, 니 말이 맞다. 그런데 답은 뭐야?"

"기체래요."

아, 액체, 고체, 기체를 배우는 중인가보다.

모르는 단어는 하나도 없는데 그 단어들이 조합된 말들은 의미를 정확히 파악하기가 어렵다. 언어와 단어의 틈새에는 수많은 암호가 들어 있다. 얼마 전 영국의 수학자 앨런 튜링에 관한 영화를 보았다. 2차 세계대전 독일군의 암호를 해독하여 전쟁 기간을 2년 단축시켰다는 내용이었다. 암호의 해독이 수학적으로 가능하였다. 말이란 자기의 감각과 생각과 느낌을 소리로 전달하는 수단이다. 제한된 어휘 내에서 가장 잘 들어맞는 단어를 골라 사용한다고 해도 전달에는 늘 잉여가 발생한다. 나는 고유하게 하나일 뿐. 나와 똑같은 상황에서 나와 똑같은 감각과 느낌을 느껴본 사람도 오직 나 하나뿐. 내가 지나온 모든 시간도 그렇다. 오직 그 순간의 진실만 있을 뿐, 어느 순간도 다른 어느 순간과 똑같을 순 없다. 그럼에도 끊임없이 기억을 뒤져 비슷한 것을 찾아내야만 말로써 소통이 가능해진다. 우리가 매일매일 진행하는 언어생활이란 애당초 불가능에의 도전이다. 그럼에도 우리는 언어란 도구에 의지하여 서로를 이해하려고 간단없이 노력을 기울이며 살아가야 한다.

말은 말 너머의 것, 일테면 친구 아버지의 경우 그분이 가르쳐주시려고 하였던 공손함과 그분이 살아온 경험치 만큼의 계산된 처세술까지 내포된 하나의 은유에 불과하다. 인간의 마음속에 있는 말은 어딘가 외진 곳에 차곡차곡 쌓일 뿐 제대로 한번도 터져나온 적이 없는지도 모르겠다. 말을 얼마큼 하면 수다스러운 것이고 얼마큼 하지 않으면 말을 너무 하지 않는 것인가. 말의 정체는 무엇일까. 공기를 통하여 전파되니 기체인가? 밖으로 나오기 전에 사람의 몸에서 생기니 고체와 액체와 기체의 혼합물인가? 보이지도 않는 말이 시간과 공간을 차지하고 있어 오래 전에 들은 말이 이만큼 살았는데도 마음속에 남아 있는 것을 보면 물리적으론 규명할 수 없는 무엇이다. 그리고 어떤 공식으로도 규명할 수 없는 것이 인생일 것이다. 규명되지 않는 것들은 매력적이다. 모르기에 매력을 느낀다. 모른다는 것이 어쩌면 생의 가장 근본적 동력일지도 모르겠다.

● 처세술이 내포된 친구 아버지의 말, 내과 전공의 시절 교수님의 말, 초등학생인 조카가 '내'게 물은 말. 모르는 단어는 없는데, 언뜻 납득하기 어려웠다. 우리가 사용하는 언어는 부실하기 짝이 없다. 우리는 노상 이 한계를 느끼면서도 서로 소통하려는 간단없는 노력을 기울이며 산다. 선명하지 않는 이 언어 작용의 실례를 통해 규명되지 않는 것들에 매력을 느끼고 생의 가장 근본적 동력일지 모른다고 말하는 작가의 사유가 신선하고 매혹적이다. /조헌

하늘을 나는 자전거

심병길 dawn_61@naver.com

수학적으로 점은 위치만 있고 크기는 없다. 따라서 점은 면적이 없다. 면적이 없는 것은 붙잡지 못한다. 붙잡지 못하는 것은 쓰러진다. 점은 허상이며 현실에 실체로 존재하지 않는다.

원과 접하는 직선을 접선이라 한다. 원과 접선은 점으로 만난다. 둥근 바퀴는 지면과 접한다. 바퀴와 지면은 점으로 만난다. 면적이 없는 점은 땅을 붙잡지 못한다. 그러므로 바퀴는 쓰러진다. 그것이 쓰러지지 않는 유일한 방법은 넘어지는 쪽으로 미리 쓰러지는 것이다. 그리고 그것을 계속 반복하는 것이다. 그때 허상은 현실이 된다. 구르는 바퀴는 쓰러지지 않는다.

아주 오래 전 누군가 바퀴 두 개를 연결한 뒤 그 중심에 앉았다. 그가 바퀴를 굴리자 바퀴가 달리기 시작했다. 시간이 흐르자 바퀴를 굴려 자신과 가족의 생계를 꾸리는 사람들이 생겨났다. 그들이 힘껏 페달을 밟아 지나간 길 위로 삶의 고단한 흔적들이 묻어났다.

나는 땅거미가 어스름해지고 집집마다 굴뚝에 밥 짓는 연기가 모락 모락 피어오를 즈음이면 집을 나섰다. 조그만 키에 긴 그림자를 매달고 나는 언덕을 달려 내려갔다. 그렇게 한참을 달리다보면 멀리서 자전거를 끌고 오시는 아버지가 보였다. 낮 동안 모든 힘을 언덕 아래에 쏟아부은 아버지는 자전거를 굴려 언덕을 오를 힘이 없었다. 아버지가 달려오는 나를 번쩍 안아 올리신다. 붉은 저녁해가 성큼 앞으로 다가서고 온 세상이 눈 아래로 내려선다. 아버지 손에 들린 아이는 세상에서 가장 키가 크다. 아버지가 나를 자전거 짐받이 위에 올리고 언덕을 오르신다. 이를테면 아버지는 세상에서 가장 무거운 짐 하나를 올려놓은 것이지만, 나는 자전거를 끌고 언덕을 오르시는 아버지의 넓은 등이 온 세상을 덮은 듯 푸근하기만 했다.

아이는 자전거를 배우고 싶어했다. 나는 한강공원에서 자전거를 빌려 자전거를 가르치는 모든 아빠들이 그러하듯 아이가 넘어지지 않도록 뒤에서 붙들어주었다. 손을 놓으면 아이는 넘어졌다. 나는 아이가 포기하겠다면 그렇게 하라고 말하려 했다. 그러나 아이는 포기하지 않았다. 넘어져도 계속 일어섰다. 결국 비틀대며 조금씩 달리기 시작했고 한 달쯤 지나자 혼자서도 자전거길 옆 공터를 몇 바퀴고 넘어지지 않고 달리게 되었다.

아이가 자전거를 탈 때면 나는 한강이 바라보이는 자전거길 벤치에 앉아 지나가는 사람들과 강물을 바라보았다. 자전거길로 아빠와 아들로 보이는 두 사람이 자전거를 타고 나란히 지나가곤 했다.

"아빠, 저 길로 가면 뭐가 나와요?"

언제부터 와 있었는지 모르지만, 자전거를 타다 말고 곁에 서 있던 아이가 내게 물었다.

나는 자전거길을 따라 서쪽으로 가면 여의도와 김포를 지나 강화와 인천까지 갈 수 있고, 동쪽으로는 팔당과 여주를 지나 부산까지도 갈 수 있다고 말하지 않았다. 다만 "글쎄" 하고 말했을 뿐이다.

아빠들은 모두 언젠가 한번쯤은 아이에게서 질문을 받는다.

"아빠, 이 길로 가면 뭐가 나와요?"

세상 모든 아빠들은 그 길로 가면 뭐가 나오는지 알고 있지만 그들의 대답은 한결같다.

"글쎄."

아이들은 자라면서 그 길을 따라가면 무엇이 나오는지 자연스레 알게 되고, 그 후로 다시는 그 길에 대해 질문하지 않는다. 그늘진 무성한 수풀과 소쩍새 슬피 우는 그 길에 대해서는….

나는 오십이 되도록 자전거를 배우지 못했다. 어릴 때 한번 배우려고 한 적은 있었다. 그런데 몇 번 호되게 넘어지고 나서 자전거 배우는 걸 포기했다. 그렇다고 이제껏 살아오며 자전거를 못 탄다고 특별히 불편하거나 불이익을 당한 적은 없었다. 나는 걷거나 뛰었고 버스나 지하철을 탔으며 나이가 들면서부터는 대부분 운전을 하며 살았다. 사람들은 내가 다리가 두 개 달려 있으므로 당연히 자전거를 탈 수 있을 거라 생각했다. 내게 자전거를 탈 줄 아냐고 일부러 물어본 사람은 단 한 명도 없었다.

나는 아이가 한강에서 길을 묻던 날 자전거를 배우기로 결심했다. 나는 아무도 없는 한밤중 집 근처 깜깜한 학교 운동장으로 자전거를 끌고 갔다. 먼저 안장을 최대한 낮추고 발을 땅에 닿도록 하여 발끝을 땅에 대었다 떼었다 하며 자전거를 굴렸다. 그렇게 중심을 잡는 연습을 며칠 한 후 발을 페달에 올리고 구르는 연습을 했다. 나는 넘어졌지만 계속 일어섰다. 이번에는 넘어져도 포기하지 않았다. 그리고 마침내 넘어지지 않고 학교 운동장을 몇 바퀴나 돌 수 있게 되었다. 오십이 되어서였다.

나는 아이와 함께 한강 자전거길을 달렸다. 그러나 서쪽으로는 인천도, 동쪽으로는 양평도 가보지 못했다. 그저 출발점에서 조금 멀리 떠났다 곧 지쳐 다시 돌아오곤 했다. 더구나 아이는 자전거 말고도 재미있는 일이 주변에 넘쳐나는 나이여서 금방 자전거에 시들해졌다. 아이는 더 이상 자전거를 타지도 않았고 나는 아이로부터 '이 길로 가면 뭐가 나와요?'와 같은 질문도 다시는 듣지 못했다.

그 뒤로도 나는 가끔 혼자서 자전거를 탔다. 접이식 자전거를 차 트렁크에 싣고 다니며 적당한 곳이 보이면 차를 세우고 자전거를 꺼내 두어 시간쯤 타곤 했다.

언젠가 팔당전망대길을 지나다 남한강을 끼고 나 있는 자전거도로를 발견했다. 자전거를 탈 수 있는 작은 공원도 있었다. 당시에는 사람들에게 잘 알려지지 않아서 나 말고 자전거를 타는 사람은 보이지 않았다. 물 위에 섬처럼 떠 있는 공원으로 건너가는 다리 양쪽으로 연꽃이 가득했다. 강을 따라 길게 난 자전거길 옆으로 황금빛 꽃들이 바람에 넘실대고 길모퉁이를 돌아서면 놀란 물새들이 화들짝 커다란 날개를 펴고 날아올랐다.

그날 자전거를 타는데 갑자기 소나기가 퍼부었다. 조성된 지 얼마 되지 않아 공원에는 비를 피할 장소도 마땅치 않았다. 주변은 순식간에 몇 미터 시야만 빼고 온통 뿌옇게 변해버렸다. 나도 자전거도 금세 흠뻑 젖었다. 잿빛 하늘에서 그어 내려온 직선들이 사방에 촘촘하게 장막을 치면서 그것들의 두께가 세상의 풍경들을 지웠다. 나도 자전거도 빗 속에서 풍경과 함께 지워졌다. 그러자 문득 내가 자전거를 돌리는 게 아니라 자전거가 스스로 달리고 있다는 느낌이 들었다. 나는 그저 페달 위에 발만 올리고 있는 것이었다. 빗물이 길바닥에 부딪혀 튀어오르며 물보라를 일으켰다. 빗길을 활주로처럼 미끄러지던 자전거가 물보라 위로 서서히 떠오르기 시작했다. 자전거는 어느새 구름 위까지 날아올랐다. 그때 멀리서 석양을 등에 지고 언덕을 오르시는 아버지가 보였다. 그리고 아! 아버지를 태운 자전거가 언덕을 넘어 하늘을 날았다. 그 날 하늘은 온통 세상의 아빠들을 태운 자전거로 가득했다.

어느 햇빛 좋고 하늘이 유난히 파란 가을날, 아이가 자기와 닮은 조그만 아이를 데리고 나를 찾았다. 조그만 아이가 햇빛 속에 쪼그려 앉아 들꽃이나 개미무덤 같은 것을 구경하고 있을 때, 나는 혼자서 물끄러미 소쩍새 소리를 듣고 있는 아이 곁으로 가만히 다가갔다.

"얘야, 여기도 있을 만해. 내 걱정하지 말고 세상 구경 실컷 하다 천천히 오렴."

그때 어디선가 한 줄기 바람이 불어와 아이의 볼을 부드럽게 만지며 지나갔다.

에세이문학

수필

● '길'과 '자전거'와 '아버지'. 이 세 단어에는 인생살이가 들어 있다. 두 바퀴 같은 몸을 우뚝 세워 세상이라는 미지의 길 위를 넘어지지 않고 달릴 수 있게 되기까지에는 아버지의 힘이 작용한다. 하지만 자식들은 그 힘을 인식하지 못한다. 작가의 아이가 그러하듯이 작가 또한 그러했다. 아이의 자전거 타기를 도와주다가 작가는 자전거와 관련된 아버지와의 따뜻한 추억을 상기해내고 비로소 자신을 우뚝 설 수 있게 해주었던 보이지 않는 아버지의 힘을 깨닫게 된다. 뒤늦게 자전거를 배운 작가는 주변이 보이지 않을 만큼 세차게 쏟아지는 빗속을 달려가며 시간과 공간을 뛰어넘어 아버지, 어린 나와 조우(遭遇)한다. 샤갈의 그림처럼, 동화처럼, 환상적으로 처리한 결미 부분의 은유가 가슴 뭉클한 감동을 준다. /이혜연

'ㅎ'에 대한 이상한 끌림

정해경 jhk2018@hanmail.net

'단톡방'에서 대화를 나누던 중 누군가의 말에 웃음보가 터졌다. 'ㅋ'과 'ㅎ'이 연달아 날아든다. 나도 배를 쥐고 웃다 줄을 바꿔 'ㅎ'을 날린다. 'ㅎ'은 '하하하'였다가 '호호호'가 되고 때로는 음흉한 '흐흐흐'가 되기도 한다. 이제 'ㅎ'은 웃음으로 녹아들어 가상공간을 쉴 새 없이 떠다닌다.

한글을 배울 때 'ㅎ'은 특별한 글자였다. 'ㅇ'을 제외하고 모두 직선으로 연결된 여느 글자와 달리 점과 선과 동그라미가 따로 놀았다. 'ㄱ, ㄴ, ㄷ…'을 써나가다 마지막 'ㅎ'을 쓸 차례가 되면 아는 사람을 만난 것처럼 반가웠다. 그래서인지 어려운 'ㅎ'을 자신 있게 쓰곤 했다.

그 후, 책 표지에 'ㅇ'이나 'ㅎ'이 있으면 예외 없이 사람 얼굴을 만들었다. 특히 'ㅎ'은 오만가지 모자를 씌웠다. 눈동자를 삐치듯 가장자리에 그려 사시를 만들고, 입을 위아래로 둥글려 웃는 표정과 화난 표정을 지어냈다. 콧수염도 그리고 나팔귀도 붙여주고. 마지막엔 원래 글자는 간 곳 없고 괴상한 얼굴 하나가 떡하니 나타났다. 그래도 동그라미만 보면 장난이 치고 싶어 손가락이 근질거렸다.

아는 글자가 점점 늘다보니 'ㅎ'을 받침으로 쓰는 글자도 있다는 것을 알게 되었다. 'ㅎ' 단독으로 쓰이기도 하지만 'ㄴㅎ 'ㄹㅎ'과 같이 겹받침도 있었다. 어쨌거나 'ㅎ' 받침이 있는 글자는 유념하지 않으면 받아쓰기 할 때 자주 틀리는 글자였다. 듣는 것만으로는 'ㄷ'인지 'ㅅ'인지 'ㅆ'인지 'ㅈ'인지 구별할 수 없기 때문이다. 그러다 'ㅎ' 받침인 걸 알면 사람 하나가 글자 사이에 끼어 있는 것처럼 갑갑해 보였다. 또 어찌보면 받침 'ㅎ'은 글자에 매달린 사람처럼 그 뜻에 맞는 표정을 짓고 있는 것 같았다.

제일 처음 내게 다가온 'ㅎ' 받침 말은 '땋다'였다. 한동안 머리를 땋고 학교에 다녔다. 아침마다 뒤통수 가운데에 금을 그어 반으로 갈라 귀밑에서부터 쫑쫑 땋아 내렸다. 땋은머리는 하루 종일 단정했다. '땋' 자가 머리를 땋은 것과 어딘지 닮아보였다. 언제부턴가 땋은머리 끝자락에 동전만 한 해바라기 핀을 꽂고 다녔다. 왜 그랬는지 그 핀이 '땋다'의 'ㅎ' 받침이라고 생각했다. 뭐라는 사람도 없는데 머리를 땋고 핀을 안 꽂으면 '땋다'를 쓰는데 'ㅎ'을 빼먹은 것처럼 허전했다. 이상한 집착이었다.

그 다음은 '닿다'였다. 소녀 시절이었다. 내 마음이 누군가에게 가닿기를 바랐다. 아무렇지 않은 척 입매는 야무지게 다물었어도 눈빛에는 간절함이 실려 있었을 것이다. 또 한편으로는 닿는 것이 두렵기도 했다. '닿다'라고 할 때의 그 닿을 듯 말 듯한 약간의 머뭇거림. 어쩌면 내 눈빛도 그렇게 흔들렸을지 모른다. 돌이켜보면 그저 성장기에 겪는 통과의례일 뿐이었는데 나는 열병을 앓는 것처럼 힘겹게 한 시절을 보냈다. '닿다'의 'ㅎ'에는 혼자 울고 웃는 내 모습이 보인다.

그리고 내 삶의 한가운데에 '낳다'가 있다. 온갖 것을 다 품어안는 'ㅎ'

받침이다. 낳는 것도 태어나는 것도 산고의 고통을 겪어야 한다. 낳음은 하나에서 둘이 되는 것이고 무에서 유를 창조하는 일이다. 없던 것을 만들어서 세상 밖으로 꺼내놓는 것은 힘이 들 뿐만 아니라 고통을 수반한다. 글도 마찬가지다. 글 한 편이 탄생할 때마다 아이 하나를 낳는 것 같다. 하지만 낳지 않으면 깊어지지 않는다. 고통이 기쁨이 될 수 있다는 것도 결코 알 수 없다. 자신이 낳은, 그 어떤 것에 대한 본능적인 애착이 삶의 힘이고 또한 짐이다. '낳다'의 'ㅎ'은 'ㄱ'부터 시작해 어떤 받침도 마땅치 않아 앞엣것을 다 아우르는 'ㅎ'을 넣는 것인지 모른다.

'쌓다'도 빼놓을 수 없는 'ㅎ' 받침 동사다. 기억에 남는 '쌓다'는 초등학교 2학년 때 '이순신과 노적봉'이라는 단원에서였다. 글자에서 봉우리에 볏짚을 쌓는 그림이 보이는 것 같았다. 'ㅎ' 받침은 참으로 적당한 곳에 알맞게 놓여 있다고 생각했다. '쌓다'는 어른이 되어서 더 절실하게 다가온다. 재산을 쌓고, 학업을 쌓고, 친분을 쌓고…. '쌓다'의 받침 'ㅎ'에는 사람 어깨에 무거운 짐이 얹혀 있는 것 같다. 눈에 보이지 않는 것을 쌓는 일은 더욱 어렵다.

'찧다'와 '빻다'는 같은 것이면서 다른 'ㅎ' 받침 동사다. 잘게 부수어 가루로 만드는 일이 빻는 것이고 빻기 위해 하는 행위가 찧는 것이라고 사전에 표기되어 있다. 내 개념상의 다른 점은 고춧가루는 빻아야 하고 벼의 껍질을 벗기기 위해서는 절구에 넣고 찧어야 할 것 같다. 찧는 것이나 빻는 것이나 앞치마를 두른 아낙네들의 고단한 모습이 떠오른다. 받침 'ㅎ'은 역시 사람을 닮아 있다.

또 하나 품고 싶은 'ㅎ' 받침은 '좋다'이다. 나에게는 '좋다'의 'ㅎ'과 연결되는 'ㅎ' 초성 단어가 있다. 어린 시절, '할아버지'의 'ㅎ'이 너무 좋았다. 세상에서 내게 제일 살가웠던 분. 그분 생각만 하면 언제든 어린아이로 돌아가는 것 같다. 나는 아직도 할아버지가 그립고 가슴 먹먹할 만큼 좋다. 머지않은 날, 나도 할머니가 될 것이다. 역시 'ㅎ' 초성이다. 내 손주들도 나처럼 할머니 할아버지를 그렇게 좋아해줄까. 성급하지만 기대된다. 나에게 '좋다'는 세대를 이어가는 또 다른 의미의 'ㅎ' 받침 형용사다.

● 살다보면 특별히 정이 가는 것들이 있다. 아마도 대부분 좋은 추억과 연결이 되어 있어서일 것이다. 단어 역시 그렇다. 모 일간지에서는 '말모이'라는 란을 만들어 저명인사의 애착어를 소개하기도 한다. 요즈음 SNS 상이나 스마트폰에서 가장 흔하게 쓰이면서 즐거움을 선사하는 단축어가 웃음을 표현하는 한글 모음(母音) 'ㅎ'이 아닌가 싶다. 작가도 가상공간상에서 지인과 서로 'ㅎ'을 주고받으며 즐거운 대화를 나누다가 문득 'ㅎ'과 관련된 어린 시절 기억에 머문다. 이어 'ㅎ'이 초성 혹은 받침으로 쓰이는 몇몇 단어들에서 사람의 온기를 찾아내어 추억과 사유를 풀어놓는다. 대상에 지나치게 집착하는, 무리수를 두지 않아 설득력과 공감을 얻어내었다. /이혜연

어른이 되는 나이

진연후 namoojyh@hanmail.net

물을 마시고 화장실을 다녀오고 다음 수업 준비도 해야 하는 10분 동안 쉬는 시간이었다. 아이들은 지하에 있는 마트로 달려가 음료수를 사 먹고 핸드폰을 꺼내 잠시 게임을 하고 옆 친구와 아이돌 이야기로 시간이 부족하다. 다시 2부 수업이 시작되어 선생님이 들어가면 그때서야 화장실에 간다, 물을 마시고 오겠다, 가방을 열고 책을 꺼낸다, 부산스럽다.

그날 조 선생은 수업에 들어가자마자 과제물을 걷으며 수업 준비를 하라고 아이들에게 정리할 시간을 주었다. 그때까지 지헌이와 병재는 쉬는 시간을 끝내지 못하고 있었던 모양이다. 샤프펜을 가지고 뭘 하려던 것이었는지는 모르겠다. 중2 남학생들의 장난은 이해하기 힘들 때가 있다. 아무튼 병재가 샤프펜의 윗부분에 달린 철판으로 지헌이의 손톱을 건드린 모양이고 지헌이의 새끼손톱이 빠져버렸다. 당황하는 조 선생에게 지헌이는 손가락을 움켜쥔 상태에서도 병재가 일부러 그런 것이 아니고 장난하다가 그런 거라며 괜찮다고 했다는 말을 나중에 들었다. 토요일 밤이니 응급실로 가야 할 것 같았다. 모임 중에 연락을 받고 온 지헌이 엄마를 강의실로 안내했다. 놀란 우리들보다 침착하게 지헌이를 불러내고는 병재를 잠깐 나오라고 해달란다. 겁먹은 표정으로 나온 아이는 고개를 푹 숙이고 죄송하다며 울먹인다.

"놀랐지? 너무 걱정하지 마. 괜찮을 거야."

한 손으로 아이 손을 잡고 다른 한 손으로 어깨를 다독이며 전하는 목소리가 봄볕보다 따스하다. 대일밴드로 처리할 수 없는 대형사고라고 당황하여 허둥대느라 미처 병재의 마음은 헤아리지도 못하고 있던 터였다.

아이들은 장난이어도 부모들에겐 사건이 되는 경우가 있다. 그럴 때면 다치게 한 아이와 같은 입장에 놓여 난감할 때가 한두 번이 아니었다. 아이의 아픔보다 엄마의 걱정으로 손톱만큼의 상처가 온몸으로 퍼지기 일쑤이고 원망의 화살이 사방으로 쏟아진다. 부모의 마음은 그런가보다고, 자식의 아픔에는 이성이 객관적으로 되지 않나보다고 애써 한숨을 삼켜버리곤 했는데, 상대방 아이가 놀란 것을 걱정하고 안심시켜주는 모습은 낯설기까지 했다. 어떻게 했길래 손톱이 빠졌는지 모르겠다는 우리들의 말에 모자가 모두 손톱이 약한가보다고, 쉽게 빠지기도 하는 모양이라며 책임을 묻지 않았다. 오히려 두어 달여 동안 지헌이는 새 손톱이 예쁘게 잘 생기고 있다며 웃곤 했다.

나이를 먹으면 저절로 어른이 되는 줄 알았던 때가 있다. 초등학교를 졸업하면 중학생이 되는 것처럼, 고등학교를 졸업하고 스무 살이 되면 성인이라고 해주는 것처럼, 대학을 졸업하고 결혼을 하고 부모가 되면 당연히 어른이 되는 줄 알았다. 우리나라 현행법에서는 만 18세면 결혼을 할 수 있고, 운전면허도 딸 수 있으며, 군에 입대할 수도 있고, 취업도 가능하다. 그리고 이제 만 18세면 선거권도 갖게 된다. 법적으로는 어른이 확실하다. 하지만 이제는 안다. 나이가 어른의 기준이 아님을….

달콤하고 맛있는 것만 밝히는 초등학생 입맛은 그렇다 쳐도 귀가 순해지지 않는 것은 물론 샘과 욕심은 줄어들지도 감춰지지도 않아 내 이익에만 눈이 번쩍일 때가 가끔 아니 종종 있다. 상대방의 감정을 미처 챙기지 못하고 내 몸 내 마음만 알아달라고 칭얼대는 스스로를 알아채는 순간 지헌이 엄마가 떠오른다. 시간이 가는 만큼 정확하게 나이는 더해졌지만, 나는 열에서 스물이 되는 동안 한 뼘도 크지 못한 키만큼이나 마음도 넉넉해지지 못했다. 내 아이 다친 것도 걱정이지만 더 불안할 아이 친구 마음도 헤아릴 줄 아는 것, 언제 어디서 배울 수 있는 걸까?

새해가 되었다고 나이 한 살을 또 먹었다. 서른, 마흔, 이제 쉰이 넘어가며 부모 되기는 접어둔다 해도 언제쯤 어른이 될까? 두루 살피고 감싸안을 수 있는 너른 품을 갖는 어른이 될 수는 있을까? 타인에 대한 배려를 제대로 보여준 지헌이 엄마에게서 어른의 모습을 보았고, 그 따듯함을 기억하며 나도 한 걸음쯤 나아가고 있는 거라면 좋겠다.

어쩌면 그날 어른이 갖추어야 할 것 중 하나쯤 마음에 새긴 열다섯 살 아이어른은 이미 있었을지도 모르겠다. 지헌이와 병재 그리고 또 누군가….

한국산문

수필

● '어른'의 본뜻은 신체적인 의미보다 정신적인 의미를 가진 말이다. 이 글은 진정한 '어른'이란 무엇인가를 생각하게 한다. 학원에서 두 학생이 장난하다 한 학생의 실수로 다른 학생의 새끼손톱이 빠지는 사건이 일어났다. 아이의 장난이 부모에겐 사건이 되는 것을 종종 목격했지만 이번에는 달랐다. 손톱이 빠진 학생은 친구가 일부러 그런 것이 아니라 장난하다 그런 거라며 괜찮다고 하고, 달려온 그의 엄마는 오히려 다치게 한 친구를 먼저 불러 어깨를 다독이며 안심을 시켜준다. 나이가 어른의 기준이 아님을 확인하는 순간이다. 손톱이 빠진 아이와 그 엄마에게서 타인에 대한 배려로 두루 감싸안는 어른의 모습을 본다. 긴장과 반전이 흥미롭고 겸허한 작가의 시선에 마음이 따뜻해진다. /정진희

목욕탕 소묘

최윤정 200641170425@hanmail.net

시골에서 할머니 세 분이 같이 어울려 목욕을 하러 왔나보다. 먼저 나오신 할머니 두 분이 목욕탕 마루에 드러누워 다른 분을 기다리고 계신다. 할머니들의 대화가 재밌다.

—고마 홀딱 벗고 사는 나라에 살면 좋겠다.
—집에서 영감 할마시 둘이서 홀딱 벗고 살그라.

온탕 안에서 따뜻하게 데워진 몸피는 간만에 촉촉하고, 마음까지도 느슨해진 모양이다. 할머니들은 젊은 여자들처럼 씻고 나온 몸에 로션을 바르고 레이스가 달린 속옷의 후크를 채우고 작은 유리병을 흔들어 크림을 바르지도 않았다. 분주한 그녀들과 달리 그저 따끈한 행복감을 마루에 누워 오랫동안 즐기고 계신다.

중학생 정도 되어보이는 여자아이가 이제 세 살쯤 된 듯한 동생의 귀를 면봉으로 닦아주고 있다. 그러다 잘못 건드렸는지 애가 째지게

우는데, 할머니 세 분이서 우는 아이를 바라보며 흐뭇하게 하하하하 웃으신다.

벌거벗은 젊은 여자들이 깔깔거렸다면 보기가 싫었을 텐데, 할머니들이 웃는 모습과 애가 우는 모습이 묘하게 어울려 보기 좋았다. 그런 동생을 달래는 여자애도 보기가 좋았다.

아주 늙은 여자들과 아주 어린 여자들이 알몸으로 내는 소음은 축축한 목욕탕 공기 속에서 온화한 분위기를 내고 있었다. 나는 그 중간 즈음 젊은 여자 무리에 속해 있는 중이니, 어디든 사람 많은 곳에선 크게 웃지도 울지도 말아야겠다는 생각이 들었다. 역시나 나는 아직 덜 여문 사람, 영혼에 요철이 많은 사람, 몇 번은 더 태어나야 겨우 사람 같을 사람이다.

어쩌면 저 우주 어느 곳에선 이런 생명체가 살고 있지는 않을까. 지구의 개념으로 말하자면, 육체는 없고 영혼만 있어서 정말 아름다운 영혼을 만드는 데 몰두하는 생명체. 그들이 몇 모여 두런두런 정담을 나눈다면, 지금 이곳의 분위기와 닮아 있지 않을까. 육체가 없는 세계에서 주고받을 것이라곤 마음밖에 없겠다. 마음밖에 없는 세상은 욕심이 없을까 아니면 더욱 거센 욕심의 회오리가 불까.

그런 생명체에 어울리는 몸피를 씌워준다면 오늘 저 할머니들의 모습일 것 같다. 어떤 욕심도 욕구도 없이 그저 평온함의 바다에 몸을 띄우고 출렁이는 저들의 지금 이 순간이 말할 수 없이 아름다워서 한참이나 마루 곁에 앉아 있었다. 발끝만이라도 그 물결에 닿아서 그 파도에, 바다에 동참하고 싶었다. 이럴 때 아니면 언제 이런 평화로움의 세례를 받을 수 있을 것인가.

딸아이가 친정엄마의 손을 잡고 탕에서 나왔다. 나는 막내를 챙겨야 해서 친정엄마를 고등학생인 큰애가 챙겼다. 아직도 자라는 중인 몸 옆에 많은 것을 상실한 몸이 서 있다. 막 환갑을 넘겼으나 저 몸에 안 가진 병이 별로 없다. 병중에 있는 엄마는 저 할머니들과 같은 평온의 세계에 닿을 수 있을까. 시한부의 삶을 살고 있는 엄마가 안 되고 안 되어서 나는 엄마를 잘 쳐다보지 않는다. 엄마를 안 볼 땐 그저 불쌍하고 애처로워서 눈물이 나다가도 마주보고 있으면 근원을 알 수 없는 화가 난다.

기억을 거슬러 셈을 해보니 아마도 엄마가 지금 나보다 더 어렸을 나이다. 살림은 어찌해도 가난해서 참 열심히도 불쌍하게 살았다. 다른 아주머니들과 놀며 잠시 방탕하게도 지냈으나 그것마저도 생각해보면 불쌍하다. 그렇게밖에 엄마의 젊음을 즐길 수밖에 없었으니, 똥개와 함께 노을을 보고 저녁을 먹고 집을 지키던 나는 그런 엄마를 용서한 지 오래다.

큰애는 어릴 때 친정엄마의 손을 많이 타며 자랐다. 지나치게 냉정한 나와는 달리 딸은 제 외할머니에게 다감하고 애틋하다. 담배를 찾는 친정엄마에게 나는 눈을 흘기지만, 딸애는 얼른 나가서 피자고 다독이며 쭈글쭈글한 몸에 로션을 발라준다. 이런 딸에게 친정엄마에 대한 효도를 떠넘긴 적이 자주 있다. 또 아이를 보면 통증도 걱정도 잊고 웃으니 요즘은 내가 막내를 낳은 것도 효도 같다는 생각을 한다.

쪼그려앉아 양말을 신는 친정엄마 곁에 어느새 막내가 다가와 참견을 한다. 아직도 젖병을 떼기 전인 아이는 목욕탕이 난생처음이다. 이제 세상에 난 지 스무 개월을 넘기는 중이니 앞으로도 처음인 것이 많겠다. 친정엄마의 벌거벗은 몸에 흥미가 있는지 아이가 손가락으로 눌러보고 만져본다. 엄마도 당신의 손녀를 마치 처음인 양 안고 웃는다. 원래 길 가는 아이만 봐도 말을 걸고 사탕을 쥐어주는 성격이니 제 손녀는 오죽할까. 늘어진 가슴을 꼬집는 아이의 머리에 볼을 비빈다. 아 엄마도 닿아 있구나. 그 바다에. 길고 험난한 항해 끝에 닿을 수 있다는 그 바다.

어느새 엄마의 고달픈 여정이 끝나가고 있다는 생각이 들어 코끝이 뜨거워졌다. 저 작고 가벼운 배를 바다가 오랫동안 품어주었으면 좋겠다.

인간과문학

수필

● 몸이 사람의 전부는 아니겠으나 한편으로 사람의 성장과 노쇠는 몸에 기인한다. 유물론의 시조라고 불리는 데모크리토스조차도 "몸의 아름다움은 만일 지성이 그 바탕에 없다면 동물적인 것에 불과하다"고 했다. 그만큼 우리에게 몸은 중요하다. 「목욕탕 소묘」는 몸을 소재로 하여 목욕탕에서 일어난 두 개의 풍경을 그린다. 하나는 할머니 세 사람이다. 그 할머니들을 보면서 "육체가 없는 세계에서 주고받을 것이라곤 마음밖에 없겠다"라고 상상한다. 다른 풍경은 친정어머니 및 아이들과 함께 한 작가 가족의 풍경이다. 작가의 어머니는 환갑을 이제 넘겼으나 건강하지 못하다. 아이들의 몸은 한창 성장할 때는 더할 나위 없이 아름답다. 엄마의 노쇠한 몸을 보면서 "엄마의 고달픈 여정이 끝나가고 있다는 생각이 들어 코끝이 뜨거워졌다" 피할 수 없는 생로병사가 애잔하게 드러난다. /한복용

자투리

최장순 jschoi@hanmail.net

밤 열 시, 일단 눕고 본다. 금방이라도 잠이 들 것 같지만 웬걸, 머릿속이 끓는다. 생각을 말끔히 해소하지 못한 탓일까. 그러나 냉큼 잠들지 못하는 그 짧은 시간이 고마울 때가 있다. 뒤척임이 반짝 생각을 일으켜 세우기 때문이다. 이 얼마나 희열인 횡재인가. 산책하거나 커피를 마시거나 운전 중에 스쳐 지나가듯 떠오르는 생각처럼 말이다. 왜 이런 순간에 창조의 씨앗은 발아되는가. 하지만 순간적인 것은 휘발성이 강하다. 잠자리를 박찬다. 망각이 거두어가기 전에 잡아두어야 한다. 자투리 발상이 주제가 되어 한 편의 글이 만들어질 때, 그 기분은 마치 잘 숙성된 포도주처럼 짙다. 강제로 짜내지 않은 오묘함, 뒷맛조차 개운하다. 그러나 그런 기회는 자주 오지 않는다. 까무룩, 하루가 숙면에 들 때는 어림도 없다.

자투리 시간이 세상을 변화시킨다. 사무적이고 기계적으로 일하는 뇌와 달리, 쉴 때 작동하는 뇌는 자유로운 영혼이 활성화된다. 의외성이 큰일을 해낸다. 아는 것이 힘이 아니라 상상력이 힘이 된다. 괴질 코로나19 검사를 '드라이브스루'로 하는 것도 책상머리에서 나온 것이 아니다. 오랜 현장경험에서 비롯된 발상이다. 잠깐 잠깐의 골똘함이 만든 결과물일지도 모른다. 그러니 창조적 영감이 영혼의 대장간으로 찾아오도록 정신의 자투리도 남겨둘 수밖에. '뭘 해도 되고 안 해도 되는 시간, 무엇을 하기에는 부족해 보이는 시간, 무엇을 한다고 그리 티가 나지 않는 시간'으로 치부할 수 없다.

자투리땅이 살아난다. 그곳은 더이상 도시 미관을 해치는 볼품없는 땅이 아니다. 집도 사람도 포화상태인 도심을 살아 숨쉬게 하는 곳. 인구밀도가 높은 도시에 협소주택을 짓고 꽃과 나무를 심어 쉼터를 만든다. 도시농업으로 사막 같은 회색에 푸른 활력을 불어넣어 새와 벌과 나비를 불러들인다. "이렇게도 쓸 수 있었어?" 모양과 크기도 가지각색이지만 결핍에서 오는 상상력이 아름다운 집을 만들어낸다. 도시의 규격화에 지친 사람들은 자투리땅의 가치를 안다.

자투리 천, 하면 제일 먼저 떠오르는 게 조각보다. 일부러 천을 조각냈다고는 말하고 싶지 않은, 작은 것이라도 아끼고 싶은 마음이 모여 애틋하게 만들어낸 것이다. 비정형의 절묘한 미학이다. 버려질 불안정한 조각들이 섬세한 손놀림을 거쳐 사각의 안정감을 되찾는다. 여인들의 소박한 염원이 담긴 시간과 정성의 창조물이다. 등잔불 아래서 자투리 천들을 이어 붙이며 일상의 고단함과 찢긴 감정을 짜깁기했을 어머니. 바느질 솜씨가 알려졌는지 간혹 주문을 받아 조각보나 베갯모, 수를 놓은 베갯잇을 만들기도 했다. 그럴 때마다 얼굴이 밝아지셨는데 아마도 노동에 곁들인 재미가 아니었을까 싶다. 기다림의 밥상에는 어김없이 조각보가 덮여 있었다. 이젠 손때 묻은 유물이 되어 안방 창 한편의 가리개로 쓰이고 있다.

자투리 시간, 자투리땅, 자투리 천. 가치 없어 보이는 낮춤의 의미가 배어 있다. 아마도 '통째'나 '알짜'와 비교하기 때문일 것 같다. 그러나 자투리는 예쁘면서도 호감이 가는 순수 우리말이다. 숨쉴 수 있는 여백의 공간이다. 세모나 반 동그라미나 마름모꼴이나 다각형인 그것은 사각형처럼 규격화되지 않아 기발한 창조성을 자극한다. 자투리는 모든 일상의 시공간에 존재한다. 장소 불문, 죽은 듯 버려진 듯 있다가도 살아난다. 자투리의 반짝이는 발상이 없는 철학자나 과학자나 예술가를 떠올릴 수 없는 까닭이다.

우리는 자투리 시간의 성스러운 노동행위로 만들어진 귀한 존재들이다. 자투리 취급을 받은 적이 있었던가. 쓸모없다 내팽개친 끄트머리에서 허우적거린 적은 없었는가. 언제부터인지는 모르지만 네모반듯해 보이는 사람이 부럽지 않다. 빈틈없음이 숨 막히게 하기 때문이다. 생각의 눈이 바뀌었다. 허술한 구석이 있는 사람, 속을 드러내도 좋을 사람, 자투리나 끄트머리처럼 보이는 사람이 호감이 간다. 세상에 버려져야 할 자투리란 없다. 자투리가 곧 알짜다. 그것을 발견해내는 상상력만 있다면 말이다.

에세이포레

● 인간을 "자투리 시간의 성스러운 노동행위로 만들어진 귀한 존재"로 본 작가는 생각의 힘을 일깨우는 자투리 시간과 휴식 공간인 자투리땅, 자투리 천을 이용한 조각보 등 자투리의 효용에 대해 천착한다. 현무암으로 쌓은 돌담이 무너지지 않는 것은 여백 때문이며, 이란의 카펫 장인은 섬세한 카펫에 일부러 '페르시아의 흠'이라 부르는 흠집을 하나 남기고, 사람의 실수나 허점이 매력을 더 증진시킨다는 '실수효과'에 대해 연구한 심리학자도 있다. 이렇듯 삶에서의 여백이자 알짜인 자투리를 찾아내는 상상력은 자유로운 생각이 전제되어야 한다. '통째'나 '알짜'에 치여 평가절하된 여백과 자투리의 무한한 가치에 대한 성찰이 돋보이는 글이다. /엄현옥

물발자국

허숙영 gjtnrdud@hanmail.net

그림 속의 물방울을 따라가본다. 금방 사라지고 말 운명의 물방울에게 영원한 생명력을 불어넣은 화백의 마술에 걸리고 만다. 만지면 톡 터져버릴 듯, 아니 밟고 선 글자를 징검다리 삼아 어디론가 뚜벅뚜벅 걸어가버릴 것 같은 발자국이다.

물방울은 겸손하다. 걸음을 옮길 때마다 뒷배경에 스스로를 맞춘다. 빨간 장미 위에서는 빨갛게, 검은 석탄 위에서는 검정색을 그대로 드러내보인다. 보기 싫다고 지우거나 자신의 색으로 덮지 않는다. 자신보다 배경을 돋보이게 한다. 낮은 곳이나 높은 자리를 탐하지도 않는다. 아래로 향하기에 표정도 밝다. 꾸미거나 덧붙이지 않고 있는 그대로 투명하게 보여준다. 하나인 듯싶으면 여러 갈래로 흩어지고 여러 갈래인 듯하다가도 어느새 한 방울로 뭉친다. 아무리 떼놓으려 해도 서로 부둥켜안는다. 혼자 잘났다고 튀려하지 않기 때문이다.

발코니 화분 속 화초들이 너울너울 춤을 춘다. 푸르고 긴 고무관에서 밀려나온 물줄기가 포물선을 그리며 화분 위로 떨어지고 있다. 관음죽이며 고무나무 잎에 조롱조롱 물방울이 매달려 미끄럼을 탄다. 색이나 맛, 냄새, 어느 것 하나 가진 것이 없지만 때로는 수혈하듯 땅심으로 흘러들어 뭇 생명을 살리기도 한다.

물발자국이 걸음을 옮길 때마다 봄은 기지개를 켜고 맞는다. 두터운 얼음장 아래 잠든 것 같은 생물들을 깨우고 막 벙그는 산수유 꽃봉오리 위에도 살짝 앉았다가 풀숲에도 팔짝 뛰어내린다. 화단 귀퉁이 한 모서리를 붙잡고 서 있는 강아지풀 위에도 작은 물방울이 맺혔다. 저 작은 이슬방울도 강아지풀을 키우는 데 한몫하지 않는가. 크고 화려한 꽃을 피우는 주인공에게만 주어지는 것은 아니다. 손톱만한 풀꽃이라도 생명 있는 곳이라면 부지런히 움직여 가닿는다.

발자국을 남긴다는 것은 생을 걸어왔다는 뜻일 게다. 생명 있는 것뿐이랴. 어디서나 물발자국은 여지없이 찍혀 있다. 씨앗이 발아해서 싹이 트고 튼실한 나무 되어 열매를 매달고 익어서 내 입에 들어가기까지의 행로, 어떤 물건이든 원료부터 폐기되기까지의 전 과정에 걸쳐 사용한 물의 양을 수치로 매겨 측정하는 것을 물발자국이라 한다.

내가 며칠 전에 산 낡은 청바지 하나에도, 아침에 마신 우유 한 컵에도 물발자국은 따라붙는다. 실밥이 너덜너덜한 청바지의 아랫단을 만들 때도 무릎에 숭숭 구멍을 뚫을 때도 짙은 청색을 허옇게 만드는 데도 물발자국의 흔적은 남아 있다.

청바지는 마흔여 번의 물발자국 공정을 거친다. 목화를 심어 실을 뽑아 씨실 날실로 천을 짜는 것에서부터 약품을 바르고 긁어내 두드리며 삶는 등 수난의 과정을 거친다. 기계에 청바지와 돌을 같이 넣어 돌리면서 자연스럽게 물을 뺀다. 청바지의 질을 좌우하는 이런 공정을 거치며 ㄷ는 물은 일만 리디나 된다 한나. 숨 가쁘게 뛰어다녀 일군 한 벌의 옷과 물건을 내가 입고 쓴다.

물 없이 태어난 사물은 아무것도 없다. 물건의 한생이지만 물의 일생이기도 하다.

한 순간 존재하다가도 하릴없이 부서져 사라지고 말 운명이지만 제 몫을 한다. 가야 할 때를 알아 집착하지 않는다. 목마름을 달래고 메말라 쩍쩍 갈라지는 삶의 틈바구니에 스며들어 촉촉이 적신다. 햇살이나 바람 앞에서는 그만 슬그머니 자취를 감추었다가 다시 필요할 때면 모습을 드러내는 것이 물이다.

내가 살면서 써온 물은 얼마나 될까. 한 사람이 이 세상에 왔다가 가려면 대체 얼마만큼의 물발자국이 함께하면 될 것인가. 물의 힘으로 사는 나는 물처럼 선순환을 하는 삶을 살고 있을까

말이 지닌 희망을 본다. 발자국은 앞으로 나아갈 수 있다는 말이다. 과거를 지나왔고 현재를 수놓으며 미래를 만들어 나가는 것이다. 물방울에는 찰나의 빛이 들어 있다. 지극히 한순간만 존재한다. 그마저도 다른 사물이 있어야 드러나는 존재감이지만 그 힘은 엄청나다. 짧은 생을 살다 흔적 없이 사라지는 물방울이지만 바위도 뚫을 수 있고 생명을 죽이고 살릴 수도 있는 힘을 가졌다.

물처럼 깨끗한 얼굴이 어디 있겠는가. 물방울처럼 투명하고 포용력 있는 것이 또 있을까. 나를 위해 걸어왔던 물발자국의 시간만큼 나도 무엇인가 해야 할 것 같다. 어디든 맞추어가는 물발자국처럼 나의 색깔만 고집하기보다 어느 곳에든 잘 어울려 스며들었으면 좋겠다.

선수필

the 수필

● 그림 속 물방울을 바라보다 물의 이력과 배경을 더듬으며 모든 사물의 생멸 수치인 물발자국에 이른다. 작가의 깊은 눈길과 열정이 글에 숨을 불어넣는다. 물의 미덕인 겸손과 친화력, 생명력에 이끌려 내 자세도 점검하게 된다. 촘촘한 사유를 따라 함께 흘러가다 '물 없이 태어난 사물은 아무것도 없다'를 만난다. 물 대신 돌이나 바람, 사랑을 넣고 상상놀이를 할 수 있다. 읽는 이의 사고를 넓혀주며 탐구심을 불러일으킨다. /노정숙

2021 빛나는 수필가 **60**

The 수필

선정위원장	맹난자
선정위원	문혜영, 엄현옥, 이혜연, 조 헌, 노정숙, 정진희, 한복용
발행인	조현석
디자인	푸른영토
발행일	2021년 01월 01일
발행처	도서출판 북인
주소	121-842 서울 마포구 서교동 467-4, 301호
전화	02-323-7767
팩스	02-323-7845
ISBN	979-11-6512-021-4 03810

이 도서의 국립중앙도서관 출판예정도서목록(CIP)은 서지정보유통지원시스템 홈페이지(http://seoji.nl.go.kr)와 국가자료종합목록시스템(http://www.nl.go.kr/kolisnet)에서 이용하실 수 있습니다. (CIP제어번호 : CIP2020052385)

값 13,000원